AtV

Tessa Korber, geboren in Grünstadt/Rheinland, studierte Germanistik, Geschichte und Kommunikationswissenschaft und promovierte 1997. Sie arbeitete in Verlagen, im Buchhandel sowie als Werbetexterin, bevor ihr mit dem ersten Roman »Die Karawanenkönigin« gleich ein Bestseller gelang. Tessa Korber lebt mit ihrer Familie in der Nähe von Erlangen. Im Aufbau Taschenbuch Verlag erschienen bisher die beiden Jeannette-Dürer-Krimis »Toter Winkel« (AtV 1633) und »Tiefe Schatten« (AtV 1811).

Im Nürnberger Rotlichtviertel wird die Leiche einer 18jährigen gefunden. Jeannette Dürers dauerfernsehende Neffen machen die Kriminalkommissarin darauf aufmerksam, daß die Tote in der Aufzeichnung einer Fernsehshow zu sehen war: in der populären Doku-Soap »My Angel«, durch die das »Christkindl 2003« für den traditionellen Weihnachtsmarkt gefunden werden soll. Jeannette verfolgt diese neue Spur, und da das Casting-Unternehmen politisch sensibel wie wirtschaftlich bedeutsam ist und von prominenter Seite Unterstützung erfährt, findet sich die attraktive Kommissarin plötzlich dort, wo sie nie sein wollte: als vermeintlicher Teenager in der Schar der publicityhungrigen Bewerberinnen um die Rolle ihres Lebens. Nicht zuletzt dadurch gerät sie selbst bald in den Fokus des Mörders ...

Tessa Korber

Falsche Engel

Roman

Aufbau Taschenbuch Verlag

ISBN 3-7466-1977-7

1. Auflage 2003

Einbandgestaltung Preuße & Hülpüsch Grafik Design
Druck Elsnerdruck GmbH, Berlin
Printed in Germany

www.aufbau-taschenbuch.de

Alle Personen und Vorkommnisse in diesem Buch sind frei erfunden.

Ähnlichkeiten mit lebenden Menschen sind rein zufällig.

Speziell die Auswahl des Nürnberger Christkindls hat nie in dieser Form stattgefunden.

– Noch nicht.

Vorspiel im Himmel

Die Dame von der Werbeagentur strich sich energisch mit den Handflächen über ihre Hüften, um das letzte bißchen imaginären Schweißes an den Schößen ihres rosafarbenen Kostüms abzuwischen. Sie holte noch einmal tief Luft. Vor allem Entschiedenheit jetzt, hatte ihr Chef stets erklärt, damit sie sehen, daß du weißt, was du tust. Was du ihnen mitbringst, ist die einzig richtige Lösung. Und vor allem die, die sie am Ende kaufen werden. Ein wenig Verheißung, damit es ihnen auch Spaß macht, diese unabänderliche Tatsache zu akzeptieren. Und Beflissenheit, denn falls sie dich und deinen Entwurf trotzdem total verreißen, muß irgend etwas sie davon überzeugen, daß du in der Lage wärst, alles auch ganz anders aufzuziehen.

Sie seufzte und fuhr sich ein letztes Mal durch die roten Haare. Es war ihr Job, die unterwürfige Domina zu geben. Sie ging knapp in die Knie, griff nach ihrem Laptop und dem Schultergurt der großen Ledertasche; dann öffnete sie die Tür. Sie blickte einmal in die Runde und nickte, zufrieden mit dem, was sie sah: jungfräuliche Auslegeware, sachliche Stahlrohrstühle mit blauen Polstern, kunststoffbeschichtete Tischsegmente in Kreisanordnung. Darauf standen nett arrangierte Tablettinseln voll kleiner Flaschen und Gläser, die leise klirrten, als sie ihre Geräte auf die Fläche hob. Mit einigen routinierten Griffen arrangierte sie das Getränkeangebot so um, daß auf dem ihr am nähesten stehenden Tablett zwei Colafläschchen waren. Das war die Dosis an Droge, die sie benötigte. Wie ertappt hielt sie inne und schaute auf, als aus der Raumecke am Fenster ein Räuspern drang. Der Mann, der dort unbemerkt von ihr gestanden hatte, kam ihr nun mit langen Schritten entgegen.

»Eberhardt Ammon. Städtischer Bote.« Er reichte ihr die Hand, die sie ohne sichtbares Zögern schüttelte, wie sie es gelernt hatte: kräftig, aber nicht zu kräftig, gerade von einer Frau. Und warm müssen die Finger sein. Sie trug zu diesem Zweck ein batteriebetriebenes Heizgerät in der rechten Jackentasche.

Der Zeitungsmann räusperte sich. »Ich sehe gern dem Feind beim Aufmarsch der Truppen zu.« Ein breites Grinsen begleitete seinen Scherz.

»Herr Chefredakteur.« Die Dame in Rosa hatte ihre Hausaufgaben gemacht. »So militärisch? Sind Sie denn ein Gegner der Markt-Modernisierung?«

»Oho«, polterte er fröhlich, »Sie werden mich dem Modernen gegenüber immer aufgeschlossen finden, Frau ...«

»Bergmann.« Ihr Blick glitt von seinem rotfleischigen Choleriker-Gesicht hinab zu den Cordhosen und wieder hinauf zu dem topmodischen Pullover mit Rollkragen, in dem sein ohnehin kaum vorhandender Hals verschwand. Seine Haare standen in flusigem Aschgrau gen Himmel, wie Flüchtlinge.

»Bergmann«, wiederholte er, »solange es nicht das Altbewährte verdrängt, versteht sich.«

»Aha.« Die Dame senkte wie zustimmend den Kopf und versteckе ihr aufkeimendes Grinsen hinter dem Pony.

Sonores Stimmengewirr und Schritte auf dem Korridor mahnten sie, daß es Zeit war, den Laptop anzuwerfen und einen letzten Funktionscheck des Beamers vorzunehmen. Ihre Finger klickten in eiliger Routine über die Tasten, während sie zu Ammon sagte: »Es wird Sie freuen, daß gerade auch Ihnen und Ihrer Zeitung in unserem neuen Konzept eine herausragende Rolle zufällt. Wir müssen vernetzt kommunizieren, und ohne die Printmedien und ihr enormes Potential ...«

»Frau Bergmann?«

Erstaunt sah sie auf. Die Frage hatte überaus streng geklungen.

»Sind Sie Nichtraucher?«

Die Dame in Rosa dachte nicht ohne Sehnsucht an das

Päckchen Gitanes in ihrer Handtasche. Dann dachte sie an ihren Auftrag. »Leidenschaftlich«, sagte sie.

»Und nun präsentiere ich Ihnen die Ergebnisse unserer Marktforschung. Der Fragebogen liegt Ihnen vor. Sie beruht auf einer Befragung eines repräsentativen Bevölkerungsquerschnitts, dem wir noch eine Gruppe von heavy usern und eine Regionalgruppe zum Abgleich gegenübergestellt haben.«

Die Dame drückte, der Laptop klickte. Auf dem Projektionsbild an der Wand erschienen runde Mandellebkuchen, die sich rasch zu den Klängen eines bekannten Weihnachtsliedes drehten und dann mit einem leisen »Kling« zur Ruhe kamen; Kuchendiagramme wurden erkennbar. Die Dame in Rosa dankte im stillen ihrer Intuition dafür, daß sie den Grafiker davon abgehalten hatte, statt des »Kling« ein mehrstimmiges »Halleluja« einzufügen.

»Wie Sie sehen können, ist das Ergebnis in allen Untersuchungsgruppen dasselbe, was uns die Arbeit sehr erleichtert, denn es macht die Ergebnisse eindeutig: Der Nürnberger Christkindl-Markt«, sie erlaubte sich ein wenig Dramatik in der Stimme, gerade genug, um die Oberkörper ihrer Zuschauer sich synchron nach vorn neigen zu lassen, »ist von schwindender Attraktivität für die Zielgruppe der Vierzehn- bis Neunundzwanzigjährigen, der von uns sogenannten jugendlichen Eventorientierten.« Sie klickte erneut, und es erschienen Eigenschaftsprofil-Diagramme in Form gestapelter Zuckerstangen. Ihr Laserpointer beleuchtete die längste davon.

»Vollkommen befriedigend ist die Akzeptanz bei den älteren Traditionalisten und den Jungfamilien mit Kindern bis etwa zwölf. Aber schon bei den älteren Kindern bricht es ein. Dabei dürfen wir nicht übersehen, daß auch die sogenannte Youngster-Gruppe einkommensstark ist wie nie zuvor und darüber hinaus eine nicht zu unterschätzende Gatekeeper-Funktion auf die Kanalisation der Familienkaufkraft ausübt, ja diese oft bis über die Volljährigkeit hinaus behält.«

Sie sah aus den Augenwinkeln, wie der Mann vom Marktamt der Stadt nickte, ein Mittvierziger mit neonblauem Kunststoff-Brillengestell, das ihn wie einen auf intellektuell getrimmten Fernsehmoderator wirken ließ. »Jugendmarketing«, warf er im Ton des Kenners ein, »Jugendmarketing«. Er hatte vor fünfzehn Jahren in einer Werbeagentur angefangen, ehe er zur Stadt gewechselt war, und betonte noch immer gern, er sei vom Fach.

Sie lächelte ihm zu und gönnte gleich darauf Ammon einen verständnisvollen Blick unter Kameraden. Hinter den Nebelschwaden der Zigaretten, die ihre Zuhörerschaft nervös zum Munde führte, saß der alte Chefredakteur und hielt sich trotzig an einer mitgebrachten Tupperschüssel mit gekeimtem Weizen in Joghurt fest. Er nickte ihr ebenfalls zu.

»Der Anteil am Bruttosozialprodukt, über den diese Gruppe direkt und indirekt verfügt, beträgt nach neuesten Untersuchungen …« Klingelnde Schokotaler rieselten herab und illustrierten die folgenden Zahlenkolonnen.

»Damit«, die Dame im Kostüm holte tief Luft und zum eigentlichen Schlag aus, »ergeben sich die Zielvorgaben unseres Projekts.« Erwartungsvolle Pause. Sahen auch alle her? »Jugendmarketing!« Sie schenkte dem Referenten vom Marktamt ein respektvolles Nicken, was seinen ohnehin schon roten Teint vom starken Blau seiner Brille noch stärker abstechen ließ. Geschmeichelt ruckte er an seiner Mickymaus-Krawatte. »Jugendmarketing. Wie Ihr Kollege, Herr Erlwein, es bereits formuliert hat. Und Jugendmarketing heißt heute vor allem integrierte Kommunikation.« Sie raschelte ein wenig mit ihren Papieren, jetzt war Action angesagt. Die Präsentationsmappen fanden sich und wurden herumgereicht. Niemand schenkte ihnen zu diesem Zeitpunkt einen Blick; alles hing gebannt an ihren Lippen und den bunten Bildern, die hinter ihrem Kopf über die Wand huschten.

»Runtergebrochen auf unsere Situation bedeutet das eine avancierte Form von Eventmarkting, die auf allen Medienkanälen kommuniziert wird.« Sie blickte in die Runde. »Wir müssen den Christkindl-Markt zu einem Ereignis machen, das den Bedürfnissen unserer Zielgruppe gemäß hohen Eventcharakter hat ...«

Eine Engelsfanfare untermalte schmetternd diesen Punkt, der ins Bild wutschte und sich langsam scharf stellte, während der Engel seine Fanfare absetzte. »Laß ihn nicht grinsen«, hatte die Dame den Grafiker ermahnt, »er darf um Himmels willen nicht grinsen!« Der Engel blickte entschlossen.

»... interaktive Elemente aufweist ...« Fanfare, Wutschen.

»... und in enger Verzahnung der Maßnahmen über Print, Hörfunk, Fernsehen und vor allem auch das Internet kommuniziert wird.« Mehrfaches Trompeten und Wutschen.

»Wir haben daraus einen gebündelten Maßnahmenkatalog gemacht, der teilweise das Marktangebot selbst betrifft, wie etwa die Optimierung beim Angebot von Internet-Buden für Online-Postkarten und Wunschzettel sowie PC-Games mit Weihnachtsthematik, oder einen Kußwettbewerb unterm Mistelzweig.« Sie hob die Hände, um aufkommendes Gemurmel zu ersticken. »Zu diesen Punkten möchte ich später detailliert kommen. Klare Vorgabe war dabei in jedem Fall, den hergebrachten Charakter des Marktes nicht anzutasten, um die Akzeptanz bei den traditionsorientierten Usern nicht zu gefährden.« Sie konnte die Woge der stummen Zustimmung körperlich fühlen und suchte unwillkürlich Halt an der Tischkante. Gut so.

»Uns geht es um eine Bündelung der traditionsaffinen und der eventaffinen Nutzerinteressen. Deshalb haben wir uns auch entschlossen, die eigentliche Neuerung nicht am Markt selbst vorzunehmen, sondern in das Vorfeld zu verlegen.« Die Dame probte ein kurzes verführerisches Lächeln, dann ließ sie wieder die Marktforschungspeitsche knallen. »Unsere Studien im Anschluß an eine großangelegte Umfrage der marktführenden Jugendzeitschriften haben folgende Trends in unserer Zielgruppe erkennbar werden lassen, die sich beide für unsere Zwecke nutzen lassen: Erstens eine neue Esoterik-Welle, genannt die Engel-Mode. Zahlreiche Publikationen bis hin zu Hollywood-Filmen variieren diesen neuen Glauben an das Vorhandensein von Engeln.« Sie ließ Buch- und Videocover vorbeirauschen, umgeben von glitzerndem Engelsstaub. Routiniert spulte sie ihren Text ab. »Auch im Styling ist der ›Angel-Look‹ angesagt. Helle Grundierung, glossige Lippen, Eyeliner blaß, glitzernde Wimpern ... Sie sehen es selbst.« Rasch unterbrach sie ihren fremdwortgespickten Vortrag, ehe er unter den Männern unruhiges Scharren und Sesselrücken auslösen konnte. Statt dessen ließ sie das Bild eines attraktiven jungen Models wirken, das nun im beschriebenen Make-up von der Wand herunterlachte, als wollte es sagen: Na los, holt mich doch für euren Christkindl-Markt. Mich müßt ihr kriegen. Und sie konnten sie kriegen, das war die Botschaft der Dame in Rosa.

Unwillkürliche Seufzer aus dem Auditorium untermalten ihren Vortrag, als sie fortfuhr. »Der zweite Trend dokumentiert sich in der großen Beliebtheit von Doku-Soaps, vor allem von Casting-Shows, das läßt sich sogar weltweit belegen. Tatsächlich«, sie beugte sich auf den Fingerknöcheln vor, als gäbe sie eine geheime, betroffen machende und höchst bedenkenswerte Sache Preis, »geben vierundfünfzig Prozent der Befragten in unserer Zielgruppe an, ihr oberstes Ziel sei es, einmal im Leben ein Star zu sein, dreiundsechzig Prozent gar würden gern an einem solchen Casting teilnehmen, und die Zuschauerquoten bei derartigen Veranstaltungen sehen Sie selbst.« Das Angel-Girl verabschiedete sich winkend zugunsten neuer Zahlen. Alle hätten sie gerne wiedergesehen. Die Dame von der Agentur wußte, nun waren sie reif.

»Die Schlußfolgerung liegt auf der Hand:« – Kunstpause – »ein Casting.« Sie ließ die Sache einwirken. »Ein großangelegtes Casting, welches das bisherige Auswahlverfahren für das Christkindl ersetzt. Unter maximaler Einbindung der Öffentlichkeit: Shows vor Ort, Dauerberichterstattung in der Presse, dazu Livecams im Internet, Clickrates mit Gewinnchancen,

Chatangebote und Livechats mit Kandidatinnen, um maximalen Traffic auf den Pages zu generieren. Und schließlich das Fernsehen.« Triumphierend überblickte sie den Aufruhr, den sie ausgelöst hatte. Dann zückte sie ihren größten Trumpf. »Meine Herrschaften, ich präsentiere Ihnen die neue Doku-Soap ›My Angel‹!«

Und über Nürnberg brach das Fernsehzeitalter herein. Jingles trällerten, Jugendliche lachten von der Wand, Logos flimmerten vorüber, Moderatoren begeisterten die Massen. Es sah tatsächlich aus wie eine richtige Fernsehshow.

Als die Bilder blaß wurden, herrschte einige Momente Stille. Vorsichtiger Applaus setzte ein, den der Marktamt-Referent Erlwein energisch durch das akademische Ritual des Klopfens mit den Fingerknöcheln auf die Tischplatte übertönte. Zufrieden nickte er; er war vom Fach, er wußte, wie so was ging. Dann verstummte das Pochen und Klappen, die Jagd war eröffnet. Sie mußte nicht lange auf den ersten Angreifer warten. Der Vertreter der Einzelhandelsunion lehnte sich mit verschränkten Händen zurück.

»Des iß ja alles recht hübsch«, begann er, und das Lächeln der Frau in Rosa vertiefte sich um einige gefährliche Grade. Säure schoß ihr heiß in den Magen, und schwarze Wolken der Frustration schoben sich hinter ihre Stirn, aber das bemerkte nur sie. »Alles schön und bund. Beeindruckend, ja. Aber ich bin a Gschäftsmann. Ich muß an meine Bilanzen denkn und derf mich ned vo mana Begeisdrung für die Kunst hinreißn laßn.«

Warum nur sagten sie immer alle dasselbe, dachte sie frustriert. Sie griff nach einer Flasche Cola, öffnete sie umständlich, goß sich ein und nahm langsam einen Schluck. »Natürlich, Herr Spörlein«, entgegnete sie dann beflissen, »Sie sind Geschäftsmann. Das sind alle unsere Kunden, wir, nebenbei bemerkt, auch. Sie lächelte schwach über ihren eigenen Scherz, doch er kam an. »Und ich kann Ihnen versichern, wir sind uns der Verantwortung für das Budget in vollem Maße bewußt. Was genau sind denn Ihre Bedenken?«

Spörlein lehnte sich zurück, vergrätzt, daß er so zuvorkommend behandelt wurde und sich kein Anlaß zum Poltern bot. »Fernsehn ist deuer«, raunzte er.

»Nicht dieses Format«, widersprach ihm die Dame, »und vor allem nicht dieses Konzept, denn wie Sie sehen, nimmt Ihnen der Sender ja die Produktion und damit die Produktionskosten ab. Sie haben hier ein Produkt, meine Herrschaften«, und sie hob die Stimme und sprach in die Runde, »das so interessant ist für die TV-Kanäle, daß die für Sie eine Sendung daraus machen werden. An uns bleiben lediglich die Kosten für die Casting-Organisation hängen, die sich durch den Einsatz von Sponsoren noch weiter minimieren werden. Wenn ich Ihnen mal ein Beispiel geben darf ...«

»Und Sie wollen«, warf der persönliche Assistent des Bürgermeisters ein, »uns allen Ernstes erzählen, daß sich ein TV-Sender für unsere Christkindl-Auswahl interessiert?«

»Frankonia-TV vielleicht«, witzelte Rösch, der Pressesprecher des Stadttheaters, und erntete einen bösen Blick von den anwesenden Vertretern der regionalen Hörfunk- und Fernsehsender.

»O nein! Nein.« Die Dame in Rosa zückte ihren größten Trumpf. »Bei einer entsprechenden Laufzeit, Umfang und Einzugsgröße garantiere ich Ihnen eine Zusammenarbeit mit« – sie legte eine Kunstpause ein – »RTL 2! Hier sind die Media-Daten.«

Hatten sie richtig gehört? Das war ja echtes Fernsehen. Alle stürzten sich auf die Tabellen, als verstünden sie etwas davon. Nur Spörlein muffelte noch immer. Aber schließlich, wenn die Sache nichts kostete ...

»Und was genau heißt das?« erkundigte sich der Leiter des städtischen Verkehrsvereins, »Laufzeit, Umfang, Einzugsgröße?«

»Nun ...« Jetzt kam die Klippe. »Es kommt natürlich darauf an, die Veranstaltung für ein überregionales Publikum interessant zu gestalten. Als Laufzeit vorgesehen ist daher eine größere Spanne: Wir drehen ab August, damit eine Serie daraus wird. Umfang: bis zu 1000 Kandidatinnen, mindestens fünf Steps.« Sie überging das Stöhnen. »Einzugsgröße: mindestens bayernweit.« Das war es, die Bombe war geplatzt.

»Was soll das heißen, bayernweit?«

»Und wenn's am Ende ...?«

»... ka Nembercherin?«

»Das muß nicht unbedingt sein«, suchte die Dame zu beschwichtigen, »aber wenn Sie RTL wollen ...«

»Aber keine Nürnbergerin, das geht doch nicht.« Man schüttelte den Kopf. Ammon umriß das Horrorszenario, das allen vorschwebte, als er sagte: »Stellt euch vor, da werden wir überschwemmt mit Spinnern aus München. Am End redet des Christkindl noch mit bayrischem Akzent.« Die Werbedame mußte lächeln. Exakt auf die Münchner Szene rechneten sie und ihre Kollegen. Ihre werbeorientierte Horrorvision war eher eine Überzahl von Bewerberinnen aus Breitengüßbach, Oberleinleiter oder Wohlmansgeseß.

»Glam Sie, mit irgendana Necherin da oben verkaufn mir was?«

Alle Köpfe wandten sich zu dem Sprecher um. »Herr Spörlein«, empörte sich die Presse-Riege unisono.

Doch er winkte ab. Das kannte er, alles linke Sensationsjägerei. »Jeds Johr schreim Sie in Ihrm Käsblatt, mehr Weihnachtsbeleuchdung mißd her, mehr dies und mehr des, un wir Gschäftsleud sollns zahln. Mir zahln ja an jedn Dreck. Aber des ned, na.«

Erlwein vom Marktamt wiegte den Kopf. »Die heavy user hätten wir damit jedenfall auf den Kopf getroffen.«

»Bayernweit, Herr Spörlein«, schmeichelte die Dame, »das sollte kulturell doch verträglich sein. Und die Entscheidung liegt ja wie jedes Jahr in der Hand der Jury.«

Das war es. Alle nickten zustimmend, erleichtert, das war die Lösung. Die Jury würde es richten, das waren schließlich sie.

»Allerdings muß auch die Jury den Erfordernissen des Mediums angepaßt werden: jung, prominent, attraktiv. RTL 2 hat da im Rahmen einer Vorabsprache ein paar Richtlinien gegeben.« Die Dame in Rosa tastete bereits nach einer schmalen Mappe mit »My Angel«-Logo.

»Wieso?« Acht Männer über sechzig schauten erst an sich hinunter und dann auf die Dame in Rosa. »Wer außer uns soll denn noch drin sitzen?«

Un saison en enfer

1

»Micha? Laß doch mal die Schere.«

Jeannette Dürers Kollege hob den Blick von der Leiche, als sie ihn rief; fragend schaute er zu ihr hinüber.

Sie winkte mit dem Funkgerät. »Du kannst aufhören. Wir haben eben eine Vermißtenmeldung reingekriegt, die auf sie paßt.«

Micha Braune ließ die Schere sinken, mit der er eben begonnen hatte, Proben aus den Kleidungsstücken der Toten zu schneiden, um sie für eine spätere Identifizierung auf die Kleiderkarte zu heften. Behutsam faltete er den karierten Minirock wieder sorgfältig zusammen und legte ihn zurück zu den anderen Stücken im Sack.

Jeannette Dürer zerknüllte den Vordruck, den sie bereits begonnen hatte auszufüllen, und überflog noch einmal ihre Notizen: Eingang der Meldung, Ankunft am Tatort, Witterungs- und Lichtverhältnisse ... Sie kniff die Augen zusammen, als sie zum Weißen Turm hinüberschaute. Bei ihrer Ankunft war es einer dieser klaren Sommermorgen mit blassen Himmeln gewesen, an denen man glaubte, auf dem Wind reiten zu können, und die, obwohl selbst noch klar und frisch, versprachen, so richtig heiß zu werden. Jetzt war der Mittag nicht mehr weit, die Luft über dem Asphalt flirrte, und der Schweiß stand ihr in feinen Perlen auf der Stirn.

Die Kleine, wegen der sie gekommen waren, würde keine Morgenbrise mehr genießen. Sie war einssechzig, etwa sechzehn, siebzehn, hätte sie geschätzt, aber das war unter der dicken Schminke schwer auszumachen. Sie hatte einen Karo-Faltenrock getragen, mini, aber nicht zu sehr, im Tod allerdings über ihre Hüften hochgeschoben, und einen kurzärmligen

Sommerpullover, beige, so wie ihn die Eltern ihren Kollegen im Revier beschrieben hatten. Ein eingestickten Blumenmuster sollte die Vorderseite zieren, das sie erst entdeckt hatten, als sie die Leiche wendeten. Jeannette Dürer ging noch einmal zu der Trage und hob die Plane an.

Die Augen des Mädchens starrten in den Himmel, die zurückfallenden schwarzen Haare ließen das Gesicht nackt aussehen. Sie legten außer haufenweise Rouge, das vor den Ohren dicke Puder-Ränder bildete, und einem irisierenden türkisfarbenen Lidschatten, der sogar die Augenbrauen bestäubt hatte, auch ein schwarzes Muttermal neben dem Ohrläppchen frei, das weder vom Make-up noch von der violetten Gesichtsfarbe der Toten verborgen wurde. Es war dieses Detail, das Jeannette Dürer so sicher machte.

Sie ließ es sich noch einmal über Funk bestätigen. »Genau. Und Sandalen mit Blockabsätzen, blau, Marke Rififi, links mit einer orthopädischen Erhöhung«, ergänzte die Telefonstimme in ihrem Ohr. Sie nickte zu der Aufzählung, angelte sich die beiden Schuhe, verglich die Höhe der Absätze und nickte wieder, ehe sie sie zurücklegte. All das hatte Micha Braune Stück für Stück verpackt. Als hätte es noch Sinn, sie vor der stärker werdenden Sonne zu schützen, deckte sie das Mädchen behutsam wieder zu und wies dann stumm die Sanitäter an, sie abzutransportieren.

»Der Vater hat angerufen«, klang die elektronisch verzerrte Stimme aus dem Revier erneut an ihr Ohr. »Die Kleine ist gestern nicht nach Hause gekommen. Normalerweise hätte ich ihn noch vertröstet, aber da kam euer Lagebericht rein, und ich dachte, versuchst du's mal.«

»Danke«, sagte Jeannette. »Wenn mehr so mitdenken würden. Gibst du mir die Adresse?« Sie klemmte sich das Funkgerät auf die Schulter und versuchte mitzuschreiben. Es war nicht einfach.

»Martin?« bat sie den Mann neben sich. »Halt doch bitte mal deinen Mund.«

Der Angesprochene, Martin Knauer, schwieg beleidigt und ließ seine Augen über den abgesperrten Tatort schweifen, die Absperrungen, die Zuschauer dahinter, die Spurensicherer auf ihrem Weg durchs Gelände. Es war schwer zu sagen, ob er irgend etwas davon wahrnahm. Selbst nicht im Einsatz, war er nur mit herausgekommen, um seiner ehemaligen Kollegin und Freundin sein Herz auszuschütten. Was er seit Stunden ohne Punkt und Komma tat.

»Weißt du, was er gesagt hat?« fragte er plötzlich bitter. »Weißt du, was er mir ins Gesicht gesagt hat?«

Jeannette verdrehte die Augen, dankte noch einmal ihrem Gesprächspartner und schaltete das Funkgerät aus.

»Er hat gesagt, es täte ihm leid, aber er könne es nicht bereuen.« Martin Knauer lachte bitter. Ununterbrochen redend folgte er Jeannette, als sie zum Fotografen hinüberging und einige Polaroids vom Gesicht der Toten erbat. Sie versuchte eine Auswahl zu treffen, von der sie hoffte, sie würde die Eltern nicht zu sehr schockieren, aber an den aufgedunsenen, verwüsteten Zügen war wenig zu beschönigen. Ihre Hand schwebte unentschlossen über dem Stapel.

Martin sprach derweil hartnäckig weiter. »Er hat sogar ein Bild von ihm in sein Reisetagebuch geklebt. Josef führt ja immer ein Reisetagebuch, auch dann, wenn's mal nicht um die Bildung geht.«

Der Notarzt kam und überreichte ihr den Totenschein. »Sie wurde erdrosselt, würde ich sagen. Sauerei so etwas. In dem Alter.«

»Können Sie schon was zu den Verletzungen sagen?« fragte Jeannette.

»Sie meinen, daß er ihr ›Hure‹ in den Bauch geritzt hat?« fragte der Arzt vorsichtig. Er sah aus, als könne er es nicht glauben, daß er selbst diese Dinge ausgesprochen hatte.

»Nein«, Jeannette schüttelte geduldig den Kopf. »Ich meine die Wunde oberhalb, am Brustkorb.«

»Ja, so«, erwiderte der Mann und sah noch ein wenig

unglücklicher drein. Schließlich faßte er sich ein Herz. »Also wenn Sie mich fragen, das sollte der Gerichtsmediziner klären, aber, ich meine, für mich sieht es aus, als hätte er versucht, ihr das Herz rauszuschneiden, und dann aufgegeben, weil es zu schwierig war.« Sein Abschied glich einer Flucht.

»Hast du das gehört, Jeannette?« flüsterte Micha Braune fassungslos.

»Nein«, antwortete Martin Knauer. »Ich höre nie zu, wenn Josef mit ihm telefoniert, hätte ja auch wenig Zweck, weil er italienisch redet, aber die sprechen stundenlang miteinander, stundenlang.«

Jeannette und Micha starrten ihren ehemaligen Kollegen fassungslos an. Martin erwiderte erstaunt ihre Blicke und hob die Hände. »Ja, und wißt ihr eigentlich, was das kostet am hellichten Tag?«

Die Kommissarin klopfte Micha Braune, der Luft holte, sich einen Kommentar dann aber verkniff, kurz und tröstend auf die Schulter. »Ich muß mit den Eltern sprechen«, sagte sie.

Er schluckte und nickte. »Soll ich mitkommen?«

»Ich komm mit«, hakte Martin sofort ein. Jeannette nickte Micha Braune zustimmend zu, der resigniert die Schultern zuckte und sich wieder dem Chaos der Fundstätte zuwandte.

Martin Knauer lebte auf, als sie alleine waren. Auf dem Weg nach Langwasser, zur Wohnung der Getöteten, redete er pausenlos auf Jeannette ein. »Ich hab verlangt, daß das sofort ein Ende hat, aber Josef meint, sie wären nach wie vor gute Freunde und er gäbe keine jahrelange Freundschaft auf wegen eines Wahns von mir. Eines Wahns! Als ob es Einbildung von mir wäre, daß die beiden es miteinander ...« Er hob die Hand und nickte vielsagend und aggressiv mit dem Kopf. »Erpressung nennt er das, Erpressung!«

»Martin, bitte, mußt du eigentlich alles zweimal sagen? Verdammt«, fluchte sie dann selber, als sie eine Abzweigung verpaßt hatte. »Hier«, sie legte ihm den Stadtplan auf die Knie und nannte ihm die Adresse, »schau mal nach, wie wir da am schnellsten hinkommen.«

Martin nahm die Karte, ohne sie eines Blickes zu würdigen, und begann energisch, sie zu einem winzigen Quadrat zusammenzufalten. »Der Mann weiß einfach nicht, was er will, das ist es, kann sich nicht entscheiden …« Er schaute auf. »Meinst du, ich sollte ihn verlassen?«

Jeannette verdrehte die Augen, antwortete aber nicht. Sie hatte die Straße auch alleine gefunden und war in eine Parkgasse zwischen zwei Hochhäusern eingebogen, deren weiße Plattenverkleidung in der Mittagssonne grell von dem dahinterliegenden Fichtenwäldchen abstach. Die Hände noch immer um das Lenkrad geklammert, schloß sie für ein paar Momente die Augen, um sich auf das vorzubereiten, was sie dort oben möglicherweise erwartete: Tränen, Vorwürfe, Aggression, Menschen, denen sie mit ihrer Nachricht alles nahm, was ihnen im Leben wichtig war.

»Ich meine, er hat noch nicht einmal die Diskretion besessen, seine Schmutzwäsche selbst zu waschen, hat sie einfach aus dem Koffer in den Wäschepuff gestopft. Sie hat sogar noch nach dem Kerl gerochen.«

»Martin!« Jeannette holte tief Luft und stieg energisch aus. »Ich nehme an, du willst nicht mit hinaufkommen?«

Die angegebene Adresse erwies sich als ein Apartment im zehnten Stock mit großem Balkon. Doch das Sonnenlicht flutete vergeblich durch die Panoramascheiben ins Wohnzimmer. Schwere dunkle Möbel, Erbstücke vermutlich aus einer ganz anderen Zeit und Welt, die in dem modernen Hochhaus seltsam wirkten und viel zu wuchtig für die kleine Wohnung waren, umstellten Bewohner wie Besucher mit ihren düsteren Profilen und versenkten sie in Halbschatten. Ein Mann mit roter Nase und Halbglatze hatte ihr die Tür geöffnet.

Jeannette hatte sich vorgestellt und ihre Dienststelle genannt. »Herr Sikorski?« Er nickte. Sie schaute auf ihre Notizen. »Der Vater von Maria Sikorski?«

Er nickte wieder, wie mechanisch, machte aber keine Anstalten, sie hereinzulassen. Er starrte sie nur an, wie die Schlange das Kaninchen. Als sie hinzufügte: »Ich habe eine schlimme Nachricht für Sie, wollen wir nicht hineingehen?«, gab er nur wortlos die Tür frei. Jeannette mußte sie selbst aufstoßen, den Fuß in den Flur setzen und sich ihren Weg ins Wohnzimmer suchen.

Stumm kam der Vater ihr nach. Seine Frau folgte ihm auf dem Fuße, so leise, daß Jeannette sie erst bemerkte, als sie den Blick von den Bildern losreißen konnte: zahllose Farbfotos schmückten den langen Flur auf beiden Seiten, kühn vergrößerte Amateurbilder in billigen rahmenlosen Haltern. Sie zeigten alle dasselbe Motiv, das tote Mädchen vom Weißen Turm, in immer neuen Posen: als Kleinkind mit einem Spielzeugtelefon; brav gesenkten Hauptes bei der Firmung; beim Ostereiersuchen, das Körbchen in der Hand, die rote Strickstrumpfhose über den Knien ausgebeult; auf einem Pony reitend, daß die kinnkurzen schwarzen Haare flogen; am Strand mit Eimer und Schaufel vor Reihen mit Sonnenschirmen; im Ballettröckchen, dritte Position; mit der Kerze in der Hand bei einer Prozession – »Schwarze Madonna 1999« war ein handschriftlicher Zettel mit unter das Glas geschoben –; und schließlich im festlichen Abendkleid. Ungelenk stand sie vor einer wuchtigen Couchgarnitur und präsentierte ihren schleifengeschmückten Blumenstrauß.

Dann stand Jeannette vor dieser Couch, einem Winkel aus braunem Leder, über dem in der Zimmerecke ein Kreuz befestigt war; rechts und links hingen Repliken russischer Ikonen. Auf den Plastikblumen in der Vase darunter lag nicht ein Hauch von Staub. Jeannette setzte sich, das Ehepaar Sikorski stand verloren vor ihr im Raum. Jeannette erhob sich wieder. »Setzen wir uns doch«, sagte sie, dann nahmen alle wieder Platz. Sehnsuchtsvoll schaute sie durch die geschlossene Balkontür hinaus in den gleißenden Sonnenschein, der dort auf sie wartete.

»Herr Sikorski, Frau Sikorski, wir haben heute morgen ein

Mädchen tot aufgefunden, von dem wir glauben, daß es Ihre Tochter ist.« Sie machte eine kurze Pause, während der keine Reaktion erfolgte. Behutsam fuhr sie fort: »Wir können uns aber nicht sicher sein, solange Sie sie nicht identifiziert haben.« Sie zog die Fotos heraus, das Motiv noch verdeckt. Bei dem Gedanken an den Unterschied zu dem frischen Mädchengesicht auf den Bildern im Flur mußte sie schlucken.

Frau Sikorski schlug die Hände vors Gesicht, noch ehe sie auch nur einen Blick auf den Packen Polaroids geworfen hatte, der vorerst verwaist zwischen den Parteien auf dem Wohnzimmertisch lag. Auch Herr Sikorski machte keine Anstalten, nach den Bildern zu greifen.

»Wir wußten es«, sagte er einfach. »Wir wußten es, als sie gestern nicht nach Hause kam. Sie ist nicht diese Art Mädchen, wissen Sie.« Er wollte tröstend nach der Hand seiner Frau greifen, doch die schweren Sessel standen zu weit auseinander, und die Hände seiner Frau kamen ihm nicht entgegen, blieben fest an ihr Gesicht gepreßt. Seine Finger sanken wieder herab, als hätten sie vergessen, was sie wollten. Zögernd näherten sie sich dem Stapel auf dem Tisch, zogen sich aber wieder zurück.

»Sie war nur beim Ballettunterricht und wollte danach noch zu ihrer Freundin Vanessa, Hausaufgaben machen«, brachte er vor, als könnte er damit den ihm bevorstehenden Anblick abwehren und noch einmal eine Normalität beschwören, die bereits endgültig verloren war. »Bei Vanessa, sagte sie, macht das mehr Spaß.« Seine Frau schluchzte auf hinter ihren Händen.

»Hat Vanessa das bestätigt?« fragte Jeannette nach.

Herr Sikorski nickte. Er sprach wie aufgezogen. »Sie wären danach in die Stadt gebummelt auf ein Eis. Vanessa war um acht zurück, meinte ihre Mutter.«

Jeannette hätte gern etwas Tröstendes gesagt. Doch zunächst mußte die Identifizierung durchgeführt werden. Vorsichtig schob sie den Packen Bilder über den Tisch näher zu Herrn Sikorski, der ihn anstarrte, als könnte er sich in etwas Gefährliches verwandeln. Als er auf seiner Hälfte des Couchtisches lag, schlug er mit einemmal heftig danach. Jeannette, die die Bewegung nicht hatte kommen sehen, zog mit einem unwillkürlichen Schmerzenslaut ihre Finger zurück. Sie schaute abwechselnd auf die Fotos, die nun auf dem falschen Perserteppich verstreut lagen, und auf Herrn Sikorski, der schluchzend in seinem Sessel zusammenbrach.

Automatisch stand Frau Sikorski auf, um Ordnung zu machen. Sie kniete sich hin und hob die Bilder eins nach dem anderen zärtlich in ihren Schoß. »Mein Mädchen.« Es war das einzige, was Jeannette sie an diesem Tag sagen hörte.

»Ich bringe Sie jetzt besser hinaus.« Herr Sikorski stand auf.

Jeannette tat es ihm unwillkürlich gleich. »Sie muß Ihnen viel bedeutet haben, es tut mir sehr ...«

Mit einer wegwerfenden Handbewegung schnitt er ihr das Wort ab. »Und das hier nehmen Sie besser mit.« Er bückte sich heftig nach den Bildern im Schoß seiner Frau. »Was ist das?« fragte er entsetzt.

»Die dunkle Farbe und die Schwellungen? Das ist eine Folge der ...«

»Nein, nein, nein: das!« Er brüllte es fast, wütend, gebieterisch.

Jeannette trat einen Schritt näher und beugte sich vor. »Das ist Schminke«, erklärte sie, »Puderrouge. Wenn man es so dick aufträgt wie hier, bilden sich an den Gesichtsrändern Stege und ...«

Maria Sikorskis Vater warf ihr die Fotografien fast ins Gesicht. »Das ist nicht meine Tochter«, brüllte er. »Meine Tochter hat sich nicht geschminkt wie eine Hure.« Er lief rot an, Speichel sprühte ihm aus dem Mund. Unwillkürlich trat Jeannette einige Schritte zurück, die er ihr bedrohlich folgte. Sie stand nun wieder im Flur. Maria Sikorski lächelte sie dort an, im Taftabendkleid im Wohnzimmer ihrer Eltern stehend. Sie trug dieselbe Spange mit Blüten aus Perlmutt-Imitat, die Jeannette Dürer ihr heute morgen aus dem Haar gezogen hatte. Eines der winzigen Blütenblätter war abgebrochen und im Staub um die Leiche herum auch nicht gefunden worden.

»Meine Tochter bemalt sich nicht«, schrie Herr Sikorski weiter und suchte offenbar, sie zur Tür zu treiben. Seine Frau, noch immer kniend, noch immer stumm, hatte sich an sein Hosenbein gehängt. Jeannette nutzte den Vorsprung, den sie ihr damit verschaffte.

»Das ist nicht meine Tochter.« Das dumpfe Brüllen des Vaters war selbst durch die geschlossene Tür noch im Treppenhaus zu hören.

Die Tür der Nachbarwohnung stand offen, und eine ältere Frau äugte neugierig nach der jungen Kommissarin. Jeannette rief sich das Bild von Maria Sikorskis Firmung ins Gedächtnis. An dem Gotteshaus mit dem modernen Glockenturm aus grauem Beton im Hintergrund war sie auf dem Weg hierher vorbeigekommen. Sie erkundigte sich bei der Frau.

»Freilich, des is unsere Gemeindekirche. Ich geh da jeden Sonntag hin«, beeilte sie sich hinzuzufügen, als müßte sie Jeannette von ihrer Tugend überzeugen.

»Die Sikorskis auch?« fragte Jeannette und zückte ihre Marke.

»Freilich!« war die empörte Antwort. »Ja, aber sagen's amal ...«

Doch Jeannette Dürer hatte sich bereits an den Abstieg gemacht. Sie verschmähte den Aufzug, das Treppensteigen tat ihr gut. Auf dem Rückweg würde sie an der Kirche halten und jemanden bitten, den Pfarrer bei Sikorskis vorbeizuschicken. Jemand mußte den Vater überreden, die Identifizierung zu bestätigen. Wenn er sich in seinem Kummer in die dumme Idee verrannte, daß das nicht seine Tochter sei, hatte sie nur zusätzlichen Ärger und Aufwand. Und sie mußte zurückkehren, um Marias Zimmer in Augenschein zu nehmen, einen Vernehmungstermin vereinbaren, die Adresse dieser Vanessa erfahren, verdammt, sie hatte ihre Hausaufgaben hier nicht besonders gut gemacht. Ob Frau Sikorski immer noch auf dem Boden lag? Sie zögerte und wählte schließlich die Nummer des ärztlichen Notrufs mit der Bitte, jemanden vorbeizuschicken, der bei den Sikorskis nach dem Rechten sah.

Martin wartete an den Wagen gelehnt auf sie, Arme verschränkt, Augen geschlossen, das Gesicht der Sonne entgegengewandt. Doch seine entspannte, friedliche Haltung löste sich sofort, als er sie sah. Umgehend überfiel er sie mit einem Redeschwall. »Dieses ganze Gerede davon, was bedeutungsvoll und was bedeutungslos ist, Herrgott eins, das kann doch wohl nur ich entscheiden, ob ich das wichtig nehme oder nicht. Es fühlt sich wichtig an für mich, oder? Täte es das für dich nicht? Es fühlt sich verdammt noch mal schmerzhaft an, sehr schmerzhaft, und wann ich darüber hinwegkomme, kann ich doch nicht auf Kommando sagen!«

»Martin, ich hatte da eben einen sehr anstrengenden ...« Sie hob die Hände und senkte sie resigniert wieder. Was sollte es auch. »Josef hat vielleicht nur gemeint, du solltest es nicht wichtiger nehmen, als es ihm selbst ist«, ging sie auf sein Lamento ein.

»Nicht wichtig? Nicht wichtig? Na hör mal, was ist einem solchen Menschen denn dann noch wichtig? Was ist dir denn zum Beispiel wichtig, häh?«

»Mir?« Zum ersten Mal an diesem Tag wurde Jeannette ein bißchen laut. »Meine Arbeit zu tun zum Beispiel.«

»Halte ich dich etwa ab? Halte *ich* dich von der Arbeit ab?« Er hüpfte in den Wagen und hob die Hände wie ein Zirkuskünstler. »Von mir aus kann es losgehen.«

Jeannette stieg seufzend ein. Sie sah, daß er schmollte.

»Martin, ich weiß, daß du Liebeskummer hast«, begann sie begütigend, »und daß du Urlaub hast und rumhängst und nicht weißt, wohin mit dir, aber ...«

»Los, fahr nur zu«, knurrte er. »Achte gar nicht auf mich.« Als eine Antwort ausblieb, schaute er kurz auf: »Was wolltest du hier eigentlich?«

Jeannette startete. Wortlos, aber mit quietschenden Reifen.

2

Es war spät am Abend, als Kriminalkommissarin Jeannette Dürer endlich die Tür zu ihrer Wohnung aufschließen konnte.

Pfarrer Bauer hatte sich lange Zeit für sie genommen und ihr bestätigt, daß Maria Sikorski ein ganz normaler Teenager gewesen war. Nicht auffallend braver war als andere, hatte sie doch nie gegen die strengen religiösen Überzeugungen ihrer Eltern verstoßen. Sie hatte an einigen Jugendfreizeiten teilgenommen, war lebhaft gewesen, aber nicht übermütig, interessiert an Jungen im Rahmen ihres Alters, was hieß, daß sie Spaziergänge mit zahlreichen Freundinnen durchs Zeltlager unternommen hatte, bei denen sie von Jungs verfolgt worden waren, die ihnen nett gemeinte Beleidigungen nachgerufen hatten, die die untergehakten Mädchen kichernd zu erwidern pflegten. Alles ganz normal eben.

Außerdem war der Pfarrer so freundlich gewesen, sie nach seinem Besuch bei den trauernden Eltern noch einmal anzurufen und ihr mitzuteilen, daß das Ehepaar Sikorski am nächsten Tag bereitstehen würde, ihr in seinem Beisein das Zimmer der Tochter vorzuführen und Fragen zu beantworten. Jeannette hatte ihm gedankt und diesen Besuch der langen Liste ihrer morgigen Pflichten hinzugefügt. Sie wollte mit dieser Vanessa und ihren Eltern, Marias Lehrerin und Mitschülern sowie allen sonstigen Freunden sprechen, die diese ihr würden nennen können. Dazu kam dann die Zeugenbefragung am Tatort.

Micha Braune hatte bereits an den Türen der meisten Wohnungen geklingelt, die einen Blick auf den Tatort hatten. Das Mädchen war zwar nicht dort vergewaltigt und erwürgt worden, da waren sie sich einig. Doch irgend jemand mochte das Fahrzeug gesehen haben, aus dem man die Leiche geworfen hatte, irgendwann zwischen zwei und fünf Uhr morgens. Die Kollegen würden in der nächsten Woche jeden Verkehrsteilnehmer anhalten, der um diese Uhrzeit da vorbeikam, es mochte ja sein, daß es seine tägliche Route war – auf dem Hundespaziergang, auf dem Weg zum Schichtdienst oder, wahrscheinlicher in dieser Gegend, auf dem Heimweg vom Puff – und er am Tat-Tag etwas bemerkt hatte.

Ihr Kollege Jochen Böhm setzte die größte Hoffnung in die Spermaspuren, die sie sicherstellen konnten. Der Kerl hatte kein Kondom benutzt. »Wenn es kein Ersttäter ist«, meinte er, »dann finden wir ihn in der Datenbank.«

Jeannette zog die Schuhe aus, kickte sie unter das Telefontischchen und knetete ihre Füße, was – einhändig und im Stehen ausgeführt – nicht sehr effektiv, aber alles war, was sie sich heute abend an Luxus noch gönnen würde. Dem Badezimmer widmete sie kaum mehr als einen sehnsüchtigen Blick. Kein langes laues Bad, keinen Martini mit Eiswürfeln dazu und ein Buch, dessen Seiten mit jedem Umblättern feuchter wurden; kein alter Spätfilm im Bett, mit nassen Haaren und offenem Fenster, nur sie, das Metro-Goldwyn-Mayer-Logo und die Sterne. Sie hatte Micha versprochen, den Bericht zu Hause noch fertigzuschreiben und ihm zuzumailen. Außerdem hatte sie die Fotos vom Tatort dabei. Wenn es kein Ersttäter war …

Diese Worte Jochen Böhms gingen ihr wieder und wieder im Kopf herum. Sie konnte sich an keinen Fall in den letzten Jahren erinnern, bei dem Körperteile entfernt oder Beschimpfungen in die Haut geritzt worden wären, weder in ihrem Zuständigkeitsbereich noch in der Fachliteratur, die sie zur Kenntnis nahm. Aber derart ausgetüftelte Neigungen flogen einem nicht eines Morgens zu, so etwas entwickelte sich über die Jahre. Sie hatte nicht wenig zu dem Thema gelesen. Diese Männer waren meist schon früher aktiv gewesen, manchmal sogar aktenkundig, als Spanner womöglich oder wegen sexueller Belästigung. Als sie noch unreif gewesen waren, Tastende, auf der Suche nach ihrer ultimativen Bestimmung. Und wenn sie sie gefunden hatten, hörten sie so schnell nicht wieder auf. Wer so etwas tat, der machte das nicht nur einmal, da war sie sich sicher. Wer solche Vorlieben besaß, der würde sie ausleben wollen, gestern vielleicht zum ersten Mal, wenn sie Pech hatten, aber gewiß nicht zum letzten Mal. Sie würde schauen, was die Fotos ihr über den Mann und seine Leidenschaften sagen konnten, der da am Werk gewesen war. Und dann wollte sie …

Das Krachen einer Explosion unterbrach ihre Überlegungen. Jeannette stieß die Tür zu ihrem Arbeitszimmer auf. »Was habe ich über das Betreten meines Zimmers gesagt?« herrschte sie die Gestalten an, die sich dort vor dem Fernseher auf der Matratze fläzten, die ihr seit einigen Wochen als Nachtlager diente.

»Aber es ist der einzige Fernseher im Haus. Und du bist ja eh nie da«, entgegnete ihr Neffe Jonas träge, ohne aufzuschauen.

An seine Seite gekuschelt, hockte sein kleiner Bruder Anton und starrte ebenfalls ohne Reaktion auf den Bildschirm, wo Bruce Willis eben wieder einmal die Welt rettete.

»Glaubst du, das ist das richtige für ein Kind von fünf Jahren?« fragte sie Jonas vorwurfsvoll. Milder im Ton fügte sie dann an Anton gewandt, zu dem sie sich hinunterkauerte, hinzu: »Solltest du nicht schon im Bett sein, junger Mann? Im Kindergarten morgen früh kriegst du dann die Augen nicht mehr auf.« Anton gab keine Antwort und rührte sich nicht. Einige Momente verharrte sie so vor ihm; sie sah, wie sich in seiner glänzenden Iris die Feuerbälle der explodierenden Autos spiegelten.

Seufzend richtete Jeannette sich wieder auf. Sie war es bereits gewohnt, von Anton wie Luft behandelt zu werden. Er ignorierte jeden, seine Mutter eingeschlossen; das ging so, seit seine Eltern sich getrennt hatten. Nach Aussagen seiner Kindergärtnerin hatte er seit einem Vierteljahr mit niemandem mehr gesprochen.

Als Jeannette vor einigen Monaten zu ihrer Schwester nach Jamaika geflogen war, um sie im Namen von Eltern, Schwager und Kinderschar zu bitten, doch zurückzukommen, hatte sie nicht geahnt, was sie mit dieser Mission auf sich nehmen würde. Doch, doch, Tanja war zurückgekehrt, aber nicht an den häuslichen Herd ihres Gatten, sondern in die vier Wände ihrer Schwester. Und das nicht allein.

»Das war doch mal eine WG«, hatte sie erklärt, »du hast hier reichlich Platz.« Jeannette hatte nicht leugnen können, daß zwei Räume ihrer Wohnung praktisch leerstanden. Trotzdem hätte sie sich Schöneres vorstellen können, als Tanja samt Anton, der das Sprechen eingestellt hatte, und dem Kleinkind Sara bei sich aufzunehmen, wenn auch, wie es hoch und heilig beschworen wurde, nur vorübergehend. Zumindest ihr fast achtzehnjähriger Neffe Jonas hatte zunächst bei seinem Vater bleiben wollen, wenigstens bis zum Abitur im nächsten Frühjahr, um sich dann gleich eine eigene Studentenbude zu suchen. Aber die beiden waren wohl doch nicht miteinander klargekommen. Jedenfalls hatte auch Jonas eines Tages mit seinen Rollenspiel-Utensilien unter dem Arm bei ihr geklingelt.

Jetzt schlief Tanja mit der zweijährigen Sarah in Jeannettes ehemaligem Bett, Jonas hatte mit Anton das Zimmer zum Innenhof bezogen, das einmal Jeannettes Mitbewohnerin Natascha gehört hatte, und Jeannette war nur ihr ehemaliges, halbverwaistes Arbeitszimmer geblieben. Sie hatte die alten Bücher aus der Studienzeit samt der Bananenkisten, in denen sie gestapelt waren, Amnesty International vermacht und so Platz für eine Matratze zwischen Schreibtisch und Fernseher geschaffen.

»Jetzt bin ich aber da«, beantwortete sie Jonas' letzte Bemerkung. »Also raus mit euch bitte, ich muß heute noch was tun.« Demonstrativ schaltete sie ihren Computer ein.

Statt einer Antwort schoß nur Jonas' Hand mit der Fernbedienung hoch. Wie eine Waffe richtete er sie auf den Bildschirm. Erholsame Stille setzte ein, nur unterbrochen von heftigem Keifen in der Küche.

»Ist das etwa Oma?« fragte Jeannette. Schicksalszerschmettert legte sie ihre Unterlagen auf den Schreibtisch. Ein Blickkontakt mit ihrem Neffen genügte, und sie nickte. »Okay, ihr könnt hierbleiben, bis sie weg ist.« Ohne Kommentar und Verzögerung ging der Fernseher wieder an.

In der Küche herrschte dieselbe ungewohnte Sauberkeit wie immer, wenn Frau Dürer dem Haushalt ihrer jüngeren Tochter einen Besuch abstattete. Die Stapel schmutzigen Geschirrs waren gespült und weggeräumt, die Kisten mit Altpapier, ungespülten leeren Konservendosen und Glasmüll verschwunden, die Dreckkrusten in den Ritzen zwischen den zusammengewürfelten Küchenmöbeln entfernt, die altertümliche Spüle auf Hochglanz gebracht, sämtliche Töpfe, Tassen und Lebensmittel im Ikea-Regal und dem pastellfarbenen Buffet aus den Fünfzigern umarrangiert bis zur Unauffindbarkeit.

Der große runde Tisch mit dem geblümten Wachstuch war, o Wunder, leer, bis auf Tanjas verschränkte Arme, die sich dort trotzig gegen eine Flut von Vorwürfen stemmten. Jeannette bekam noch mit, wie ihre Mutter den Plan entwickelte, die gefallene Tochter samt ihren Kindern bei sich zu Hause in der Einliegerwohnung aufzunehmen, ihr einen Job im Büro bei Freunden gleich um die Ecke zu verschaffen und die beiden Kleinen zu Hause zu versorgen, statt in dieser linken Tagesstätte, wo sie sich immer so dreckig machen dürfen. Kinder bräuchten ein Heim, erklärte sie nachdrücklich.

»Und eine Frau einen Sekretärinnenjob«, fauchte Tanja zurück. »Warum nicht gleich Putzfrau?«

»Das hättest du dir eben früher überlegen müssen«, erklärte ihre Mutter mit gespieltem Gleichmut und wandte sich ihren dampfenden Töpfen zu. Routiniert formte sie einen Knödel nach dem anderen und ließ ihn ins kochende Wasser gleiten. »Hast alles gehabt, ein Haus, einen Mann, und hast es weggeworfen.« Der letzte Knödel glitt mit einem schmatzenden Geräusch aus ihren Fingern. »Jetzt mußt du eben nehmen, was das Schicksal dir noch bietet, einer geschiedenen Frau mit drei Kindern!«

»Du meinst, ich soll alles genau so machen, wie du es mir

vorschreibst«, konterte Tanja. »Was mischst du dich eigentlich in mein Leben ein?«

»Wer soll dir denn sonst helfen? Deine Schwester etwa? Hat sie heute vielleicht daran gedacht, die Kinder von der Tagesstätte abzuholen?«

Jeannette errötete auf ihrem Horchposten. Verdammt, sie hatte es vergessen, versprochen, aber mal wieder vergessen.

»Das mag ja jetzt alles noch gehen, weil Jonas noch Ferien hat«, wurde Frau Dürer eindringlich, »aber glaub mir, spätestens nächste Woche brichst du zusammen. Du schaffst das einfach nicht alleine.«

Tanja hielt den Kopf gesenkt und antwortete nicht.

»Mädchen«, murmelte Frau Dürer und kam näher, um ihrer Tochter über den Kopf zu streichen, »soll ich nicht doch mal mit dem Nils reden. Ich bin sicher ...«

»Nein!« Tanja brüllte jetzt. Es war das erste Mal, daß Jeannette sie laut werden hörte. Vor Schreck trat sie selbst in die Küche und unterbrach damit das traute Gespräch. Frau Dürer, hochrot im Gesicht, rettete sich hastig zurück an ihre Kochtöpfe. Von dort aus plauderte sie verlegen noch dies und das, tadelte die Haushaltsführung, für die in ihren Augen mittlerweile offenbar Tanja verantwortlich war, und trat schließlich den Rückzug an.

Jeannette warf einen Blick auf die Küchenuhr. Es war kurz vor Mitternacht. Es war zu spät, und sie fühlte sich zu müde, um an der angespannten Stimmung noch irgend etwas zu ändern. Die Schwestern würgten ihr spätes Abendessen schweigend hinunter. Erst beim gemeinsamen Abwasch, zu dem Tanjas stumm gehobene Brauen Jeannette nötigten, fielen die ersten Worte.

»Hast du mitgekriegt, wie sie mich für den Dreck hier anmosert?« fragte Tanja und hieb mit der Spülbürste auf einen Suppenteller ein, daß es schwappte. »Als ob ich die Verantwortung für diesen Saustall trüge.«

Jeannette fand es eigentlich ganz amüsant, daß ihre perfekte

Schwester mal zur Zielscheibe der hausfraulichen Kritik wurde, und sagte das auch. »Da siehst du mal, wie es mir all die Jahre ergangen ist.«

Aber Tanja fand das nicht komisch. »Du«, schnaubte sie. »Du glaubst wohl, du hast das Leiden in dieser Familie gepachtet. Hat dir je ernsthaft jemand in dein Leben gepfuscht, he? Du warst doch immer die anerkannte junge Wilde, von der man eben nichts anderes erwartet hat. Sie schmeißt ihr Studium? Sie zieht in eine WG? Sie jagt Mörder? Man seufzt, packt das Putzzeug und geht die Scherben aufkehren. Mit echten Widerständen hast du doch nie zu kämpfen gehabt.«

Jeannette rührte beleidigt im Spülschaum. »Aber du mit Mann, Haus, Kind bist den Weg der großen Widerstände gegangen, oder wie?« maulte sie.

Tanja schien ihr gar nicht richtig zuzuhören. Mit der ganzen Energie ihrer Wut schrubbte sie das Geschirr und schimpfte vor sich hin. »Als Jüngere bist du doch immer verwöhnt worden. Ich durfte mir nichts erlauben, ich hatte perfekt zu sein, während du die Diva gespielt hast.«

»Jetzt mach aber mal 'nen Punkt!« Jeannette schmiß den Spülschwamm hin.

»Was ist denn passiert, als du nach dem Abiturball nachts nicht nach Hause gekommen bist?«

»Wann war das gleich«, wollte Jeannette einwerfen, »anno 1897?«

Doch Tanja ließ sich nicht aus dem Konzept bringen. »Nichts, null Komma nichts.« Sie schnippte spöttisch mit den feuchten Fingern. »Lange Gesichter am andern Tag, ein bißchen Gemaule. Du bist zu mir gekommen und hast dich beschwert, weil sie dich gebeten hatten, künftig in so einem Fall telefonisch Bescheid zu geben. ›Gängelei‹, nanntest du das mit deinen süßen siebzehn.« Tanja knurrte. »Als ich mir dasselbe erlaubte, war ich zwanzig, lebte in einer festen Beziehung und war fast mit meiner Ausbildung fertig. Weißt du, was sie mit mir gemacht haben?« Tanja wartete die Antwort nicht ab. »Sie haben mich rausgeworfen. Einfach so.« Ihre Spülbürste spritzte Schaumflocken an die Wand, als sie diese in einer abschließenden Bewegung durch den Raum schwenkte. »Gleich am anderen Tag bin ich dann bei Nils eingezogen. Mit gerade mal meinen Kleidern auf dem Leib.«

Jeannette schwieg. Sie betrachtete die Gestalt ihrer Schwester, die auf dem Küchenstuhl zusammengesunken war. Sie selbst mußte etwa zehn gewesen sein, als das passierte, eine Katastrophe jenseits des Horizonts ihrer kindlichen Wahrnehmung. Alles, woran sie sich erinnern konnte, war eine Zeit der langen Telefongespräche hinter verschlossenen Türen, danach hat man Tanjas und Nils Verlobung bekanntgegeben. Ein Jahr später wurde Jonas geboren.

Sie betrachtete ihre kräftige, sonst so lebenssprühende Schwester mit dem blonden Zopf, der jetzt müde herabhing, und fragte sich, was sie ihr wohl sonst noch so alles übelnehmen mochte, wovon sie nichts ahnte.

»Tja, so ist das, wenn man die ältere Schwester ist.« Tanjas Stimme klang halb bitter, halb versöhnlich. Ihre Handbewegung umfaßte Jeannettes Schmuddel-WG-Küche, ihre Flohmarktmöbel und Wände voller ausgeschnittener Cartoons, Gedichte, Poster, Fundsachen, ihr ganzes improvisiertes Leben. »Von dir hat bis heute niemand verlangt, erwachsen zu werden.«

Sorgsam stellte Jeannette das Geschirr zum Abtropfen hin, schwenkte das Becken aus, trocknete sich die runzligen Finger und setzte sich dann ebenfalls hin. Sie faßte Tanja sachte an der Schulter. »Ich bin doch auf deiner Seite«, sagte sie.

Tanja schaute hoch und bemühte sich um ein Lächeln. »Wie die Dinge stehen, sollte ich mich darüber freuen.« Sie stand auf. »Ich hol mir nur rasch was zu rauchen.«

Als sie wiederkam, hatte sie eine brennende Selbstgedrehte in der Hand. Breitbeinig hockte sie sich auf einen Küchenstuhl und beugte sich vor. »Erzähl mir zur Abwechslung mal was von deinen Sorgen«, meinte sie. »Meine eigenen kann ich nicht mehr hören. Wie war dein Tag, Schatz?« Ihr Ton war die Karikatur der liebenden Gattin.

Jeannette mußte grinsen, doch sie wurde sofort wieder ernst, als sie an den vor ihr liegenden Fall dachte. »Wir haben einen toten Teenager gefunden«, murmelte sie, »vergewaltigt und erdrosselt. Sie ...«

Doch Tanja verzog das Gesicht und schnippte Asche in einen Unterteller. »Um Himmels willen! Hast du keine anderen Sorgen?«

Jeannette schob den Unterkiefer vor. Die Stimmung wankte, doch noch war sie friedenswillig. Sie überlegte. »Martin, du kennst doch meinen Freund Martin, meinen ehemaligen Kollegen, der jetzt in Erlangen arbeitet.«

»Der kleine Schwule, der mit diesem netten Geschichtsprofessor zusammenlebt?« Tanja stieß genüßlich den Rauch aus. Das Thema war mehr nach ihrem Geschmack.

»Ja, der.« Jeannette schaute stellvertretend ein bißchen beleidigt. »Aber Josef ist kein Professor, nur Privatdozent. Und Martin ist derzeit gar nicht gut auf ihn zu sprechen. Er ist in den Urlaub gefahren und hat Martin dort glatt betrogen. Ach«, entschlüpfte es ihr, als ihr die Parallelen zum Fall ihrer Schwester auffielen.

Doch Tanja hatte es nicht bemerkt. »Und wie hat Martin es aufgenommen?« erkundigte sie sich, genüßlich inhalierend.

»Er wütet«, erwiderte Jeannette. »Nur innerlich natürlich. Fast nur. Sie haben wohl lange gezankt deswegen. Josef steht auf dem Standpunkt, es sei ein Ferienvergnügen ohne Bedeutung, das sich hauptsächlich der Tatsache verdankt, daß Martin ihn über seinem Job so vernachlässigt habe. Martin allerdings sieht im Geiste schon Legionen von jungen Studenten durch Josefs Bett steigen. Er ist ausgezogen. Zu seinen Eltern«, fügte sie auf Tanjas fragenden Blick hin hinzu.

»Fehler!« meinte Tanja nur. Sie dachte dabei vermutlich an ihre eigene Mutter. Jeannette, die Martins Eltern kannte, gab ihr im stillen recht. Herr und Frau Knauer weigerten sich bis heute, auch nur zur Kenntnis zu nehmen, daß ihr Sohn homosexuell war. Josef bezeichneten sie hartnäckig als einen Bekannten, den netten Herrn Doktor Brunner. Und wie lange sie denn noch auf »Schwiiecherdochder« und »Enkala« warten müßten?

»Schade drum, die beiden haben immer so einen glücklichen Eindruck gemacht.«

»Ja«, stimmte Jeannette zu, »die Hoffnung der Aufrechten.« Sie seufzte. Nie konnte sie ohne Nostalgie an Josef denken, in den sie zunächst selbst, wenn auch vergeblich, verliebt gewesen war. »Ich werde versuchen, mich rauszuhalten. Obwohl Martin natürlich ein Anrecht auf meine Solidarität hat«, fügte sie hinzu und dachte bei sich, daß er gerade dabei war, ein gut Teil dieser Rechte dadurch abzubauen, daß er ihr bei der Arbeit ganz gehörig auf die Nerven ging.

»Ist er seinem Josef denn nicht nachgefahren nach …«

»Italien«, ergänzte Jeannette auf Tanjas fragenden Blick hin.

»… nach Italien und hat ihn zurückgeholt?«

Jeannette schüttelte den Kopf. Nein, das war er nicht. Er hatte mit ihr am Fall des ermordeten Erlanger Biologieprofessors gearbeitet und seinen Job wichtiger genommen als seine Beziehung. Genauso wie Tanjas Mann Nils, der es vorgezogen hatte, sich auf einen wichtigen Kongreß in der Schweiz zu begeben, statt seiner Frau hinterherzureisen.

»Vielleicht«, sinnierte Tanja, Rauch ausstoßend, »vielleicht hat sein Freund da in Italien gesessen und nur darauf gewartet, daß sein Ritter in silberner Rüstung kommt und ihn errettet? Und ist dann nur an Mangel aus Alternativen fremdgegangen?«

Jeannette wußte es nicht. Sie betrachtete Tanja und dachte an Clifford, ihren jamaikanischen Mangel an Alternativen. Clifford war ein hochgewachsener, muskulöser, ungemein lässiger und wahrhaft begehrenswerter Mangel an Alternativen. Wie alternativlos Tanja gewesen war, konnte man daran sehen, daß sie ihn mit nach Deutschland gebracht hatte.

Jeannette zuckte nach kurzem Nachdenken die Schultern.

»Weiß nicht, wie lange hast du denn gewartet, bis du mit Clifford ...?«

Tanja kicherte. »Zwei Tage?« Prustend stieß sie den Rauch aus.

Erstmals stiegen die Rauchwölkchen Jeannette in die Nase. Sie schnupperte und zog kritisch die Augenbrauen zusammen. »Sag mal, ist das etwa was von Cliffords Zeug?« fragte sie. Als Tanja sie nur spöttisch ansah, kam sie in Fahrt. »Ja spinnst du denn? Hör mal, ich bin Polizeibeamtin! Was, glaubst du, passiert, wenn die in der Behörde spitzkriegen, daß in meiner Wohnung gekifft wird?« Sie war aufgesprungen, nahm ihrer immer noch kichernden Schwester den Joint ab und drückte ihn in der Spüle aus. »Er soll das Zeug gefälligst bei seinen Musikerfreunden deponieren. Herrgott!« Sie drehte sich zu ihrer Schwester um. »Daß ich dir das sagen muß, ist wirklich ein Witz.«

»Daß *du mir* das sagst, ist tatsächlich einer.« Tanja, die an Jeannettes wilde Studienzeiten dachte, in denen viele Haschischwölkchen aufgestiegen waren, während sie selbst ihr mahnende Vorträge über gesundheitsbedrohende Nebenwirkungen gehalten hatte, schien das sehr komisch zu finden, jedenfalls kicherte sie lauter.

»Dein Kind schreit«, meinte Jeannette trocken. Und tatsächlich meldete sich die knapp zweijährige Sara in diesem Augenblick mit sich steigerndem Geschrei. Während Tanja ging, ihre Jüngste zu trösten, warf Jeannette die verräterische Kippe in den Müll. Dann fiel ihr die Arbeit wieder ein, die noch auf sie wartete, und sie entschied sich für die Droge Kaffee. Sie traf Tanja draußen im Flur, das noch immer quäkende Kleinkind auf dem Arm und in gereizter Stimmung.

»Sag mal«, meinte die und zog angesichts der Fernsehgeräusche aus Jeannettes Zimmer die Stirn kraus, »sind die etwa immer noch wach?« Ohne Vorwarnung stürmte sie hinein, um ihre Söhne zusammenzustauchen. Ihr lauter Schrei rief dann auch Jeannette auf den Plan.

»Was verflucht noch mal ist das!« rief Tanja laut, doch es war keine Frage. Voller Ekel entwand sie den Fingern ihres Sohnes Anton grob die Fotos, mit denen er gerade gespielt hatte. »Gib das sofort her, sofort!« Was sie hernach anklagend vor Jeannettes Gesicht hielt, war eine Serie von Nahaufnahmen eines menschlichen Körpers mit aufgedunsenem, fast bis zur Unkenntlichkeit verformtem und lilafarbenem Gesicht. Andere Aufnahmen zeigten, mit danebengelegtem Metermaß zum Größenvergleich, eine klaffende Wunde am Brustkorb, aus der die Rippenbögen ragten und einige Fleischfetzen hingen. Nicht weniger obszön wirkten die Ganzkörperaufnahmen des Mädchens, wie es gefunden worden war, auf dem Bauch liegend, den Rock über das Gesäß mit der zerfetzten Unterwäsche hochgeschoben, das Gesicht zur Seite glotzend unter dem darüberfallenden kurzen Schwarzhaar.

»So einen Dreck schleppst du hier ins Haus. Hierher, wo meine Kinder drankommen«, überfiel sie Jeannette. Während sie ihre Schwester mit Vorwürfen überschüttete, rutschte Anton mit dem letzten Foto in Händen vom Computerstuhl und trollte sich wieder zu seinem großen Bruder, der nur die Schultern hochzog und weiter in den Fernseher starrte. Um die Hände für die weitere Auseinandersetzung freizuhaben, setzte Tanja Sara ab, die sofort zu brüllen aufhörte und gurrend lostorkelte.

Irgendwann reichte es Jeannette. »Es ist schließlich meine Arbeit«, verkündete sie. »Irgend jemand muß sich mit dem Dreck ja auseinandersetzen, damit du deine heile Kinderwelt pflegen kannst. Und es ist meine Wohnung ... apropos«, fügte sie hinzu, als sie sah, wie Sara fröhlich auf der Tastatur ihres Computers herumpatschte. »Heh! Was hast du gemacht?«

Hektisch hob sie die Kleine vom Drehstuhl, wußte der Himmel, wie sie da hinaufgekommen war, und begann, auf die Hilfetaste einzudrücken. Doch egal, wie oft sie die F-Taste auch bediente, der Bildschirm blieb schwarz. »Was hast du gemacht?« stammelte sie hysterisch, »was hast du da gemacht, du kleiner Teufel? Verflucht und zugenäht, ich muß dringend noch ins Büro mailen.« Sie schlug mit der Faust auf den Tisch.

»Fluch gefälligst nicht in Gegenwart meiner Kinder«, schrie Tanja hinter ihr, ihre Jüngste schutzspendend an sich gepreßt. »Komm zu Mama«, säuselte sie dann Anton entgegen, der sich erhoben hatte und auf sie zukam. Doch er steuerte zielstrebig an ihr vorbei zum Schreibtisch, wo er begann, rhythmisch mit der Maus auf die Platte zu schlagen. Die beiden Frauen funkelten sich an. Sie hätten den Melodienwechsel aus dem Fernsehlautsprecher überhört, wenn nicht plötzlich Jonas sie herangewinkt hätte.

»Guck mal, rief er, da ist deine Tote!« Und er hielt das Bild hoch, das Anton auf der Matratze neben ihm hatte liegenlassen. Alle scharten sich um den Bildschirm.

»Wo?« hauchte Jeannette und kniff die Augen zusammen. Vor ihr drehten sich Sterne zu einer fröhlichen amerikanischen Weihnachtsmelodie, immer wieder unterbrochen von den Nahaufnahmen märchenhaft geschminkter Mädchengesichter, die sich abwechselten mit weit realistischer aussehenden Massenszenen, in denen sich Hunderte weiblicher Teenager erwartungsfroh vor der Meistersingerhalle drängten. Manche winkten in den Bildschirm und warfen Kußhände, andere streckten dem Betrachter neckisch die Zunge heraus. Die Kamera kurvte wild darüber, schnitt Einzelszenen heraus, kam kurz auf erwartungsvollen Gesichtszügen zur Ruhe, auf Händen, die sich aufgeregt um die Träger mitgebrachter Rucksäcke und Sporttaschen klammerten, auf Make-up-Highlights und Miniröcken. Schließlich kam eine Einstellung, die sie nach Luft schnappen ließ: Eine Gruppe Mädchen mit Feuerzeugen in den Händen. Die Flämmchen tanzten wie bei einem Rockkonzert. Oder einer Prozession. Da war es, das schüchtern-verheißungsvolle Lächeln über die Lichter hinweg. Wie damals bei der Schwarzen Madonna: Maria Sikorski.

3

Fünf Stunden später stand Jeannette zwischen gähnenden Fernsehleuten im Studio des Regionalsenders, der diese Folge von »My Angel« für RTL 2 aufgezeichnet hatte. Wer die Hände frei hatte, hielt sich an einem der Plastikbecher mit zu heißem Kaffee fest. Jeannette, Teetrinkerin aus Passion, nahm einen Verzweiflungsschluck, verbrannte sich die Zunge und stellte fluchend ihren Becher ab, zwischen die blinkenden Regler und Tastaturen. Überhaupt machte der ganze Technikkram, der sie umgab, nervös. Ein junger Mann mit müdigkeitsgeröteten Augen gab ihr flehenden Blickes den Kaffee zurück, der eine feuchte Bedrohung für seine empfindlichen Geräte darstellte. Notgedrungen drehte sie ihn weiter zwischen ihren Fingern und schenkte ihm ein ausgefranstes Lächeln.

»Und was genau suchen Sie?« Der Aufnahmeleiter fuhr sich gähnend durch die Stirntolle.

Jeannette wiederholte ihr Anliegen ohne Zögern. Mitleidlos gab sie ihre Kommandos; sie hatte selbst nicht viel Schlaf genossen diese Nacht. Nachdem sie die Aufregung über ihre Entdeckung verarbeitet und Jonas' Erzählungen sowie den Fernsehzeitungen, die sie im Altpapier fand, alle Informationen entnommen hatte, die über die neue Doku-Soap »My Angel« nachts um drei und ohne funktionierenden Computer zu bekommen waren, hatte sie versucht, sich noch ein wenig hinzulegen.

Sie hatte Anton in ihrem Bett vorgefunden, der in dem Trubel von allen vergessen worden war. In einem Anfall von Rührung hatte sie sich neben den warmen, schlafduftenden Kinderkörper gekuschelt. Zwei Stunden später, nachdem sie zum x-tenmal Antons Füße im Gesicht hatte und feststellen mußte, daß dieses Kind im Schlaf Aikido-Übungen ausführen konnte, ohne auch nur kurz zu erwachen, hatte sie entnervt aufgegeben. Sie hatte ihn eben hochgestemmt, um ihn zu seiner vermutlich friedlich schlafenden Mutter getragen, als sie das Schloß der

Flurtür klacken hörte und dann das leise Summen von Tanjas Lover Clifford, der von einer seiner Sessions heimkam und noch immer den Kopf voller Musik hatte. Ergeben war sie zurückgestapft zu ihrer Matratze und hatte Anton möglichst an den Rand zu betten versucht. »Dann müssen wir Singles eben unter uns bleiben«, hatte sie gemurmelt, sich schützend in ihren Teil der Decke gewickelt und dem Jungen den Rücken zugedreht. Fünf Minuten später, sie hatte gerade wieder die Schwelle zum Schlaf überschritten und sank tiefer, immer tiefer, klatschte Antons kleiner Arm ihr mit Wucht auf den Kehlkopf.

Jeannette unterdrückte erneut ein Gähnen. »Kann ich die Szene einfach noch einmal sehen?« fragte sie und tippte mit dem Rand ihres Kaffeebechers auf den Bildschirm. »Was ist das?« Vor ihr saßen zwei Mädchen in einer Art Kabine, über der stand »Sag Hallo zu Nürnberg!« Sie trugen Namensschilder mit dem Logo der Sendung, dem Brustbild eines lächelnden Teenies, Flügel an den Schultern, der sich mit den Ellenbogen auf eine Glitterwolke stützte. »Maria« stand auf dem einen, »Vanessa« auf dem anderen. Kichernd und sich windend grüßten sie Freunde und erzählten jedem, der es hören wollte, daß sie die heißesten Engel seien. Das heißt, Vanessa kicherte und wand sich, ein banaler Teenager von mittlerer Attraktivität. Aber Maria sah einfach bezaubernd aus. Unwillkürlich lächelte Jeannette, als das Mädchen ihr aus dem Bildschirm entgegenlachte. Und ein schneller Blick auf die Umstehenden verriet ihr, daß es ihnen genauso ging.

»Sie war der Star des Tages, ungelogen«, meinte ein Kameramann. »Sie hat einfach was. Wir haben alle immer wieder auf sie draufgehalten.«

Der Aufnahmeleiter erklärte der jungen Kommissarin und ihrem Kollegen Micha Braune, daß es sich bei »Sag Hallo zu Nürnberg« um die intern so genannte Quasselbox handelte. Jeder konnte während der Wartezeiten reingehen und seine Show vor der automatischen Kamera abziehen. Das Band mit den beiden Mädchen sei womöglich noch länger als der in der Sendung gezeigte Ausschnitt. Er versprach, es für Jeannette zu besorgen und zu kopieren.

Doch es gab noch mehr Aufnahmen, und sie alle hatten dieselbe Wirkung wie der spontane Auftritt in der Quasselbox. Marias gegenüber der Kamera abgegebene Erklärung, warum gerade sie das neue Nürnberger Christkindl werden wolle, war um nichts weniger banal als die mal verlegenen, mal vorlauten Statements ihrer pubertierenden Rivalinnen, aber um einiges charmanter. Man mußte einfach lächeln, wenn man ihr zuhörte, und voller Sympathie nicken. Das war offenbar auch der Jury so gegangen, die Maria nach einer kleinen Performance mit Applaus in die nächste Runde vorgelassen hatte.

Nachdem das Mädchen vor ihr eine zähneziehende Version von »Stille Nacht« auf der Geige heruntergekratzt hatte, war Maria mit einer souligen Version desselben Liedes angetreten, für die ihre Stimme nicht ganz reichte, aber wer fragte danach bei ihrer Ausstrahlung. Ihre Nachfolgerin hatte sich bei ihrer Tanzdarbietung dermaßen in die Kamera verliebt, daß sie alle die Abbruchsversuche und das Urteil der Jury glatt verpaßte. Von den dreien war nur Maria weitergekommen und – fröhlich klatschend den allgemeinen Beifall zurückgebend – aus dem Raum gehüpft.

»Die hätte es weit gebracht«, kommentierte Micha Braune. »Dem da ist ja schon der Geifer runtergelaufen.« Er meinte Jurymitglied Nummer drei, einen prominenten Radiomoderator, dem die Begeisterung anzusehen war. Als er sah, daß Jeannette sich mit ihrem Becher unauffällig einer Grünpflanze genähert hatte, nahm er ihr ihn ab und kippte den Kaffee mit einem Schluck hinunter. Sie zog eine Augenbraue hoch, als er den Becher knisternd in der Faust zerdrückte und in einen fünf Meter entfernt stehenden Papierkorb kickte, sagte aber nichts.

Die Fernsehleute warfen sich vielsagende Blicke zu.

»Vor allem«, grübelte Jeannette, »war sie prominent zu sehen. Sie wandte sich an das Senderpersonal. »Mit welcher Verzögerung wird das jeweils ausgestrahlt?«

»Wir senden am selben Tag«, war die Antwort. »Der Vormittag wird in Zusammenschnitten gezeigt, die Endausscheidungen am Nachmittag live. Spätnachts dann gibt's die Wiederholung vom Tage, Freitag nacht ein Special.«

»Dann könnte er sie am Bildschirm gesehen haben.« Sie wiegte den Kopf. »Andererseits ... bißchen knapp. War das Gelände abgesperrt?« fragte sie dann. »Wer organisiert das alles überhaupt?«

Die Regieassistentin guckte sie groß an. »Wozu denn absperren? Es soll doch gerade kommen, wer mag. Das fördert den Event-Charakter. Ganz Nürnberg feiert und so, das kommt auf dem Bildschirm gut rüber. Nur rein zur Jury durfte bloß, wer einen Anmeldebogen ausgefüllt hat. Drinnen waren die Mädchen unter sich, abgesehen von den Begleitpersonen natürlich.«

»Die Anmeldebögen brauchen wir.« Das war Micha Braune.

»Das Ganze wird von so einer Eventmarketing-Agentur gemanagt«, meinte der Kameramann. »Aus Hamburg, ganz was Feines.«

»Wir haben die Telefonnummer der hiesigen Repräsentantin«, ergänzte die Regieassistentin und reichte Jeannette ein Kärtchen mit einer Handy-Nummer. Sie gab es an ihren Kollegen weiter.

Noch einmal lief das Band ab. »Hallo Nürnberg!« giggelte Maria in die Kamera, und Vanessa schmiegte sich an sie. Beide winkten.

»Sie trägt dasselbe«, murmelte Jeannette. Micha Braune nickte nur wortlos und betrachtete den karierten Faltenmini, dem nun ein Stoffquadrat fehlte.

Und da war noch etwas. Jeannette runzelte die Stirn. Sie kam nicht darauf, aber irgend etwas an Maria Sikorskis vor Aufregung gerötetem Gesicht irritierte sie. Da war die Haarspange, notierte sie im Geiste, heil noch, wie es aussah. »Stellen Sie das

Bild still«, befahl sie, und der Kameramann gehorchte mit einem Knopfdruck. Ja, die Spange mit den Emailleblüten war unbeschädigt, das konnten sie trotz des leichten Flimmerns gut erkennen. Aber das war es nicht, was sie beschäftigte.

»Sie ist geschminkt!« Micha sprach es aus, und sofort wußte sie, er hatte entdeckt, wonach sie suchte.

Ja, sie war geschminkt. In einem dezenten Perlmutt-Ton und mit hellila Lippenstift, genau in der Farbe der Stickerei auf ihrem Pullover. Jeannette Dürer zweifelte nicht daran, daß sich beides in dem Sportbeutel finden würde, den Maria Sikorski auf ihren Knien hielt und der jetzt vermutlich in Vanessas Zimmer herumlag – oder im Auto ihres Mörders, wenn sie Glück hatten. »Ja«, wiederholte sie laut, »sie ist geschminkt.«

4

»Eine gewagte Vermutung, Frau Dürer, aber das sind wir von Ihnen ja gewohnt.«

Jeannette Dürer versuchte, die selbstverliebte Pose ihres Kollegen Zametzer zu übersehen, der mit verschränkten Armen vor ihr stand, während sie mit dem Rücken an der Flurwand lehnte und abwechselnd auf ihre Schuhspitzen und auf Vanessa Rösch hinter der Glasscheibe blickte, die gerade das Vernehmungsprotokoll durchlas, das Micha Braune ihr zur Unterschrift gereicht hatte.

Jeannette schwieg bockig. Zametzer war ihr nicht eben sympathischer geworden, seit sie wußte, daß ihre beste Freundin Regine ein heimliches Verhältnis mit ihm hatte und von Zeit zu Zeit ihre Werbeagentur, ihr Loft und ihren Grafiker-Freund im fernen Hamburg zurückließ, um ein Schäferstündchen mit Zametzer zu verbringen. Jeannette hätte ihm liebend gerne gesteckt, daß sie sein Geheimnis kannte, aber sie wußte, es war Regines Sache, sie einander offiziell vorzustellen, wenn sie auch betete, daß der Tag nie kommen möge. Außerdem wurde sie das dumpfe Gefühl nicht los, daß er es als Triumph empfinden würde zu wissen, daß sie wußte, daß er ihre Freundin erobert hatte. Und daß sie hatte dulden müssen, daß er an Regines Seite in ihrer Wohnung genächtigt hatte, während sie selbst in Jamaika gewesen war …

Sie würde es Regine nie verzeihen, daß sie in ihrer Abwesenheit mit diesem Geliebten bei ihr untergekrochen war. Jeannette hatte, als sie dahinterkam, sämtliche Handtücher gekocht, die Zahnbürsten weggeworfen und eine neue Klobrille gekauft. Danach war das Lächeln, das sie ihm jetzt schenkte.

»Die Kleine lügt doch wie gedruckt«, meinte sie nur. »Sie hat gelogen, als sie sagte, Maria besäße keine Schminksachen, bis wir den Beutel dann unter ihrem Bett vorgezogen haben. Und sie hat gelogen mit der Behauptung, Maria um sechs an der U-Bahn-Station verabschiedet zu haben. Auf den Bändern von Frankonia-TV ist eindeutig zu sehen, daß sie sich bis mindestens acht Uhr auf der Après-Party vergnügt haben.« Jeannette rutschte etwas höher an der Wand und wechselte Stand- und Spielbein. »Sie versucht immer noch, ihre Freundin zu beschützen.«

Jeannette sah, daß auch Vanessas Mutter, Frau Rösch, die neben ihrer Tochter saß, ihre Aussage zugereicht bekam. Es war sie hart angekommen zuzugeben, daß sie das lange Ausbleiben der Mädchen Marias Eltern gegenüber am Telefon gedeckt hatte. Die beiden würden noch fernsehen, hatte sie gesagt. Sie hatte es schon öfter getan, weil die Maria zu Hause halt kaum ein Vergnügen hätte wie andere Mädchen und die zwei doch immer sehr zuverlässig gewesen seien. Verwirrt und zerstört saß sie nun da und zupfte am Sitz ihres Blazers herum. Vermutlich fragte sie sich, wie sie den Eltern der Toten gegenübertreten sollte.

»Und mit den Kondomen hat sie dann auch gelogen, ja?« erkundigte Zametzer sich. »Die lagen schließlich ebenfalls unter dem Bett. Warum sollte sie behaupten, das seien Marias, wenn sie sie doch schützen will?«

Jeannette mußte unwillkürlich grinsen. »Irgendwann geht

die eigene Haut vor.« Sie wies mit dem Kinn auf Mutter und Tochter, unglückliche Komplizinnen in einer Katastrophe, die sie völlig überrascht hatte. »Was würden Sie sagen, wenn Ihre Mutter neben Ihnen säße, während man Ihnen Verhüterlis unter die Nase hält. Sie hat die Vertrauenswürdigkeit der Mädchen doch noch so gelobt.« Vielleicht nur um sich selbst zu schützen, dachte sie. Es gab Dinge, an denen auch nur von ferne schuld zu sein man vermutlich nicht ertragen konnte.

Als hätte Zametzer ihre Gedanken gelesen, meinte er: »Die Mutter kann gar nichts dafür. Ich sage Ihnen, das waren zwei ausgekochte Früchtchen, richtige Lolitas. Diese Maria hat nach der Schule ein bißchen im horizontalen Gewerbe dazuverdient, und ihre Freundin hier womöglich auch.«

»Wegen der paar Gummis.« Jeannette schüttelte den Kopf. »Wissen Sie, was eine Professionelle so bei sich hat?«

»Nein«, sagte er provozierend, »woher sollte ich?«

»Aus beruflicher Erfahrung?« gab sie schnippisch zurück.

»Meine berufliche Erfahrung sagt mir jedenfalls, daß die Fakten für sich sprechen. Das Mädchen war nachts und stark geschminkt allein im Vergnügungsviertel unterwegs, das, wie ich betonen möchte, nicht auf ihrem Heimweg lag. Und genau da werde ich ansetzen. Ich werde eine gründliche Überprüfung des Tatorts und der möglichen Verdächtigen nicht aufgeben, weil sie sich wieder einmal in eine vorschnelle Ansicht verliebt haben. Ah, Kaffee!«

Er unterbrach seine Ansprache, um Martin Knauer abzufangen, der eben mit drei dampfenden Tassen den Flur heraufkam. Ohne auf Martins Protest zu achten, griff er nach dem größten Humpen und reichte Jeannette einen zweiten mit der Aufschrift »Du bist mein Augenstern«. »Sie machen sich ja richtig nützlich, seit sie dauernd hier herumhängen.« Sein Lächeln wankte etwas, als er den Inhalt der Tassen identifiziert hatte, wich aber nicht.

Jeannette öffnete den Mund zu einer scharfen Entgegnung, schloß ihn aber wieder; das sollte Martin selbst mit Zametzer ausmachen. Dazu allerdings kam er nicht. Denn auch ihr Chef, Paumgartner, hatte nun sein Büro verlassen und war zu ihnen herausgetreten.

»Ist der Kamillentee endlich da, Knauer?« erkundigte Paumgartner sich freundlich und sah sie der Reihe nach an.

Betreten blickten die drei zuerst auf ihre Becher hinunter und dann hinauf zu ihrem Vorgesetzten, der sie alle um gut einen Kopf überragte. Dann nahmen sie hastig die Tassen vom Mund und streckten sie ihm entgegen.

Paumgartner steckte die Hände in die Hosentaschen. »Wie stehen wir da?« erkundigte er sich.

»Wie die begossenen Pudel«, dachte Jeannette und verbrannte sich schuldbewußt am ersten Schluck die Zunge. Laut sagte sie: »Wir sind weitergekommen, wir ...«

»Eindeutig eine Sache im Rotlichtmilieu«, fiel Zametzer ihr ins Wort. Und er berichtete, daß die beiden Mädchen sich mit dem Wissen der Mutter herumgetrieben hätten, und erwähnte auch die Funde unter dem Bett. Seiner Ansicht nach war es nur eine Frage der Zeit, wann seine Männer unter den zahlreichen schäbigen Apartments in der Nähe des Leichenfundortes dasjenige herausfinden würden, das Maria Sikorski und vielleicht auch Vanessa Rösch angemietet hatten, um dort gelegentlich einer Tätigkeit auf dem Babystrich nachzugehen.

»Es ist schwierig, weil diese Absteigen oft von mehreren Frauen benutzt werden, die sie sich im Schichtbetrieb teilen, und allenfalls eine davon im offiziellen Mietvertrag auftritt, wenn überhaupt«, führte er aus, »aber wir werden sie finden. Und damit auch die Spuren der Tat und«, fügte er etwas lauter hinzu, um Jeannettes zunehmende Proteste zu übertönen, »den Lippenstift, den meine werte Kollegin vermißt.«

Paumgartner runzelte fragend die Stirn, und Jeannette machte sich daran, ihm zu erläutern, daß die gefundenen Schminksachen zwar zu dem Make-up, das Maria nachweislich während des Castings getragen hatte, nicht aber zu dem auf dem Gesicht der Toten paßten.

»Das starke Lippenrot, das Türkis, das viele Rouge, nichts davon ist auf den Filmaufnahmen zu sehen. Und die dazugehörigen Utensilien ließen sich auch nicht finden«, erklärte sie. »Warum hätte Maria sich umschminken sollen? Und wo?«

»Sie hat sich in ihrem Apartment für die Nachtschicht aufgebrezelt«, hielt Zametzer dagegen.

»Aber umgezogen hat sie sich nicht?« fragte sie kritisch.

»Vielleicht kam sie nicht mehr dazu? Oder ihr Kunde stand auf Schulmädchenlook? Außerdem war der Rock ja wohl schon ziemlich kurz.« Zametzer war nicht aus der Ruhe zu bringen.

Jeannette versuchte, sich auf Paumgartner zu konzentrieren. »Ich glaube, daß das Make-up nachträglich aufgetragen wurde, von ihrem Mörder, um eine falsche Spur zu legen, der mein Kollege hier jetzt auch prompt nachtappt.« Sie redete schneller, um einem neuen Einspruch Zametzers zuvorzukommen, der nur theatralisch die Hände hob, als wollte er sagen: »Was soll man da machen?«

»Ich glaube, daß ihr Mörder ihr beim Casting aufgelauert hat, in der Zuschauermenge. Es war ihr letzter bekannter Aufenthaltsort«, fügte sie hastig ein. »Vanessa Rösch hat ausgesagt, daß dort neben den Bewerberinnen eine Menge Leute herumhingen, Familienangehörige, Freundinnen, Fans, Spanner ...«

»Spanner hat sie nicht gesagt«, warf Zametzer scharf ein.

»Jungs«, verbesserte Jeannette sich rasch, »Jungs, die pfiffen und johlten. Und auch ältere Männer.«

»O pardon, ich wußte nicht, daß das die Definition für Spanner ist«, kommentierte Zametzer sarkastisch. »Aber natürlich habe ich nicht so viel zu dem Thema gelesen wie Sie.«

Unwillkürlich blickte Jeannette sich nach Hilfe um. Martin Knauer schaute melancholisch von einem zum anderen, schien mit seinen Gedanken aber auch jetzt nicht bei der Sache zu sein. Schließlich trat Stille ein. Langsam schüttelte Paumgartner den Kopf. »Bleiben Sie vorerst an den Wohnungen dran, Zametzer«, befand er schließlich, und an Jeannette gewandt fügte er hinzu: »Tut mir leid, aber die Post-mortem-Schminkhypothese erscheint mir doch etwas zu vage.«

Jeannette protestierte. Sie brauchte Männer, Leute, um ihrer Spur nachzugehen. Sie wollte die Personalien der Casting-Mitarbeiter überprüfen, verdächtige Zuschauer anhand der Kamera-Aufnahmen identifizieren – eine Sisyphusarbeit. Außerdem müßten sie die weiteren Castings beobachten, falls der Täter sich erneut dort herumtriebe, argumentierte sie. »Und ...«

»Jetzt ist es schon ein Serientäter!« unterbrach Zametzer hämisch ihren leidenschaftlichen Redestrom. »Nun aber wirklich. Wenn Sie so scharf aufs Fernsehen sind, dann bewerben Sie sich doch selber!«

Paumgartner brachte ihn mit einem Blick zum Verstummen, blieb aber bei seinem Nein. »Vielleicht hat der Kollege Zeit«, meinte er und wies auf Martin. »Was machen Sie denn so im Urlaub, Knauer?«

»Ich habe gekündigt.« Martin antwortete wie ein Schlafwandler, ohne einen der drei anzusehen. »Ich habe mich um eine Stelle in München beworben. Bis dahin wohne ich bei meinen Eltern.« Dann schritt er den Gang hinab, ein Verurteilter.

5

»Haben Sie dieses Mädchen schon mal gesehen?«

»Nein.« Die Tür flog krachend ins Schloß. Das war das Ende der kaum begonnenen Unterhaltung, und Jeannette haßte Zametzer noch eine Nuance stärker. Was für ein Unfug, ihr diese Befragung aufzubürden. Sie winkte Micha Braune zu, der ein paar Häuser weiter ebenso wie sie wieder auf die Straße getreten war und ihr ein Daumen-abwärts-Signal sendete. Sie wiederholte die Geste und wandte sich dem nächsten Haus zu, in dessen Erdgeschoß eine Bar namens »Moulin Rouge« lag, deren rote und rosafarbene Neonreklame jetzt am Vormittag noch ausgeschaltet war. Wenn die unangemessen bunten

Leuchtstoffröhren hier und da nicht wären, käme niemand darauf, sich hier im Rotlichtviertel zu befinden. Das Lokal mit den kleinen Fenstern und den Kacheln am Mauerstock sah von außen eher aus wie eine Bierschwemme, die Häuser, Altbauten allesamt, drängten sich eng an die mittelalterlichen Stadtmauern mit ihrem Wehrgang unter Fachwerkgebälk.

Passanten querten auf dem Weg in die nahe gelegenen Einkaufszentren der Fußgängerzone, alte Damen führten ihre übergewichtigen Dackel aus. Die türkischen Familien, die in der weniger anrüchigen Hälfte der Straße wohnten, gingen einkaufen in den zahlreichen Lebensmittelläden, in deren Schaufenstern sich neben Obst und Südfrüchten Nippes und billige Stereoanlagen drängten. Dazwischen lag Urgroßmutters Geschäft für Bettwaren, die liebevoll gefalteten Steppdecken in der Auslage hinter einer uringelben Fenster-Folie vor Sonneneinstrahlung geschützt. Dann wieder ein Neonschild: Das »Flamingo« warb mit grellem Kußmund um Kundschaft.

Jeannette stieg eine knarzende Holztreppe hinauf, die nach Harn, Putzmittel und feuchten Wänden roch. »Vorsicht, frisch gebohnert« verkündete ein Emailschild in Sütterlinschrift. Sie klingelte und stellte ihre Frage.

Der Mann, der öffnete, trug trotz der frühen Stunde bereits sein Goldkettchen und ein Hemd aus einem Stoff, den Jeannettes Eltern in den Sechzigern, als so was in war, an den Wohnzimmerfenstern hängen hatten. An Maria Sikorski, wie sie zur Schwarzen Madonna pilgerte, konnte er sich nicht erinnern. Es war das einzige Foto, das der Vater des Mädchens ihnen für Abzüge hatte überlassen wollen. Verheißungsvoll schaute sie auf ihre Kerze. Aber der Mann, der noch an seinem Frühstück kaute, ließ seinen Blick bereits über das Foto hinweg und an Jeannette auf und nieder wandern.

»Vielleicht fragen Sie mal eins Ihrer Mädchen«, schlug sie vor.

»Mädchen?« Er hob den Arm und kratzte sich im Nacken. »Hier sind keine Mädchen. Aber heh!« Er lächelte, Brötchenbrei zwischen den Zähnen. »Hat dir schon mal jemand gesagt, daß du als freie Unternehmerin echt was verdienen könntest? Ich könnte was aus dir machen, Mann.«

»Hat Ihnen schon mal jemand was von Beamtenbeleidigung erzählt?« Damit flog auch diese Tür ins Schloß.

Jeannette taten die Füße weh, als sie sich zwei Stunden später zu Micha in den Wagen setzte. Weiter vorn, nahe der Stelle, an der sie letzten Freitag Maria Sikorskis sterbliche Überreste gefunden hatten, sah sie die Menschen vorübergehen, als wäre nichts gewesen.

»Nichts. Und bei dir?«

Auch sie verneinte und wühlte im Handschuhfach nach der mitgebrachten Tüte mit Schokocroissants, die stark unter der Wärme gelitten hatten. »Endlich Frühstück.« Es ging gegen zwölf. Sie waren seit fünf Stunden auf den Beinen. »Ich sag dir, der ganze Aufwand, um eine Phantomwohnung zu finden, das ist kriminell. Wir sollten lieber mit den Fernsehleuten reden.« Sie kaute und kurbelte das Fenster herunter. Im Wagen war es fast unerträglich heiß.

»Wir suchen keinen Freier«, dozierte sie. »Wir suchen einen Psychopathen, einen, der auf echte Unschuld steht und dann verblüfft ist, sie wirklich zu finden. Weißt du, ich stell mir das so vor: Er sieht sie bei diesem Casting, verknallt sich, vielleicht spricht ihn auch das Religiöse an …«

»Mich würd's nicht wundern, wenn's der eigene Vater gewesen wäre«, meinte dagegen Micha und wischte sich die Schokolade aus den Mundwinkeln. »Rächer der Familienehre. Bei diesen christlichen Fundamentalisten weiß man nie.«

Jeannette ignorierte ihn. »Der Psychopath schnappt sich das Mädchen und wird zudringlich, ist dann ganz erstaunt, daß er nicht freundlich aufgenommen wird. Er kann den Akt nicht vollenden und ejakuliert über ihre Schenkel«, referierte sie die Erkenntnisse des Gerichtsmediziners, »er erwürgt sie in seiner Wut, weil sie ihn nicht wiederliebte. So was gibt's«, fegte sie einen nicht erhobenen Einwand beiseite, »kannst du nachlesen. Sie«, Jeannette hielt inne, »ja, sie wollte ihm ihr Herz nicht schenken. Nicht mal im Wortsinne.« Sie faßte sich an den Brustkorb, dorthin, wo jemand Maria Sikorski in dem vergeblichen Bemühen aufgeschnitten hatte, ihr Herz zu rauben. »Dann beschimpft er sie als Hure. Und das bringt ihn vielleicht auf die Idee, sie auch so herzurichten und schließlich dort abzuladen, wo wir sie fanden.« Sie kauten einvernehmlich schweigend.

»Wo ist eigentlich Martin?« erkundigte sich Micha Braune nach einer Weile.

Jeannette schaute auf die Uhr. »Wenn alles gutgeht, holt er gerade meinen Neffen und meine Nichte aus der Tagesstätte ab und geht mit ihnen schwimmen.«

Sie erwiderte Michas fragenden Blick stirnrunzelnd. »Ich dachte, das würde ihn ablenken. Also, packen wir's?«

»Pack mers!«

Die dritte Tür, an der Jeannette Dürer klingelte, wurde nicht geöffnet. Als unten im Erdgeschoß jemand das Haustor aufstieß und Zugluft im Treppenhaus entstand, verriet ihr ein Quietschen, daß die Wohnungstür nur angelehnt war; sie klappte leise und fiel wieder zu, ohne daß das Schloß einschnappte. Vorsichtig drückte Jeannette dagegen und schob sich hinein.

»Hallo?« Ein lichtloser Flur, dahinter eine schmuddelige Küche. Links lag das Arbeitszimmer, ein Raum mit Doppelbett und lustlos dekoriertem Flitterkram, der in den wenigen staubigen Lichtstrahlen aufblitzte, die dort hineindringen konnten, wo die Plastikfolie, mit der das Fenster komplett abgeklebt war, Löcher aufwies. Von dem knallroten Werbeaufdruck der Außenseite – »Pussy Cat« – war innen nichts zu sehen. Der Teppich wirkte schmuddelig; das Zimmer schien leer zu sein.

Rechts zum Hinterhof mußte die Toilette liegen; es plätscherte wie von einer defekten Spülung. Und vielleicht gab es noch einen Raum. Ehe Jeannette sich weiter in den Flur schieben und dort umschauen konnte, traf sie der Schlag.

Stöhnend brach sie zusammen. Eine Hand packte sie grob unter der Achsel und schleifte sie in den Flur. Instinktiv rollte Jeannette sich ein, doch es folgte keine weitere Attacke. Ihr Kopf dröhnte, obwohl die größte Wucht des Schlages von ihrer Schulter aufgefangen worden war. Jemand rüttelte an ihr herum. Sie hätte die Augen gerne geschlossen gehalten.

»Verdammt, verdammt.« Sie hörte das Gluckern einer angehobenen Flasche, dann Schluckgeräusche und wieder die verzweifelte Männerstimme. »Verdammt, verdammt, verdammt.«

Mühsam richtete sich Jeannette so weit auf, daß sie an die Wand gelehnt dasaß. Die schwarzen Ringe, die um ihr Sehfeld kreisten, gaben nur in der Mitte ein unklares Bild frei, ehe sie langsam schlingernd verschwanden. Eine kurze Übelkeit stieg in ihr auf, angefeuert durch den Schwall Alkohol und Magensaft, den ihr Angreifer eben auf den Teppich von sich gab. Dann richtete der Mann sich wieder auf und lehnte den Kopf an die Wand. Die rechte Hand mit der Flasche hing herunter, wie vom Gewicht des Gins nach unten gezogen. Die Linke hielt er sich vors Gesicht und starrte blöde auf Jeannettes Dienstwaffe zwischen seinen Fingern.

»Verdammt, was …«, lallte er erneut. »Was mach ich nur, was …«

»Sie machen gerade einen Fehler.« Jeannette versuchte, ihre Stimme laut und sicher klingen zu lassen. Sie hatte ein Gefühl, als müßte sie ihre Zähne ausspucken. »Aber Sie und ich, wir beide können das korrigieren.« Vorsichtig versuchte sie sich in den Stand hochzuschieben. Der Kopf des Mannes pendelte zu ihr herum, er starrte, als versuche er, ihr Bild scharfzustellen. Jeannette wußte, wie ihm zumute war. Sie hatte ihrerseits große Probleme damit, ihre Waffe im Blick zu behalten. Der Flur war so düster, und die dunklen Kreise vor ihren Augen, sie wollten nicht weichen. Hatte er die Pistole entsichert? Sie wagte einen ersten torkeligen Schritt. In ihren Ohren sauste es.

»Sssie sind kein Kerl.«

»Ich bin von der Polizei«, versuchte Jeannette einzuwerfen,

vorsichtig atmend, einen weiteren Schritt wagend. »Sie wollen doch keinen Ärger machen, nicht wahr?«

»Ich mach jeden fertig, der hier ..., der sie ... Wois mein Mädchen?« Jeannette versuchte, beruhigend auf ihn einzureden, während sie sich immer näher schob. Noch wagte sie nicht, ihre Schulter von der Wand zu lösen und frei zu stehen. Wie einem kranken Tier redete sie ihm zu. Dann kam die Öffnung der Küchentür. Etwas knackte. Jeannette wandte den Blick in den Raum und war vom gleißenden Sonnenlicht geblendet. Unwillkürlich hob sie tastend die Hände. Als sie wieder sehen konnte, blickte sie in den Lauf ihrer Pistole.

Das Funkgerät meldete sich. Micha Braune bestätigte. »Jeannette?« meinte er kauend. »Überprüft noch ein paar Wohnungen. Ich warte gerade auf sie. Was?« Unwillig lauschte er der knackenden Stimme Paumgartners, der ihm mitteilte, daß soeben einige hochrangige Vertreter der Stadt und der Einzelhandelsunion, unterstützt von einem eloquenten Pressesprecher von RTL 2, sowie der zuständige Staatsanwalt in seinem Büro säßen und Auskunft verlangten, warum ein Mitglied seiner Dienststelle Videobänder mit Aufnahmen von Zuschauern des Castings angefordert hätte. »My Angel« sei ein für das wirtschaftliche Florieren der Stadt vitales, hochsensibles Projekt undsoweiterundsofort und der Staatsanwalt nicht entzückt, übergangen worden zu sein, was die Richtung unserer Ermittlungen anginge.

»Ich habe erklärt, daß es keinerlei offizielle Ermittlungen in dieser Richtung gibt, daß es sich um ein Mißverständnis handelt und die Aufnahmen zurückgegeben würden«, meinte Paumgartner. »Und es war doch ein Mißverständnis!« Das war keine Frage.

Micha wand sich unter der leisen Zurechtweisung. Warum erzählten sie das überhaupt ihm? Die Fernsehtheorie war schließlich Jeannettes Steckenpferd. Er wollte gerade zu einer längeren Rechtfertigung ansetzen, als er den Schuß hörte.

Micha Braune legte die drei Treppen in Rekordzeit zurück. Was er über den Lauf seiner Pistole hinweg anvisierte, als er die Tür auftrat, war ein weinender Mann, der zusammengesunken auf dem Boden hockte, das Gesicht mit den Händen bedeckte und »Mein Baby« wimmerte. Jeannette lehnte in der Einfassung der Küchentür, das blasse Gesicht mit geschlossenen Augen der Sonne zugewendet; die Pistole hielt sie in der Hand. Vorsichtig, den kauernden Mann nicht aus dem Blick lassend, tastete sich Micha zu ihr hinüber.

»Bist du in Ordnung?« Er erhielt keine Antwort. Statt dessen rutschte seine Partnerin langsam im Türrahmen nach unten. Im ersten Schreck gaukelte ihm seine Phantasie eine rote Schmierspur am Türrahmen vor.

»Ich mach jeden fertig«, verkündete der Mann am Boden monoton.

Micha drehte den Kopf zwischen ihm und Jeannette hektisch hin und her. »Verstärkung kommt gleich«, versuchte er sich selbst zu beruhigen. »So ein Mistkerl.«

»Er hatte mir die Waffe abgenommen.« Das war Jeannettes matte Stimme. Sie war also bei Bewußtsein. Micha wischte sich den Schweiß von der Stirn.

Jeannette kam langsam wieder zu sich und erklärte ihm den Tathergang. Sie bezeichnete ihm die Stelle, wo die Kugel in die Decke eingeschlagen war, nachdem sie den Arm ihres Angreifers nach oben geschlagen hatte. Der Betrunkene hatte seitdem keine weiteren Versuche unternommen, sie anzugreifen. Er saß da und versuchte seinen Suff und seinen Kummer zu bewältigen, sie kämpfte noch immer mit ihrer Übelkeit. »Ich geh jetzt aufs Klo kotzen, und dann geht's mir besser«, verkündete sie, und so geschah es auch.

Als sie zurückkam, trug ihr Widersacher Handschellen. Nur der Form halber wankte sie ins Schlafzimmer und unterzog es einer flüchtigen Inspektion. Als sie zurückkehrte, zückte sie das abgegriffene Bild von Maria Sikorski und hielt es dem

Häufchen Elend vor die Nase, das Micha Braune da verhaftet hatte. »Kennen Sie diese Frau?«

Die Antwort nach kurzem Blick zwischen den Fingern hindurch, die er nicht von seinem Gesicht lösen wollte, war ein Kopfschütteln.

Erschöpft ließ Jeannette sich, als auch diese Pflicht absolviert war, auf das schäbige Sofa nieder, das in der Küche stand, und massierte vorsichtig ihre blessierte Schulter. »Wir hätten uns doch besser mit den Fernsehleuten unterhalten.«

»Da du das gerade erwähnst«, erwiderte Micha Braune. Er unterbrach seinen Vortrag über Paumgartners Zurechtweisung nur, um den Mann im Flur der eintreffenden Funkstreife zu übergeben, die sich auch daranmachte, das Projektil aus der Decke sicherzustellen. Micha ging und bemühte sich, die Personalien des Mannes festzustellen, der kaum ansprechbar war.

Jeannette schloß die Augen und spürte dem Schmerz auf seinen verschlungenen Pfaden durch ihre Gehirnwindungen nach. Nein, sie würde nicht helfen. Sie war krank, sie würde schlafen, jetzt gleich, jetzt …

Micha Braunes Stimme riß sie aus dem Dämmer, doch sie öffnete die Augen nicht. »Was?« fragte sie matt. Nein, das interessierte sie nicht. Sollte Zametzer das doch erledigen. »Zametzer«, sagte sie, den Mund voller Watte. Warum stand Micha denn immer noch vor ihr herum? Er sollte sie in Ruhe lassen. Seine Sätze fielen in ihr Bewußtsein wie Steine ins Wasser. Sie schaute ihnen beim Sinken zu. Das Echo einer schwappenden Welle zupfte an ihr. Ein Mord? Nicht ihre Angelegenheit, sie war raus für heute, sie ging zum Arzt.

»An einem Mädchen, Jeannette!« Langsam drang Micha Braunes Stimme in Echtzeit zu ihr durch. »So wie sie es beschreiben, liegt sie genau so da wie die Sikorski.«

Jeannettes Augen öffneten sich. »Im Rotlichtbezirk?«

Er schüttelte den Kopf. »Pegnitzwiesen.« Und er beschrieb ihr die Stelle.

»Das ist gleich bei mir um die Ecke!« Jeannette stand schon

in der Tür, als sie den Satz beendete. Micha fing sie gerade noch ab, als sie versuchte, ihren Fuß auf die erste der hinterhältig ausweichenden Treppenstufen zu setzen, die vor ihren Augen schwangen wie Schiffsschaukeln.

»Hoppla!«

»Ich hab's dir gesagt«, keuchte sie beim Abwärtsgehen, »hab ich's dir nicht gesagt? Er wird es wieder tun.«

»Du hast keinen Ton gesagt.«

»Dann sag ich's dir jetzt«, triumphierte sie. »Ich hab's gewußt.«

»Langsam, Clarence Starling«, bremste ihr Kollege ihren Enthusiasmus, »noch wissen wir gar nichts.«

Jeannette hielt inne, um den Schwindel zu beherrschen. »Das Schweigen der Lämmer«, sagte sie, »fand ich schon immer einen abgrundmiesen Film.«

6

Als sie ankamen und über den geschundenen Rasen eines Fußballplatzes zum Tatort eilten, flirrte die Luft über dem trockenen Gras und brachte die Reihe der Weiden am Ufer zum Tanzen. Trotz der Mittagshitze fehlten weder die Sonnenbader noch die Jogger noch die unvermeidlichen Frisbee-Spieler. Jeannette warf im Vorbeihasten einen Blick auf die junge Frau im neonrosafarbenen Bikini, die dort wie von der Gewalt der Sonne an den Boden genagelt dalag, mit ausgebreiteten Armen, und sich rösten ließ. Rippchen, fiel ihr beim Anblick des mageren Brustkorbs ein. Und da roch sie es auch schon.

Der aromatische Duft eines Grillfeuers stieg auf, als sie sich dem angegebenen Punkt näherten, einem Lager aus Decken, Kühltaschen und Plastiktüten voller Melonen. Die Sonne hämmerte ihren Kopf platt, bis sie endlich in den Schatten der Autobrücke eintauchte. Üppige feuchtrosa Fleischspieße warteten im Dämmerlicht neben dem Rost, unter dem es bereits heftig glühte. Qualm stieg auf zum Beton, Salatschüsseln standen im welken Gras. Die Hitze und der Blutgeruch waren zuviel für Jeannette in ihrem angeschlagenen Zustand.

Der türkischen Großfamilie, die hier auf zahlreichen Decken zum Picknick lagerte, war der Appetit ebenfalls vergangen. Ihre Kinder hatten die Leiche gefunden, als sie beim Fußballspielen dem Ball ins Ufergestrüpp hinterhergelaufen waren. Einige halbwüchsige Jungs hielten die aufgeregte Schar im Zaum, die hinter der sicheren Barriere der bunten Decken hervor den Polizisten drüben am Fluß bei der Arbeit zuschaute. Mit großen Augen musterten sie Jeannette und ihren Begleiter.

Während Jeannette blinzelte und unfreiwillige Grimassen zog, um den Blick wieder klarzubekommen und Herr über die Kopfschmerzen zu werden, redete Micha mit den Zeugen. Erst nach einer Weile bekam sie mit, daß er türkisch mit ihnen sprach.

»Meine Verlobte stammt aus Izmir«, erklärte er schüchtern und errötete, als sie ihn anerkennend gegen die Schulter knuffte.

»Eine Verlobte, hej.« Gleich darauf mußte sie sich an ihm festhalten.

Vorsichtig half er ihr über das provisorische Absperrband, das die Schutzpolizei bereits eilig gezogen hatte, und ihr Puls begann sofort wieder zu beschleunigen, als sie die Tote im Gebüsch liegen sah. Micha Braunes Kamera neben ihr klickte hektisch. Ihr Blick wurde über dem Anblick mit einem Schlag wunderbar klar, ihr Kopfschmerz war vergessen. Dieselbe Position, notierte sie im Geiste bereits, während sie eilig nach ihrem Diktiergerät nestelte, dasselbe Alter, dieselbe Kleidung, hier war es ein Jeans-Hängerchen mit Ringelpulli, hochgeschoben. Die Sandalen, die noch an den Füßen hingen, waren aus Goldlack.

Jeannette bemerkte, daß sie flüsterte, räusperte sich und wiederholte die ersten Ausführungen über Lage, Sicht, Wetter und Fundortdetails für das mitlaufende Band noch einmal mit normaler Stimme. Dreht sie doch endlich um, dachte sie dabei. Nur mit Mühe konnte sie an sich halten und das übliche Procedere der Funddokumentation durchschreiten. Ihre Gedanken rasten den Geschehnissen voraus. Immer wieder sah sie Maria Sikorski vor sich, ihren freigelegten Bauch, den starren Blick, das geronnene Blut – Schnappschüsse, die das Gedächtnis ihr in rascher Folge hinwarf. Jeannette konnte nicht stillhalten. In immer größeren Kreisen umschritt sie Braune und die Tote.

»Was machst du da?« rief Micha ihr zu. »Du zertrampelst doch alles. Bleib gefälligst irgendwo stehen, bis die Spurensicherung hier fertig ist.«

Sie entdeckte ein besticktes Jeanstäschchen, beschrieb Fundort und Größe, lieh sich Michas Kamera für einige Aufnahmen und hob es dann vorsichtig auf. Ein Taschentuch um die Finger gewickelt, unterwarf sie den Inhalt einer ersten knappen Sichtung. Ein Ferienpaß fand sich dort, aufgestellt auf Bianca Becker. Sie nahm ihn mit zu der Leiche. Der Arzt war inzwischen eingetroffen.

»Hilfst du mir mal?« Gemeinsam drehten sie das Mädchen schließlich um. Braune und der Notarzt stöhnten, als sie die verheerende Wunde sahen und den Schriftzug, obszön in das weiße Fleisch des Bauches geritzt. Jeannette nickte nur. Ihr Blick war auch schon über das Gesicht des Mädchens geglitten, das sie unter einer dicken Schicht Schminke hervor anstarrte und dem Bild in ihrem Paß nur mehr von ferne glich. Hängen blieb sie dagegen an einem kleinen Papierfetzen, der weiß auf dem blauen, unter der Brust vom aufgesogenen Blut dunkelbraun verfärbten Jeansstoff leuchtete. Es war ein Fetzchen nur, abgerissen bei dem Versuch, dort einen größeren Aufkleber zu entfernen. Und er zeigte ein lächelndes Teenagergesicht, aufgestützt auf zwei Hände, gerahmt von Engelsflügeln und einer Wolke. Der Logo-Schriftzug war abgetrennt worden, nur drei handgeschriebene Buchstaben waren noch zu entziffern auf dem, was einmal die Teilnehmerplakette für das aktuelle »My Angel«-Casting gewesen war: B, I, A

»Hallo Bianca«, flüsterte Jeannette. Dann griff sie zu ihrem Handy.

»Diesmal will ich keine Videobänder«, sprach sie in grimmiger Vorfreude zu sich selbst, »diesmal hole ich mir Speichelproben von allen Beteiligten dieses politisch sensiblen und wirtschaftlich so bedeutsamen Ereignisses, vom Kabelträger bis zum Stadtrat.« Sie wählte.

»Herr Paumgartner?« sagte sie, als die Verbindung stand. Micha Braune schloß die Augen. »Jeannette Dürer. Sind die Herren von der Stadt noch bei Ihnen?«

Die Herren tagten lange. Einig waren sie sich nur darüber, daß die Anwesenheit der Kommissarin Dürer nicht vonnöten sei. Jeannette akzeptierte das nur grollend. Nachdem sie einige Zeit vor den verschlossenen Türen Paumgartners auf und ab getigert war, kehrte sie schlecht gelaunt zu ihrem Schreibtisch zurück und stritt statt dessen mit Micha über die 263 Fragen des VICLAS, des Violent Crime Linkage Analysis System, das es Spezialisten ermöglichen sollte, ein Profil des Täters zu erstellen und möglicherweise andere im Kriminalpolizeilichen Meldedienst gespeicherte Straftaten ein und demselben Täter zuzuschreiben.

»Ich will das hier außerdem noch einem Freund von mir zeigen, der mal beim FBI gearbeitet hat«, erklärte sie.

»Was, du kennst einen Typen aus Quantico? Einen echten?«

»So echt wie Jodie Foster in ›Das Schweigen der Lämmer‹. Nein, Quatsch. Er ist Psychologe und hat ein paar Schulungskurse in Quantico bekommen.«

»Klasse. Und jetzt ist er so einer, dem wir unseren ausgefüllten Fragebogen vorlegen, und dann sagt er uns: ›Sie suchen nach einem untersetzten Mann mittleren Alters, römisch-katholisch, ledig, der mit seiner Schwester zusammenlebt. Bei seiner Verhaftung wird er einen Zweireiher tragen, geknöpft.‹«

Jeannette mußte lachen. Micha Braune hatte das berühmte Gutachten zitiert, das der Psychiater James Brussel 1957 in den USA für die Fahndung nach einem Bombenleger erstellt hatte, allein nach Sichtung der Tatortfotos und der Bekennerbriefe des Mannes. Es war eines der ersten Gutachten dieser Art in der Fahndungsgeschichte gewesen. Und es hatte gestimmt. »Ich wußte gar nicht, daß du die Klassiker kennst«, meinte sie. Und als sie seinen ironischen Gesichtsausdruck sah, fügte sie hinzu: »Aber er trug bei seiner Verhaftung einen geknöpften Zweireiher.«

Micha winkte ab. »Sie sind doch immer weiß, mittleren Alters, unterfordert in ihrem Job, unfähig, normale sexuelle Beziehungen einzugehen, und VW-Käfer-Fahrer ...«

»Käfer war in den Siebzigern«, unterbrach sie ihn. »Heute fahren sie fensterlose Kleinbusse oder Lieferwagen.«

»Eben«, erwiderte er. »Und zwar alle. Was dein Psychologenfreund dir erzählen könnte, kann ich auch, glaub mir. Wo hast du ihn überhaupt kennengelernt?«

Sie bedachte ihn ob des Themenwechsels mit einem amüsierten Seitenblick. »Bei Obi.«

»Bei Obi?«

»Ja, in der Werkzeugabteilung. Immer, wenn er es in einem seiner Fälle mit einer Verletzung zu tun hat, von der er nicht weiß, womit sie zugefügt worden sein könnte, läßt er sich von den dort versammelten Eisenwaren inspirieren.« Micha staunte. »Ich«, fügte sie hinzu, »suchte einen neuen Duschschlauch und hatte mich verlaufen.«

»Frau Dürer?«

Es riß Jeannette beinahe von ihrem Sessel, als sich endlich die Tür von Paumgartners Büro öffnete. »Ja?« Schweigend winkte ihr Chef sie hinein. Um die Tische inmitten der arg verbrauchten Luft saßen nunmehr nur noch ihre Kollegen Zametzer, Böhm und erstaunlicherweise Martin Knauer, der zum ersten Mal seit Tagen wieder wach und konzentriert wirkte. Der Staatsanwalt, Zametzers Sportskollege Udo Schilling, packte gerade seine Unterlagen zusammen und musterte sie im Hinausgehen derart von oben bis unten, daß sie vor Erstaunen vergaß, ihn mit einem scharfen Blick zurechtzuweisen, und ihm nur verdattert nachschaute.

Als sie sich wieder in den Raum drehte, blickten sie vier Männer an: Böhm besorgt, Zametzer unverschämt, Paumgartner angespannt und Martin noch immer ein wenig leidumflort. Aber alle schienen sie wie Schilling einer genauen Prüfung vom Scheitel bis zur Sohle zu unterziehen. Keiner sagte ein Wort.

»Also, was ist?« fragte sie, burschikos gegen ihr Unbehagen angehend, »habe ich eine Nudel an der Backe?« Diskret zog sie am Kragen ihres T-Shirts, damit es den sich ausbreitenden dunkelroten Bluterguß verdeckte, der sich auf ihrer Schulter abzeichnete und sie, den Aussagen des Notarztes zufolge, der sie im Anschluß an die Leiche von Bianca kurz begutachtet hatte, die nächste Zeit begleiten würde, samt Muskelschmerzen sowie periodisch auftretendem Kopfweh dank der enormen Beule über ihrem Ohr. Sicherheitshalber zupfte sie auch noch ihr Haar zurecht.

Paumgartner seufzte. »Lassen Sie uns gleich zum Wesentlichen kommen, Frau Dürer. Wir haben uns zum Einsatz eines Lockvogels entschlossen.«

Jeannette nickte, das war ein vernünftiger Ansatz. Sie selbst hätte genauso entschieden. Ihr Gehirn begann sofort zu tickern und die Grundzüge des Einsatzes auszuarbeiten. Sie würde die Operation leiten ... Im Geiste ging sie die Reihe der in Frage kommenden jungen Kolleginnen durch. In Gedanken vorauseilend, wurde ihr nur nach und nach das Schweigen im Raume bewußt. Erstaunt schaute sie auf.

»Nein«, sagte sie schließlich langsam. Nein, das konnten sie nicht ernst meinen.

Zametzer prustete los, als dürfe er endlich über einen gelungenen Witz lachen: »Endlich ist Ihr unreifes Wesen mal ein Vorteil.«

»Wir brauchen jemanden, der in jeder Situation kompetent reagieren kann«, versuchte Jochen Böhm es sofort beschwichtigend, »jemanden ...«

»Quatsch, wir brauchen jemand Blondes mit langen Beinen, der es bis in die Endrunde schaffen kann«, dröhnte Zametzer gutgelaunt. »Vorausgesetzt, sie stellen keine zu schwierigen Fragen. ›Fräulein Dürer‹«, imitierte er die Frauenstimme einer Moderatorin, »›wie alt sind Sie?‹ Hahaha.« Er schlug sich vor Begeisterung auf die Knie.

Entgeistert schaute Jeannette ihren Vorgesetzten an, der Stirn und Augen zunächst in müder Geste hinter der Hand verborgen hielt, schließlich aber ihren Blick erwiderte. »Sie sind tatsächlich unsere große Hoffnung«, sagte er.

»Das ist entwürdigend.« Jeannette verschränkte die Hände vor der Brust.

»Verantwortungsvoll«, warf Jochen Böhm ein. »Echt, wir baun auf dich.«

»Aber ...«, ihr Blick wanderte zu Martin, ihrem Freund und Partner. »Sag doch was«, flehte sie stumm.

Martin, mit verschlossener Miene, spielte hochkonzentriert mit seinem Kugelschreiber und äußerte sich nicht.

Das »Aber« blieb Jeannette Dürers letztes Wort in dieser Angelegenheit. Die Sache war beschlossen.

Wieder siebzehn! dachte sie verzweifelt, während die Herrenrunde dazu überging, die Details zu besprechen. Noch immer stand sie in der Zimmermitte. Da hatte sie eben eine Familie adoptiert und erwogen, endlich erwachsen zu werden, war bereit gewesen, sich all den Vorwürfen und Anforderungen an ihre unreife Existenz endlich zu stellen – und nun dieser Rückschlag. Wieder siebzehn in den Augen der Welt! Ihr graute bei dem Gedanken. Es war, als streckte die Pubertät erneut ihre Klauen nach ihr aus. Diese Qualen der Verlegenheit! Das peinliche Gekicher, die Unsicherheit. Plötzlich war sie aller Würden, Ränge und Leistungen beraubt. Unwillkürlich begann sie, auf den Fußkanten zu kippeln. Sie bemerkte es und stöhnte. O Gott, was würde nur ihre Mutter dazu sagen?

7

Jeannette war dankbar, daß Martin sie an diesem Abend mit dem Auto heimbrachte und sie dabei in Gedanken den engen Fahrplan für morgen durchgehen konnte. Immer dienstags und mittwochs wurden sogenannte Vorberichte zu »My Angel« gesendet, Hintergrundinfos, Interviews und vor allem die sogenannte »Gallery«, das waren Videoclips mit den Kandidatinnen, in denen diese sich vorstellen und eine Minute in selbstgewählter Umgebung über sich plaudern konnten. Die Clips der anderen Mädchen, die im nächsten Step auftreten würden, waren vorproduziert worden, aber Frankonia-TV war über die Nachzüglerin informiert und hatte Jeannette für morgen Mittag ins Studio gebeten, um ein Blitzportrait von ihr zu erstellen und in die »Gallery« des Tages zu schmuggeln; dann würde sie diesen Donnerstag im Casting an den Start gehen können. Niemand beim Sender wußte, wer sie wirklich war, auch die Agentur, die das Casting veranstaltete, war nicht informiert worden. Im Interesse von Jeannettes Sicherheit wollte man den Kreis der Eingeweihten vor Ort so klein wie möglich halten. Lediglich zwei Mitarbeiter des Marktamtes wußten Bescheid; sollte Jeannette in einer der Vorrunden steckenzubleiben drohen, ehe sie in dem Fall weitergekommen war, konnten sie der Jury einen Wink geben, Jeannettes weitere Teilnahme durch einen Gnadenakt zu sichern.

Zametzer hatte es sich nicht nehmen lassen zu betonen, daß man erwartete, sie werde aus eigener Kraft über die Runden kommen. Hah! Jeannette sah im Geiste schon die Kollegen in den Büros, wie sie Wetten auf sie abschlossen. Es war ein Alptraum. Daß Martin sich bereit erklärt hatte, ihr Verbindungsmann zu sein, war der einzige Lichtblick. Er hatte noch ein langes Gespräch mit Paumgartner unter vier Augen geführt, über das er anschließend nicht mit ihr sprechen wollte. Jeannette drängte ihn auch nicht dazu; es war ihr genug zu wissen, daß sie in der schwierigen Zeit, die in den kommenden Wochen vor ihr lag, mit ihm und nicht mit Micha oder gar Zametzer zu tun haben würde; Martin, selbst einem Martin mit Liebeskummer, konnte sie vertrauen.

»Vergiß nicht, du heißt Natascha Polster, aus München, und bist die Tochter eines hohen Tiers in der Stadtverwaltung, weshalb du gegen die Regeln quereinsteigen darfst.« Martin sagte erneut ihre Legende auf. »Du bist siebzehn Jahre alt ...«

»Gott«, stöhnte Jeannette und schlug sich mit der Faust an die Stirn, »das glauben die mir nie!«

»... willst nach dem Gymnasium ein Praktikum bei einer Zeitung machen«, fuhr Martin ungerührt fort, »aber vielleicht auch Lehrerin werden.«

»Aber das wollte ich nie!« protestierte Jeannette, »niemals, ich war todunglücklich bei meinen Schulpraktika damals, ich ...«

»Jeannette, beruhige dich!« Er nahm das Lenkrad in beide Hände, wandte den Blick von der Straße und schaute sie an. »Es ist nichts als eine Legende. Wir waren uns doch einig, daß wir so nahe an der Wahrheit wie möglich bleiben wollen.«

Nahe an der Wahrheit, das waren die besten Lügen, Jeannette wußte es. In ihrem Fall allerdings, dank ihres bunten, unausgegorenen Vorlebens, hatten sie die Auswahl zwischen einer ganzen Masse von Varianten. Sicher, die letzte Ausbildung, die sie abgebrochen hatte, ehe sie zur Polizei gegangen war, war ein Lehramtsstudium in Deutsch und Geschichte gewesen. Aber genausogut hätte sie für ihre künstliche Vita zurückgreifen können auf ihr kurzes Medizinstudium, die paar Kurse an der Journalistenschule oder ihre zwei Semester Philosophie. Was waren das doch für elend unentschiedene Zeiten gewesen. Und jetzt verlangte man von ihr, daß sie sich dahin zurückversetzte.

Jeannette wand sich auf ihrem Autositz. »Das ist alles viel zu unwissenschaftlich, Martin, wir hätten erst die Aussagen der Mädchen analysieren und uns dann an den Gemeinsamkeiten orientieren sollen, ein Opferprofil erstellen oder ...«

»Du liebst Pferde und überhaupt alle Tiere ...«

»Ich kann Haustiere nicht ausstehen«, erklärte Jeannette kategorisch. »Sie haaren, und sie riechen.« Bei diesen Worten schnupperte sie. »Daß du Mäuse hast, zum Beispiel, merkt man sogar an deinem Auto.«

Martin lenkte stoisch. »Das liegt daran, daß sie hinter dir stehen.«

Erstaunt drehte Jeannette sich um. Tatsächlich schwankte auf der Rückbank ein voluminöser Drahtkäfig, komplett mit Laufrädchen, Glöckchen, Treppchen, Gängen, Hüttchen und handgemalten Namensschildern. »Was um alles in der Welt ...?«

Martin bremste, blinkte und parkte entschlossen ein. Sie waren keine fünfzig Meter von Jeannettes Haustür entfernt. Er wandte sich um, griff nach hinten und zog zwischen Käfig und Sitz einen Koffer hervor. Dann sah er sie an mit der Miene eines Mannes, deren Leben in ihren Händen lag. »Wenn ich einen Tag länger bei meinen Eltern bleibe, drehe ich durch«, war alles, was er sagte.

Jeannette klappte den Mund auf und wieder zu. Sie starrte die Mäuse an, die sich in eine Schlafhöhle mit Glasfenster zurückgezogen hatten und den dramatischen Moment verschliefen. Das Bild von Noah und seiner Arche fiel ihr ein, das jahrelang die Kleiderschranktür in ihrem Kinderzimmer geziert hatte, das kleine Zimmer mit dem Bett, in dem sie jeden Abend all ihre Stofftiere versammelt hatte, ausnahmslos jedes, bis für sie selbst kaum noch Platz war. Martin inspizierte seine Schuhspitzen. In ihrem Kopf summte es: »Die Dinosaurier, wer'n immer trauriger«. Mitleid befiel sie.

»Die Viecher auch?« fragte sie, doch ohne die Antwort abzuwarten, nahm sie ihn beim Arm. »Komm erst mal rein. Aber ich warne dich, du weißt, wie es zur Zeit bei mir steht. Hi«, rief sie kurz darauf etwas lauter, nachdem sie die Wohnungstür aufgeschlossen hatte. Sie stellte Martin dem ersten ihrer neuen Mitbewohner vor, der den Kopf in den Flur steckte. »Das ist Clifford«, erklärte sie. »Meine Schwester Tanja hat ihn in Jamaika kennengelernt. Er, er wohnt eine Weile bei uns und macht Musik in einer Band. Was macht die Kunst, Clifford?« erkundigte sie sich im Vorbeigehen. »Das ist übrigens mein Freund Martin, er wird eine Weile hier wohnen.« Clifford lächelte breit und schien sich weder über Mann noch Maus zu wundern.

»Hi«, antwortete er nur, »wir kommen vielleicht bald ins Fernsehen.«

»Ja, klar, fein«, murmelte Jeannette zerstreut und zog Martin in die Küche, der Clifford mit offenem Mund nachschaute, bis Jeannette ihn auf einen Küchenstuhl drückte.

»Siehst du«, meinte er verwirrt, »alle wollen ins Fernsehen.«

Jeannette knurrte. »Andere, ich weiß. Clifford hat uns schon vorgeschlagen, als Team bei so einer Rateshow aufzutreten. Fernsehen fasziniert ihn. Und nicht nur ihn«, seufzte sie, als sie das laute Dröhnen aus ihrem eigenen Schlafzimmer hörte. Eben wollte sie sich aufmachen, um ihre beiden Neffen wieder einmal aus ihren heiligen Hallen zu scheuchen, da kam Tanja herein. Sie kreischte.

»Was ist das?«

»Das ist Martin«, antwortete Jeannette betont ahnungslos, als stünde kein auffälliger Drahtverhau auf ihrem Küchentisch.

»Nein, ich meine das«, zischte Tanja böse.

»Mäuse!« Doch es war nicht Martin, der das Offensichtliche ausrief, sondern Anton. Der Schrei seiner Mutter hatte ihn samt seinem Bruder vom Fernseher in die Küche gelockt.

Tanja stand da wie vom Donner gerührt. »Sag das noch mal, Schatz!« flüsterte sie.

»Mäuse«, verkündete Anton mit großen Augen und wandte sich zu seiner Mutter um. Seine Stimme klang nach den Monaten des Schweigens etwas fiepsig, aber dennoch gewohnt entschlossen. »Ich will auch welche.«

Tanja brach in Tränen aus und umarmte ihren Sohn. Sie hob ihn hoch, riß ihn an sich und erdrückte ihn fast. »Ja Schatz«, versicherte sie zwischen Küssen und Schluchzen, »aber ja, mein

Schätzchen, natürlich bekommst du Mäuse. So viele du willst. Sag das noch mal.« Und wie ein Liebespaar, das in die Büsche flüchtet, verschwand sie mit ihrem nach Monaten erstmals wieder ein Wort sprechenden Sohn in die Zurückgezogenheit ihres Zimmers. Sie hörten zwischen Tanjas unterdrückten Schluchzern noch das permanente Babbeln von Antons Stimme, der eifrig erklärte, wie viele wie geartete, gefärbte und untergebrachte Mäusetiere er genau erwartete, dann erstarb beides hinter einem Türenklappen.

Jeannette drehte sich zu dem perplexen Martin um. Sie versuchte es mit einem lässigen Schulterzucken, doch sie schluckte gerührt. »Willkommen«, sagte sie.

Es wurde eine unruhige Nacht. Teils, weil die Mäuse, die sie in der ohnehin selten gebrauchten Gästetoilette untergestellt hatten, nachtaktiv waren und fröhlich rappelnd durch ihre Gänge und Rädchen sausten. Teils, weil Martin, der in dem vom Hauptkorridor abzweigenden, zu dieser Toilette führenden Flur hinter einem provisorisch aufgespannten Vorhang auf einer Matratze nächtigte, sporadisch heftig zu schnarchen begann. Und teils, weil Jeannette der Gedanke an den morgigen Tag nicht losließ.

Es war nachgerade lächerlich, wie die anstehende Selbstdarstellung für Frankonia-TV sie umtrieb, obwohl sie nicht ihrem wahren Ich galt. Natürlich nicht, wie sie sich anhaltend, aber vergebens vorhielt. Jeannette konnte nicht anders, sie hielt Lebens-Rückschau. Unglücklich überlegte sie, warum sie nach langen Irrwegen ohne Vorwarnung Polizistin geworden war, um schließlich in einer verlassenen WG-Ruine zu hausen, mit nichts als ein paar Bananenkisten voller Bücher, die sie nicht mehr las, den ewiggleichen schwarzen Lederhosen und einem Beziehungsleben, das nur als Katastrophengebiet bezeichnet werden konnte: Ihr vorletzter Schwarm war schwul gewesen, der letzte hatte versucht, sie umzubringen.

Und sie überlegte, wie es zugegangen war, daß sie jetzt

mit sechsundzwanzig hier lag mit kaum fünf Quadratmetern, die sie ungestört ihr eigen nennen konnte, nichts, worauf sie sich freute, und keinem Plan für ihre Zukunft über den morgigen Tag hinaus. Unbehaust, fiel ihr ein. Nicht erwachsen geworden, hätte ihre Mutter dazu gesagt. Ihre Mutter, die jetzt, seit Tanja hier war, noch öfter ungebeten mit Putzfeudel, Kochlöffel und guten Ratschlägen in ihre Wohnung und ihr Leben einfiel, als wäre es wirklich nicht das eines Erwachsenen.

Schließlich war sie aufgestanden und hatte sich an den Computer gesetzt. Jeannette schaltete den von Martin – gepriesen sei er – wieder reparierten PC ein, heimeliges Brummen erfüllte das dunkle Zimmer. Na bitte, wenigstens in der Arbeit lag Heimat. »Polster, Natascha« nannte sie die neue Datei. Doch als sie nach einer Stunde trüben Brütens auf das Getippte blickte, stand da nur: »Sechsundzwanzig« und »kein Mann«. Der Wecker auf dem Boden zeigte 3 Uhr 40.

Die Haustür klackte, wieder einmal war es Clifford. Sie verfolgte sein Summen bis zu Tanjas Tür. Tja, da schlief heute außer Sara schon Anton, dachte sie. Das Summen kam näher, Wortfetzen eines Songs von Bob Marley mischten sich darunter. Ein Stolpern, offenbar hatte Martin seine Schuhe vor den Vorhang gestellt. Vermutlich will er in die Küche, dachte Jeannette, doch da öffnete sich die Tür ihres Zimmers. Als sie aufsah, stand er schon hinter ihr.

Clifford duftete nach dem Rauch der Clubs, in denen er mit seinen Freunden spielte, und nach sich selbst. Nur das Licht des Monitors beleuchtete sein Gesicht.

»Du arbeitest zu viel«, lachte er nach einem Blick auf sie und begann, ihre Schultern zu kneten. Er war ein begnadeter Masseur, das Prickeln lief von ihrem Nacken bis über die Kopfhaut und wieder zurück, als Gänsehaut die Wirbelsäule hinunter und in Regionen, von denen ihr peinlich war, daß sie in diesem Zusammenhang reagierten.

»Du bist ein begnadeter Masseur«, sagte sie ehrlich und

unnötig laut, nachdem sie sich geräuspert hatte. Dann folgte sie seinem Blick über ihre Schulter auf den Bildschirm und schaltete den Computer aus, ohne ihn herunterzufahren.

»Du solltest dich viel mehr entspannen«, fuhr Clifford fort. »Ist nicht gut, wenn jemand immer so ist wie du. Ich könnte dir helfen, ich bin gut im Entspannen.«

Das Angebot war ebenso eindeutig wie unbefangen. Und beunruhigend. Nur ein interkulturelles Mißverständnis ermahnte sie sich, kein Grund, hysterisch zu werden. Anstatt in sein Gesicht zu blicken, konzentrierte sich darauf, die langen, glänzenden Zöpfe zu betrachten, zu denen sein Haar geflochten war. Keine Rastazöpfe, sondern Flechten wie Seide, die weich über sein Gesicht fielen, als er sich über sie beugte.

»Du bist mit Tanja hier«, stieß sie schließlich halb streng, halb entgeistert und ein wenig peinlich berührt aus, verlegen, weil ihr nichts Eleganteres einfiel.

»Sie ist deine Schwester«, erklärte er erstaunt. »Sie gönnt dir das Vergnügen. Wer sonst sollte es dir gönnen? Und du brauchst ein wenig Vergnügen. Denkst viel zuviel.« Er strich ihr übers Haar.

Jeannette lächelte krampfhaft. Wie sollte sie Clifford erklären, daß Geschwisterliebe hierzulande anders ausgedrückt wurde? Speziell die Liebe zwischen ihr und ihrer Schwester endete weit vor dem Teilen eines Liebhabers, ganz sicher aber spätestens dort. Und ihr eigener Mumm schon lange vorher. Oder war es nicht vielmehr eine Sache der Moral? Sie verspürte in dieser Frage eine gewisse und zunehmende Unsicherheit.

Clifford, der bemerkte, wie sie sich unter seinen streichelnden Fingern zu verspannen begann, lächelte nur, richtete sich auf und ging, mit einem letzten schauerauslösenden Hinstreichen über ihre Wange.

Jeannette hörte, wie er draußen erneut über Martins Schuhe stolperte. Dann schloß sie hinter ihm die Tür und drehte zur Sicherheit den Schlüssel um. Jetzt, wo sie seiner körperlichen

Präsenz entzogen war, kam ihr das Ganze in höchstem Maße absurd vor. Es wird wirklich Zeit, daß ich erwachsen werde, dachte sie. Und dann fiel ihr der morgige Tag wieder ein.

8

Der erste Tag ihrer zweiten Jugend begann mit einer Art Kater, der sich nur zum Teil ihrer gestrigen Auseinandersetzung mit dem betrunkenen Freier verdankte. Sich erinnern ist wie Saufen, dachte Jeannette und hielt sich den schmerzenden Schädel. Erst die Uhrzeit brachte sie wieder auf die Beine. Es war schon neun, Martin erwartete sie um zwölf vor dem Sender, als Siebzehnjährige. Entsetzt sprang sie auf; ihre Schulter schmerzte und ließ sich nur mit zusammengebissenen Zähnen bewegen; Jeannette fühlte sich wie fünfundsiebzig.

Mit Schlagseite lief sie zu ihrem Kleiderschrank und riß die Tür auf: drei Paar Lederhosen, schwarz, zwei ditofarbene Schlabberpullis, ein paar T-Shirts ohne Firlefanz. Jeannette hatte das dumpfe Gefühl, daß zu diesem Anlaß ein wenig Firlefanz vonnöten wäre. Ein graues Kostüm mit schilffarbener Bluse für festliche Anlässe, ein Geschenk von Tanja, der es nach Saras Geburt nicht mehr gepaßt hatte. Ungeeignet. Jeannette trat hibbelig von einem Fuß auf den anderen und massierte ihr schmerzendes Fleisch. Was nur, was sollte sie tun?

Die Wohnung war still. Martin war sicher schon früh aufgebrochen, Tanja brachte die Kleinen gewöhnlich um sieben in die Tagesstätte, um dann zu ihren Hausbesuchen als Krankengymnastin zu eilen, Jonas besuchte die Schule. Ob sie mal in Jonas' Schrank wühlen sollte? Vielleicht fand sich ein Shirt, das sie leihen könnte? Irgend etwas mit dem Aufdruck einer Rockband und einem Totenkopf oder so? Neun Uhr fünfzehn schon, normalerweise brachte sie morgens nicht mehr als fünf Minuten vor dem Kleiderschrank zu. Jeannette rannte durch den Flur, öffnete entschlossen die Tür zu ihrem ehemaligen

Schlafzimmer, das sich nun ihre Neffen teilten, ließ die Klinke an die Wand knallen und erstarrte.

»Vicki, das ist meine Tante«, sagte Jonas und vollbrachte dabei das Kunststück, unter der Decke in seine Hose zu schlüpfen. Das Mädchen an Jonas' Seite reagierte etwas weniger cool. Wie in zahlreichen Spielfilmszenen vorgeschlagen, hielt sie sich die Bettdecke vor die Brust und starrte den Eindringling mit großen Augen an.

Jeannette gingen mehrere Reaktionsmöglichkeiten durch den Kopf. »Solltet ihr nicht in der Schule sein?« »Habt ihr um Gottes willen verhütet?« »Weiß deine Mutter eigentlich davon?« Sie entschied sich für: »Ich brauche eure Hilfe.«

Wenig später saß sie auf ihrem Küchenstuhl, von Jonas und Vicki inquisitorisch umschritten, die entschieden entspannter und sicherer geworden war.

»Die Haut ist okay«, meinte Vicki schließlich, »und das ist der kritische Punkt, wenn du verstehst, was ich meine.« Jonas und Jeannette schauten einander an, offenbar verstanden sie beide nicht. »Außerdem ist es ja Fernsehen. Wenn du daran denkst, wie toll Cher da immer rüberkommt.«

»Und die ist ja schon sechzig oder so«, bestätigte Jonas. Jeannette griente ihren Neffen ohne die rechte Dankbarkeit an.

Vicki ließ sich nicht aus der Ruhe bringen. »Einen Haarschnitt braucht sie in jedem Fall. Wartet mal.« Sie lief aus dem Raum und kam mit einer Illustrierten wieder, die »44 Frisuren, die Sie jünger aussehen lassen« getitelt hatte. »Die da«, erklärte sie nach kurzem Blättern kategorisch und deutete auf ein Bild.

»Niemals!« erwiderte Jeannette mit Inbrunst. Dann fiel ihr Blick auf die Küchenuhr. Neun Uhr dreißig.

»Willst du nun zehn Jahre jünger aussehen oder nicht?« fragte ihr Neffe diabolisch grinsend.

»Neun Jahre genügen«, schmollte Jeannette.

Jonas und Vicki kannten keine Gnade. Ihr zweiter Blick in die Illustrierte war abschließend: »Die da.«

Wenig später schnippte Vickis Haarschere. »Du kannst von Glück reden, daß ich mein Täschchen dabeihabe«, plauderte sie, während sie Jeannette von immer größeren Mengen ihres Haares trennte, »ich wollte nämlich nachher noch zu ’ner Freundin, sie aufstylen. Schminken kann ich dich auch gleich.«

»Warum nicht gleich piercen«, maulte Jeannette.

»Wär’ auch möglich, ich mach da grad ’nen Kurs. Jonas, schlepp doch mal die Glotze her und stell Viva ein. Ich bin’s gewöhnt, zu schneiden, während ich fernsehe.«

Jeannette schloß die Augen, öffnete sie allerdings wieder, als Jonas ihr tragbares Fernsehgerät installiert hatte und unbekannte Musik durch die Küche dröhnte. Fasziniert betrachtete sie die Videoclips. Ob sie so was kennen sollte?

»Keine Angst«, versuchte Jonas sie zu beruhigen, »sie hatte mal die Schule abgebrochen, um Friseuse zu lernen.«

»War allerdings ’n Irrtum«, meinte Vicki und grinste.

Eine Stunde später stand Jeannette vor dem Spiegel und erkannte sich nicht wieder. Ihr Haar war gar nicht so viel kürzer, nur irgendwie, wie sollte sie es beschreiben: fransiger? Fedriger? Vicki hatte es offenbar stark gestuft, und nun ringelte es sich hier und kringelte es sich da, hing ihr in die Stirn, kitzelte sie unter den Wangenknochen und sah insgesamt aus, als wäre sie eben aus dem Bett gekrochen, nur besser.

»Wahnsinn«, pflichtete auch Jonas ihr bei, worauf Vicki, zwischen Pygmalionstolz und Eifersucht, ihn heftig anstieß. »Heh, sie ist meine Tante«, rechtfertigte er sich.

»Wenn ich mit ihr fertig bin, nennt niemand sie mehr Tante. Das Make-up ist gut, oder?« wandte sie sich an Jeannette. Die nickte nur. Aber so ungewohnt. Mehr als einen Strich Kajal für feierliche Anlässe hatte sie sonst nie an ihr Gesicht gelassen. Und jetzt war sie gepudert, die Augen blau umrandet, die Lider mit etwas überhaucht, das zwischen violett und perlmuttfarben changierte, und die Lippen glänzten komisch.

»Du brauchst den Mund nicht zu halten, als hätte dir jemand

die Lippen aufgepustet«, kicherte Vicki. »Das Zeug ist sogar wasserfest. Und jetzt gehen wir einkaufen.«

Es war fast elf. In Jonas' klapprigem Ford rasten sie Richtung Schweinau. Vicki hatte verkündet, eine kleine Boutique zu kennen, die fast auf dem Weg lag. Jeannette, im Fond sitzend in ihren alten Sachen, die ihr nun mit dem neuen Gesicht schäbiger den je vorkamen, hatte sich in ihr Schicksal ergeben. Hin und wieder ein abgeschnittenes Haar wegschnipsend, versuchte sie, ihren neuen Lebenslauf zu memorieren: Natascha, aus München, will Lehrerin werden und liebt Tiere. Jeannette murmelte vor sich hin und begann erst wieder, sich zu wehren, als sie in Unterhosen in der Kabine stand und Vicki ihr die ersten Teile hereinreichte.

»Also Siebzigerjahre auf keinen Fall!« Sie schüttelte heftig den Kopf. »Für euch mag das ja retro sein, aber für mich ist das ein schlichter Rückfall; ich bin in meiner Kindheit noch selbst so rumgelaufen. Glaubt mir, das ist nicht lustig, wenn es Fotos von dir gibt, auf denen du eine Mireille-Matthieu-Frisur trägst zur braun-orange gestreiften Bluse mit Kragenenden bis an die Schultern.«

»Siehst du irgendwo was dir Genehmeres?« In Vickis Stimme klang Nerv mit. Jeannette stellte sich auf die Zehenspitzen und warf einen Blick über die Saloon-Schwingtüren ihrer Umkleidekabine. Unsicher deutete sie auf einen Ständer mit schlichten Hängern aus ungebleichtem Leinen. »Das da vielleicht?«

»Das sind die Umstandsmoden.«

Kommentarlos nahm Jeannette Vicki alles ab, was sie ihr brachte, und stand wenig später vor dem Spiegel in einer Schlaghose aus dünnem Jeansstoff mit violetter Blütenbordüre, die anmutig die Beine hochkroch, und einem hautengen Oberteil in Blau und Violett, auf dem die dazugehörigen Blüten wie im Drogenrausch wucherten und das bei jeder Bewegung ihren Nabel freigab.

»Super zu deinen Augen«, kommentierte Vicki. »Und jetzt noch das.« Damit trat sie auf Jeannette zu und drückte ihr auf die Nasenwurzel. Es war eine Art Paillette, ein Straßsteinchen. Jeannette ging mit dem Gesicht ganz nahe an den Spiegel und kratzte daran, es saß erstaunlich fest. Fassungslos betrachtete sie sich. Kätzchenaugen starrten sie an. Sie bekam gar nicht mit, wie Vicki und Jonas nach einiger Beratung noch ein Jeanstäschchen mit Fransen für sie auswählten und Vicki anordnete, auch das orangefarbene Hängerchen und einige weitere Kleidungsstücke einzupacken. Ohne hinzusehen, gab sie ihre EC-Karte her. Sie war viel zu sehr mit sich selbst beschäftigt.

Aber das war ja gar nicht mehr sie, das war jemand ganz anderes, jemand faszinierend Fremdes, jemand, der sie anlächelte, ihr zublinzelte und sich leicht fühlte, ganz leicht mit einemmal, sogar schwebend, losgelöst von sämtlichen Verpflichtungen aus diesem und jedem anderen Leben. Jemand, den ihre Augen gar nicht mehr loslassen wollten und der sich selbst in ihren Gedanken noch zufrieden schnurrend räkelte. In dem kurzen Moment zwischen Laden- und Autotür spürte Jeannette zum ersten Mal an diesem Tag die Sonne auf ihren Schultern und ihrem Scheitel, und sie dehnte sich wohlig.

Der Ford schleuderte über die Kreuzungen. Vicki hüpfte auf ihrem Sitz auf und ab. »Drück doch aufs Gas, Jonas!«

»Ich mach ja schon! Nimm doch mal den Kopf weg!«

»Schaffen wir das noch?«

Sie schafften es. Als Jeannette schon auf der Straße stand, brüllte Vicki ihr noch nach, daß sie unmöglich mit den Schuhen gehen könne. Hastig zog das Mädchen die eigenen malerisch zerfetzten Stoffturnschuhe aus und warf sie Jeannette zu, die im Gegenzug ihre schwarzen Schnürstiefel zurückschmiß. »Die will ich aber wiederhaben!« Jonas startete mit offenstehenden Türen.

Martin und der Mann vom Sender standen schon vor dem Eingangsportal beim Pförtner und hielten nach ihr Ausschau, als sie barfuß, die an den Schnürsenkeln zusammengebundenen Turnschuhe über der Schulter, auf sie zutrat und dem Produzenten artig die Hand gab.

»Hi, ich bin Jeannette Polster.«

»Ah, unsere Münchner Kandidatin.« Er konnte sich ein breites Lächeln nicht verkneifen. »Spät, spät, aber Unbekümmertheit ist ein Vorrecht der Jugend. Wollen wir ins Studio gehen?«

»Können wir bei dem schönen Wetter nicht draußen bleiben?« Jeannette legte den Kopf schief und schaute ihn fragend an.

Er überlegte nur eine Sekunde. »Großartige Idee! Großartig. Die anderen haben sich alle vor Ort an einem Lieblingsplatz filmen lassen. Bei Ihnen geht das natürlich nicht, so in letzter Minute, aber eine Freiluftaufnahme – das wäre natürlich viel weniger steril als so ein Studiobild, wunderbar. Wir haben da einen sehr schönen Innenhof, wenn ich Ihnen den mal zeigen darf. Allerdings, so wie Sie aussehen, bei der Lebhaftigkeit, da wäre auch ein Studiodreh alles andere als steif.«

Jeannette lachte fröhlich und folgte ihm. Martin, der sich als ihr Onkel hätte ausgeben sollen, hatte noch immer kein Wort gesagt.

»Großartig! Großartig! Und jetzt komm ein wenig nach vorne, ja, nicht zu viel, und den Kopf drehen, großartig! Erzähl uns was, Jeannette!«

Jeannette war, kaum hatte sie den Innenhof betreten, vorgestürmt und auf einen Baum geklettert, auf einen alten, in der Höhe von zwei Metern fast querliegenden Stamm, auf den es sich beinahe hinauflaufen ließ. Fröhlich lachend hielt sie ihr Gesicht in die Kamera, die zu ihr hinauffilmte.

Eines der Bewerbungskriterien für das Nürnberger Christkindl, das seinen Prolog auf einer hohen Empore an der Marienkirche zu sprechen hatte, war absolute Schwindelfreiheit. Jeannette war passionierte Freeclimberin, doch das behielt sie für sich.

»Wie heißt du, Mädel?« brüllte der Kameramann, als müßte er auf einen Berg hinaufrufen.

»Jeannette.« Sie blickte kurz beiseite, um gleich wieder einen prüfenden, schelmischen Blick ins Objektiv zu werfen. »Jeannette Polster.« Jeannette hüpfte vom Baum, setzte sich auf ein Mäuerchen und schien einen Moment lang in das Spiel ihrer wackelnden Zehen versunken zu sein. »Wie alt ich bin?« erkundigte sie sich auf eine Frage, die später in ihrem Clip nicht zu hören sein würde. Sie hob den Kopf, legte ihn schräg und kniff kurz die Augen zusammen, gegen die Sonne, es sah aus, als wäge sie ab, ob ihre Zuhörer die Antwort verdient hätten. »Siebzehn.« Und sie lachte so unbändig, als wäre es ein wunderbarer Witz. Der Kameramann hinter seinem Gerät schmunzelte unwillkürlich mit. Selbst Martin, der mit verschränkten Armen und übereinandergeschlagenen Beinen in einer schattigen Ecke an der Wand lehnte, mußte lächeln.

»Und wenn ich das Abi habe, werde ich Schauspielerin, das weiß ich.« Sie hielt inne, als lausche sie auf einen weiteren Frager. »Weil das etwas ist, was man mit Haut und Haaren tut.« Sie umarmte ihre angezogenen Beine und warf die Haare zurück. So sich selbst umarmend, legte sie grübelnd das Kinn auf den Knien ab. Plötzlich löste sie ihre Arme wieder, entspannt, offen, eine kleine Explosion von Energie. »Es ist ein Abenteuer.« Das Objektiv verfolgte sie noch ein wenig über den Hof und versuchte, sie in verschiedenen Positionen zu überraschen.

»Heh, Jeannette Polster«, rief der Regisseur schließlich, »warst du schon mal verliebt?«

Jeannette riß die Augen auf, um sie gleich wieder zu schließen. Die Lippen zwischen den Zähnen, hielt sie ihr Gesicht einen Moment in die Sonne, suchte verlegen einen Punkt hinter der Schulter des Regisseurs, schließlich schaute sie direkt in die Kamera. »Nein, ich bin noch nicht verliebt.« Dann errötete sie.

»Schnitt! Danke! Wunderbar!« Der Regisseur klatschte in die Hände. »Roger«, wandte er sich dann an den Kameramann, »bring das gleich in den Schneideraum, Stella weiß Bescheid. Setz sie am besten an den Schluß, noch hinter das Mädchen aus Ansbach mit dem Pony.« Und er gab ihm noch einige Anweisungen.

Martin schlenderte langsam auf die Gruppe zu. Mit einem »Na, haben Sie gewußt, was für eine tolle Nichte Sie haben?« und einem Schulterschlag wurde er verabschiedet. Jeannette erhielt seine Karte und die Aufforderung, sich nach ihrem Abitur mal beim Sender zu melden, falls sie an einer Moderation interessiert sei. Dann waren die beiden allein.

Martin nahm ihr die Karte ab. Jeannette lauschte stumm der langen Liste seiner unausgesprochenen Vorwürfe. Sie hatte sich an keine seiner Vorgaben gehalten. Aber wie sollte sie ihm erklären, daß dank Vicki plötzlich eine ganz neue Person in ihr entstanden war, eine, die gar nichts mit ihr zu tun hatte und doch auf seltsame Weise mit ihr verwandt war?

»Wunderbar!« kommentierte Martin ironisch. Jeannette biß sich verletzt auf die Lippen. Doch dann umarmte er sie plötzlich so heftig und anhaltend, daß es ihr beinahe unheimlich wurde. Schließlich machte sie sich fast ein wenig unwirsch los. »Martin«, fragte sie, ihrerseits um Ironie bemüht, »heißt das, wenn du nicht schwul wärst ...«

»... würde ich dich sofort adoptieren, Lolita du.«

Sie hielt den Kopf schräg und lächelte ihn von unten herauf an. Er gab ihr einen Klaps auf den Scheitel. »Laß die Kleinmädchenallüren, bei mir zieht das nicht.« Dann mußte auch er lachen. »Jeannette Polster, Baby«, trällerte er. »Ich glaube, wir sind im Rennen.«

Sie schüttelte ihre Haare und lachte ausgelassen, während sie, immer noch barfuß und die Schuhe über der Schulter, neben ihm herhüpfte. Oh, es war wunderbar, siebzehn zu sein.

Fünf Stunden später, als die Schlußmelodie von »My Angel« aus den Fernseherboxen Nürnbergs erklang, brauste im Gemeinschaftsraum des Kriminalkommissariats ein Applaus auf, der samt dem Johlen der Beamten bis auf die Straße hinausdrang.

Vicki und Jonas, engumschlungen zwischen den Stofftieren auf der Bettcouch in Vickis Zimmer, nickten höchst zufrieden.

»Fürs Finale«, verkündete sie chipskauend, »verpaß ich ihr blaue Strähnen.«

Frau Dürer senior, die den Fernseher, da er nun einmal plötzlich in Jeannettes Küche stand, eingeschaltet hatte, um sich beim Bügeln nicht zu langweilen, stellte mit zitternden Fingern das Bügeleisen zurück auf den Prilblumentisch. »Hast du das gesehen?« fragte sie fassungslos ihre Tochter Tanja, die eben ihrer Jüngsten das Essen mit dem ganzen unterdrückten Zorn in den Mund stopfte, den die Vorwürfe ihrer Mutter wieder einmal in ihr ausgelöst hatten. »Mein Gott, will das Kind denn nie erwachsen werden?«

Durch die Telefonkabel der Region sausten lautlos die Internet-Voten der online gegangenen User. Hochbetrieb auf den Seiten von »My Angel«, im Chatroom wie in der Bildergalerie. Die ersten Jeannette-Polster-Portraits wurden ausgedruckt und an Wände gepinnt. Und die Clickrate hob sie unangefochten auf Platz eins.

In Nürnberg-Fischbach schaltete sich klickend ein Videorecorder aus, setzte sich gleich darauf surrend wieder in Betrieb und spulte rückwärts durch den Abspann, bis er am Gesicht der erröteten Jeannette Polster hängenblieb. »Nein, ich bin noch nicht verliebt«, sagte sie in Großaufnahme. Dann stand das Fernsehbild flimmernd still.

9

»Und da sind sie, unsere Kandidatinnen, sind sie nicht super? Einen Applaus für unsere coolen himmlischen Girls!« Die Stimme des Moderators überschlug sich, und er riß den Arm hoch, um die wartende Meute vor der Meistersingerhalle anzuspornen. Die Kandidatinnen ihrerseits kreischten und winkten, zappelten und sprangen in die Höhe, als wollten sie nach der Kamera greifen, die über sie hinglitt, um einzelne Gesichter herauszugreifen, oder nach den Sternen. Nimm mich, nimm mich, nimm mich.

Jeannette jubelte mit, ein wenig atemlos mitunter. Sie wußte gar nicht mehr, was neulich bei den Videoaufnahmen in sie gefahren war, oder vielmehr in diese Jeannette Polster. Sicher, einem Mann in mittleren Jahren mittels eines Augenaufschlags etwas vorzumachen, war keine Kunst, für viele ihrer Generationskolleginnen war es der Alltag. Aber hier war sie umgeben von wirklich jungem Fleisch, soweit das Auge reichte. Wo sie auch hinschaute, blickten frische, jugendliche Gesichter zurück. Und egal, ob anmutig oder ungelenk, Akne oder Pfirsichhaut, selbstbewußt oder tödlich verlegen – oder eine schillernde, unausgereifte Mischung aus allem – jede Faser an diesen Mädchen rief: Jugend. Da konnte sie allenfalls in puncto Unausgegorenheit mithalten.

Unfehlbar würde die Menge gleich von ihr abrücken, sie mit gnadenlosen Teenageraugen mustern und fragen: Was willst du denn hier, Tante? Die bewegten sich anders, die rochen anders, die redeten anders, die dachten anders. Die konnte sie doch nicht eine Minute täuschen?

»Sollte ich mich um ein bißchen Jugendslang bemühen?« hatte sie am Vorabend des ersten großen Auftritts noch Jonas und Vicki gefragt, die ihr ein letztes Coaching gaben. »Sagt man noch ›fett‹ oder ›kraß‹ oder ›geil‹?« Unsicher schaute sie von ihrem neuerworbenen Nachschlagewerk auf und zwischen den beiden Jugendlichen hin und her, die nach einem raschen Blickwechsel die Augen verdrehten.

»Laß es«, meinte Vicki schließlich, »nichts schlimmer als diese verbale Ranschmeiße. Daran erkennt man den wahren Outsider.«

»Aber das Buch ist von 1999!« versuchte Jeannette ihr topaktuelles Werk zu verteidigen. »Hier: ›Lexikon der Jugendsprache‹.«

Jonas verzog mitleidig das Gesicht. »Du sprichst es irgendwie falsch aus«, versuchte er es höflich.

Jeannette schmollte. »Es ist doch keine Fremdsprache.«

Aus deinem Munde schon, sagte der Blick ihres Neffen.

»Red einfach, wie dir der Schnabel gewachsen ist«, riet Vicki.

Martin, der als Jeannettes Kontaktmann und Untermieter an der Krisensitzung teilnahm, mußte lachen. »Natürlich sind für Jeannette Ausdrucksweisen wie ›Interaktionsmuster‹, ›demonstrativer Gestus‹, ›phatische Kommunikation‹ oder …«

»Idiosynkrasie« ergänzte Jeannette seufzend. »Unüberwindliche Abneigung.«

»Jetzt weiß ich endlich, was du für Zametzer empfindest.«

Ihre Versuche, Jeannette auf einen akzeptablen Stand der musikalischen Entwicklung zu bringen, gab Vicki schließlich auf. »Ich habe mit Abba angefangen«, jammerte Jeannette, »mit Chris de Burgh weitergemacht und dann im Grunde wieder aufgehört. Ich bin amusikalisch.«

»Kennst du die Guano Apes oder Shakira?«

Jeannette blickte verwirrt. »Nein, aber eine Kelly-Family gibt es, glaube ich.«

Vicki schloß kurz die Augen und öffnete sie wieder. »Okay, wie steht es mit Fernsehen?«

»Die Simpsons, Buffy im Bann der Dämonen, Stargate, Akte X, Friends, Sex and the City, Coupling«, begann Jeannette ihre Lieblingsseriensünden aufzuzählen.«

»Na bitte«, meinte Jonas befriedigt, »geht doch.«

Beinahe gescheitert wäre alles allerdings an Jeannettes strikter Weigerung, beim Casting eine Gesangsnummer vorzutragen. Sie beharrte darauf, unmusikalisch zu sein und auch tänzerische Darbietungen keinesfalls bewältigen zu können. Angesichts der kurzen Vorbereitungsphase von nur zwei Tagen lehnte sie es ab, auch nur einen Versuch zu unternehmen. Und Paumgartners großzügiges Angebot, ihr einen »äh, Tanzlehrer« zu bezahlen, schlug sie rundweg aus. Sie konnte auf Kollegen verzichten, die jedesmal, wenn sie ihnen im Flur begegnete, wollüstig die Schultern rollten und »Cha-Cha-Cha« schnurrten.

Jeannette bot an, ein Gedicht aufzusagen. Nachdem dies

aber sowohl im Revier als auch im Familienkreis auf Ablehnung gestoßen war, war guter Rat teuer.

Das Morddezernat brütete. Tugenden hatte ihre Jeannette genug, doch sich um den Job eines Christkindls dadurch zu bewerben, daß man sechs Schuß hintereinander ins Schwarze setzte, verbot sich irgendwie. Ebenso unpassend waren vermutlich Nahkampfdemonstrationen. Es blieb beim Gedicht. Jeannette schwankte innerlich noch zwischen Rilkes »Panther« und etwas Schmissigerem wie Schillers »Handschuh«.

Sie schwankte noch immer, als sie ihr Anmeldeformular ausgefüllt hatte und, mit einem »My Angel«-Aufkleber versehen, aus der großen Menge im Freien in die kleinere Menge im Foyer hinübergeschleust worden war. Stumm murmelnd die Verse memorierend, beobachtete sie das Treiben in der Halle. Etwa dreihundert Mädchen warteten nervös auf ihren Auftritt. Aber auch Besucher, Freunde, Coaches, Händchenhalter waren gekommen. Einige der Mädchen hatten Freundinnen mitgebracht, damit diese die zweite Stimme für sie sängen, sie auf der Gitarre begleiteten oder sie einfach nur Tränen der Hysterie an ihrer Schulter vergießen ließen, deren Spuren anschließend gleichermaßen hysterisch wieder überschminkt werden mußten. Gesangsfetzen und Geklimper untermalten das ohnehin schon höllisch laute Rauschen der hohen Stimmen im Foyer.

Ein junges Mädchen mit bodenlangem Flowerpower-Rock und langen Haaren, die ihr offen bis auf die Hüften fielen, wurde von seiner Mutter begleitet. Die war trotz der Hitze im peniblen Kostüm erschienen, die Kroko-Handtasche am Handgelenk. Ohne Unterlaß zupfte sie an Kleidung und Frisur ihrer Tochter herum. Schließlich klipste sie ihre Tasche auf, holte Haarwachs heraus und korrigierte gegen den Protest ihrer Tochter noch einmal deren Lockenfall. Dann trat sie einen Schritt zurück, um das Gesamtbild zu betrachten, wobei sie die verstockte, unglückliche Miene des Mädchens demonstrativ übersah, und zückte den Lippenstift.

»Mach so«, kommandierte sie und spannte ihren eigenen Mund über die Zähne, daß das Blut aus den blassen Lippen wich. Das Mädchen gehorchte. Ihre Mutter schminkte sie konzentriert, nahm dann ein Papiertaschentuch und tupfte sorgfältig die überzählige Farbe aus den Mundwinkeln. Es sah aus, als wischte sie einem Kind nach dem Essen den Mund sauber. Peinlich berührt wehrte die Tochter ihre Hand ab. »Mama, laß.«

»Du kommst doch alleine gar nicht zurecht«, war die unerbittliche Antwort, die jeden weiteren Protest ignorierte. »So. Jetzt geht's. Es muß natürlich wirken, das ist das Geheimnis. Hast du dein Lied noch mal geübt?« Als sie Jeannette bemerkte, warf sie ihr einen so strengen Blick zu, daß diese unwillkürlich schuldbewußt den Sitz ihrer Bluse korrigierte.

Noch einmal dieselbe Menge an Menschen wuselte durcheinander, um diesen Auftritt zu organisieren, Aufseher, Platzanweiser, Techniker. Es waren eine Menge Männer dabei, fiel ihr auf. Sie würde Martin bitten, die Angehörigen der Casting-Agentur auf Vorstrafen zu überprüfen. Sie hatten mit einem Täter gerechnet, der von außen kam. Aber angesichts dieser Situation: Security-Männer standen mit verschränkten Armen da, ließen den Blick über die aufgeregte Meute flattern und steckten manchmal die Köpfe zusammen. Ein Assistent bot Getränke und stärkende Worte an. Jacketträger mit flatternden Designerkrawatten kreuzten die Meute, wichtige Unterlagen in den Händen. Ein Team mit Handkamera lief herum und animierte einzelne Mädchen dazu, sich für sie zu produzieren. Das erinnerte Jeannette an ihren Auftrag.

Sie hatte mit Martin ausgemacht, sich möglichst oft in die »Quasselbox« zu setzen, um ihre Chancen, solo ins Fernsehen zu kommen und den Täter damit möglicherweise auf sich aufmerksam zu machen, zu erhöhen. Rasch warf sie einen Blick über die Schulter, als hätte sie etwas Geheimes oder Peinliches vor.

»Bist du nervös?« hörte sie den Kameramann drüben sein Opfer fragen. Aufdringlich beschnüffelte das Objektiv sein

Objekt. Jeannette hörte die Antwort nicht mehr. Sie saß in der Box. Und plötzlich wurde ihr klar: *Sie* war nervös. Nicht wegen des freilaufenden Mörders, wie sie geglaubt hatte, sondern wegen des Kameraauges, das ihr Bild bald in alle Haushalte befördern würde. Wo blieb nur Jeannette Polster, die es ins Schauspielfach zog? Sie beugte sich ganz weit vor zu dem Loch in der Wand, hinter dem die Kamera saß. »Hallo«, flüsterte sie mit großen Augen dort hinein, »seid ihr auch so aufgeregt?« Dann entfloh sie.

Draußen war Martin auf der Suche nach ihr. Sie spurtete los, ihm eifrig zuwinkend, und übersah dabei ein perfekt gestyltes Girlie, mit dem sie prompt zusammenstieß. Sofort dröhnte ihr blessierter Kopf von neuem.

»O hi! Hi, entschuldige«, stammelte sie, während sie nach Martins fürsorglich dargebotenem Arm tastete, um wieder Halt zu bekommen, bis der Schwindel nachließ.«

»Kein Problem«, sagte eine tiefe Männerstimme. Sie gehörte nicht Martin, genausowenig wie der edle Anzugärmel, an den sie sich klammerte. Erschreckt richtete Jeannette sich auf.

»Das ist mein Onkel«, schmollte die Blondine, mit der sie kollidiert war. Offenbar war sie der Ansicht, daß ihr Begleiter sein Augenmerk nach diesem Crash besser auf sie gerichtet hätte, und fummelte demonstrativ hektisch nach dem Sitz ihrer Haarspangen. Doch sie konnte seine Beachtung nicht wiedergewinnen. Jeannette dagegen fühlte die Aufmerksamkeit des Mannes auf sich gerichtet wie die Wärme des Sonnenscheins, den sie draußen zurückgelassen hatte. Es war, als hätte sein Blick die kleine Paillette auf ihrer Stirn zum Leben erweckt, so daß sie pulsierte, warm und aufregend, und zu glitzern und zu funkeln begann, wie ihre ganze Person. Hallo, flüsterte Jeannette, innerlich, hallo, Jeannette Polster.

»Ich habe Sie im Fernsehen gesehen«, sagte der Unbekannte, der sie so vorsichtig wieder losgelassen hatte, als erprobe er, ob ein zerbrechliches Objekt frei stehen könne. »Ihr Video.« Dann nahm er ihre Hand und beugte sich zu einem flüchtigen Kuß darüber. »Sie waren bezaubernd.«

Jeannette kicherte errötend. Sie wollte sich zur Ordnung rufen. Aber was sollte es, dachte sie, ich bin siebzehn Jahre alt. Da kann man kindisches Benehmen erwarten. Noch einmal giggelte sie, geniert und erleichtert zugleich, ehe sie ihm ihre Hand wieder entzog. Sie sah, wie das Interesse in seinen Augen wuchs. Bezaubernd, versicherte ihr sein Blick noch einmal wortlos. Unerwartet stieß ihr Ellenbogen gegen Martin, der hinter sie getreten war.

»Das ist ... das ist *mein* Onkel«, war es nun an ihr zu erklären. Daß ihr dieser Satz die Röte ins Gesicht treiben könnte, hatte sie noch gar nicht bedacht. Umgehend ärgerte sie sich über das mokante Lächeln im Gesicht ihrer Widersacherin. Die Miene des Mannes blieb undurchschaubar, während er Martin mit verbindlichem Lächeln die Hand schüttelte. Sofort knüpfte der ein »Und was machen Sie so beruflich«-Gespräch mit seinem neuen Bekannten an, wobei er geschickt begann, ihn auszuhorchen. Im Windschatten dieser Männer-Unterhaltung über Urlaubsziele, Börsentipps und Automarken hatte sie Muße, ihren neuen Verehrer zu betrachten.

Er war groß, sportlich für sein Alter, das man nur an den grauen Schläfen ablesen konnte, die sein braungebranntes Gesicht rahmten. Seine von einem Kranz Lachfalten umgebenen braunen Augen wirkten ebenso sensibel wie die besonders feinen, auffallend langgliedrigen Hände. Er strahlte Energie und Gelassenheit aus.

Jeannette grübelte: War das okay, wenn man sich mit siebzehn für so alte Männer interessierte, oder war es pervers? Noch ehe sie sich klarmachen konnte, daß sie gar keine siebzehn war, hatte er ihr Interesse bemerkt und ihren Blick erwidert. Jeannette Dürer errötete tief, aber damit konnte Jeannette Polster umgehen. Sie schob das Kinn vor und hielt ihm herausfordernd stand.

»Komm schon, Onkel«, maulte das Girlie in Blond. »Wir

wollten noch meine Nummer üben.« Man verabschiedete sich höflich.

»Magnus«, konstatierte Martin mürrisch, »Goldschmied, hah! Wenn das ihr Onkel ist, freß ich einen Besen.«

»Er sagt vermutlich gerade dasselbe«, erwiderte Jeannette trocken. »Aber check ihn.« Damit verschwand sie wieder in der Quasselbox und gab die Balkonszene aus Romeo und Julia in einer avantgardistischen Ein-Frau-Version.

Jeannettes weitere Bemühungen wurden unterbrochen durch den Assistenten, der die Mädchen in den Saal rief. Es wurde ernst. Kandidatinnen und Begleiter drängten sich ins Allerheiligste, wo sie in lange Stuhlreihen gewiesen wurden. Vor ihnen stand inmitten zahlloser Scheinwerfer der Aufbau einer Studiobühne, auf der sie bald in Fünfergruppen auftreten würden. Vor der meterhohen Rückwand, einem quietschblauen Sperrholz-Himmel mit Relief-Wölkchen, teilweise von Engeln bevölkert, erwartete sie die Jury: Da war die Sängerin einer aufsteigenden Teenie-Band, die kunstvoll verschlissenen Jeans mit zahlreichen Gürteln drapiert und mit viel verruchtem Make-up bemüht, die eigene Biederkeit zu übertünchen. Die Redakteurin eines Jugendmagazins prunkte mit apfelgrün gefärbten Haaren und strahlendem Lächeln, das sie beidhändig winkend und hüpfend ans Publikum verschenkte. Der Radiomoderator, der sich von der toten Maria Sikorski so begeistert gegeben hatte, wischte sich manisch die im perfekten Siebziger-Jahre-Styling geschnittene Tolle aus dem Gesicht und begnügte sich mit tiefen Blicken in die Seitenkameras. Ferner waren da das Christkindl des Vorjahres sowie der deutsche Hiphop-Meister des Jahres, der sich trotz der Hitze nicht von seiner Strickmütze trennte. Herr Ammon vom Städtischen Boten und sein Kollege vom Marktamt waren nicht dabei. Die Dame in Rosa und RTL 2 hatten sich, was die Besetzung betraf, auf der ganzen Linie durchgesetzt.

Das Mädchen neben Jeannette faßte in ihrer Aufregung nach Jeannettes Hand und hielt sie fest. »Hi«, flüsterte sie, »ich bin Jennifer.«

»Jeannette«, gab Jeannette zurück.

»Das macht mich voll fertig hier«, bekannte ihre neue Freundin, kaute hektisch ihren Kaugummi durch und ließ keinen Blick von der Jury, die nun die Begrüßungsworte sprach und die ersten Mädchen auf die Bühne bat. »Irre.« Sie ließ eine Kaugummiblase platzen, während sie verfolgte, wie die ersten fünf Unglücklichen mit einer Hula-Hoop-Nummer, zwei Ballett-Einlagen, einem Folksong und einer Version von »When the angels sing« der »No Angels« um die Gunst der Juroren warben und das Mädchen mit dem Reifen unter allgemeinem Applaus weiterkam. Die nächsten fünf sangen alle »When the angels sing«, bis auf eine, die eine Steptanznummer vorführte. Jennifers feuchte Finger waren um Jeannettes Hand gespannt wie ein Schraubstock.

»Ich sing' ›Not a girl‹ von Britney Spears. Und du?«

»Ich sag ein Gedicht auf«, murmelte Jeannette. Sofort spürte sie, wie Jennifer an ihrer Seite sich merklich entspannte und ihre Hand losließ. Wer wollte sich schon von einem Loser trösten lassen. Den gönnerhaften Kommentar des Mädchens überhörte sie, da vorne nunmehr der Leiter einer Nürnberger Model-Agentur interviewt wurde, der lächelnd, in Calvin-Klein-Klamotten gewandet, der atemlosen Menge der Mädchen erklärte, worauf er in diesem seinem Geschäft zu achten pflegte. Dabei ließ er sein gemeißeltes Strahlen so aseptisch über die Stuhlreihen wandern, daß es seine Verachtung für die Masse der hoffnungsvollen Teenager nur mühsam verbarg.

Es folgten fünfzehn weitere Versionen der singenden Engel, begleitet von drei Balletteinlagen, sieben Rappern, zwei weiteren Jongleurinnen, einem Mädchen, das seine Fertigkeit im Gummihüpfen vorführte, und einer enttäuschten Mitkämpferin mit Ball unter dem Arm, die ein paar Basketballwürfe hatte zeigen wollen, aber leider keinen Korb vorfand. Eine Monroe-Imitatorin kam und ging, eine Anhängerin christlicher Rockmusik und eine Inline-Skaterin, die Schwierigkeiten hatte mit den überall verlegten Kabeln. Zweimal Britney Spears und einmal Christina Aguillera rahmte ein Rock-'n-Roll-Duo, ein Mädchen hatte seine Mutter dabei, die ihrerseits eine passable Version von Joan Baez' »The Nigth, they drove old Dixie down« ablieferte – die Zeit ging dahin, und in der Halle herrschten mindestens vierzig Grad Celsius, Luftfeuchtigkeit steigend.

Ein weiterer Gast, ein Nürnberger Ex-Model, kam und erzählte von seiner internationalen Laufsteg-Karriere. Jeannette starrte gelangweilt auf die blaue Wand mit den Wölkchen und übte im Geiste die Griffe, die zu ihrer Ersteigung nötig wären. Sie hatte während der endlosen Wartezeit genug Muße, sich jede Kante und jede Mulde in dem fragilen Bauwerk zu vergegenwärtigen und darüber ihren drohenden Auftritt zu verdrängen. Rilke oder Schiller? Noch keines der Mädchen hatte Lyrik vorgetragen, das konnte ein Pluspunkt sein, andererseits: Vermutlich wußten sie, warum sie darauf verzichteten.

Als sie schließlich mit vier anderen Kandidatinnen von den Stühlen gescheucht wurde, aneinandergekettet durch ihre Hoffnung und Erregung wie Galeerensklaven, hatte Jeannette immer noch keine Entscheidung getroffen. Stehend lauschte sie einem afrikanischen Trommelsolo.

Mit einem trockenen Klick wurde dann ein Kassettenrecorder eingeschaltet, klassische Musik ertönte. Jeannette sah kurz auf und erkannte das blonde Girlie, Ann-Kathrin, wie sie dank der Vorstellung wußte, die sich eine Geige unters Kinn klemmte. Da war auch ihr Begleiter, Magnus, mit seiner Tennisspielerbräune und dem teuren Anzug. Ann-Kathrin hatte ihn doch tatsächlich mit nach vorne genommen, um den Recorder für sie zu bedienen.

Jeannettes Gedanken wirbelten. Sie hörte die letzten Takte von Jennifers Lied verklingen, dann wurde es still. Stille noch immer, Stille, die anhielt. Sie war dran. Rilke oder Schiller. Ohne genau zu wissen, was sie da tat, trat Jeannette vor, ging zwischen den verdutzten Jury-Mitgliedern hindurch und stand vor der Wand. Ihr wurde blau vor Augen. Doch ihre Finger hatten bereits den ersten Griff ertastet, der Fuß setzte nach. Drei

Stunden hatte sie diese Wand studiert; es war ein Kinderspiel. Sie nahm kaum wahr, wie der Saal kollektiv ächzte und dann seufzte, als sie von Wolke zu Wolke aufstieg, an der Nase eines Engels beinahe abrutschte und kurz mit den Füßen ins Leere baumelte, ehe sie sich wieder fing. Heftiger Applaus brandete auf, als sie oben angekommen war. Jeannette blickte in die Runde, es war eindeutig Zeit für Schillers »Handschuh«. Sie dichtete es um auf »Turnschuh«. Magnus war so freundlich, ihre hinabgeschleuderte Fußbekleidung aufzuheben und den zugehörigen Satz zu sprechen: »Den Dank, meine Dame, begehr ich nicht.« Seine Blicke sagten etwas anderes. Die Menge johlte.

Jemand war so geistesgegenwärtig, während des nicht mehr ganz so spannenden Abstiegs Musik zu spielen. Als Jeannette wieder festen Boden unter den Füßen hatte, schaute sie in die Augen von Magnus, der ihr ihren Schuh überreichte. Errötend wie eine Braut verneigte Jeannette sich und trat zurück an ihren Platz. Das nächste Mädchen sagte ein Gedicht auf, Rilkes »Panther«.

Die Jury brauchte lange für die Bewertung dieser Runde. Als sie wieder vor die Mädchen trat, konnte man sehen, daß es Auseinandersetzungen gegeben hatte. Jeannette hielt die Luft an, unwillkürlich griff sie ihrerseits nach Jennifers Fingern. Die grünhaarige Moderatorin hüpfte lächelnd auf sie zu. Sie, Jennifer und Ann-Kathrin sollten vortreten. Sie waren dabei.

10

Die nächste Stunde im Vorraum verging damit, daß sie auf und ab ging, die ausgeteilte Kopie des berühmten Prologs an die Brust gedrückt, den das Christkindl bei der Eröffnung des Marktes zu sprechen hatte und den sie wieder und wieder vor sich hin flüsterte. Fünfzig Mädchen waren noch übrig, am Ende würden es, wie nach jeder der drei Casting-Vorrunden, zehn sein. Alle schritten sie murmelnd auf und ab, kreuzten und querten blicklos die Halle, während sie ihren Text repetierten. Mit jedem Türenklappen, das eine weitere Kandidatin wieder hinein und auf die Bühne rief, wurden es weniger. Jeannette ging dreimal in die nun fast vereinsamte Quasselbox und viermal auf die Toilette.

»Ihr Herrn und Fraun, die Ihr einst Kinder wart, Ihr Kleinen am Beginn der Lebensfahrt, ein jeder, der sich heute freut und morgen wieder plagt«, sie skandierte die Verse zu ihren Schritten die Treppe hinab in die Waschräume, wo sie einen weiteren Blick in die Spiegel werfen wollte. »Hört alle zu, was euch das Christkind sagt! …«

»Aaaaaah! Hilfe! Die perverse Sau!«

Das Geschrei kam aus den Toiletten. Jeannette nahm die letzten zehn Stufen im Sprung und platzte in den Toilettenvorraum. »Was ist los?« rief sie.

»Ein Spanner, ein Spanner!« Die Stimmen überschlugen sich. Ann-Kathrin hockte weinend auf der Kloschüssel, umringt von den anderen, soweit sich das in der engen Kabine machen ließ. Ein Gesicht hatte sich oben über den Kabinenrand geschoben und sie prompt mit heruntergelassenen Hosen erwischt. Einige andere Mädchen, die gerade den Vorraum betreten wollten, waren derb umgeschubst worden. Sie konnten sich nicht erinnern, wie der Übeltäter ausgesehen hatte, eine Pudelmütze, meinten sie, es war zu schnell gegangen, ein weißes Gesicht, das war alles.

»Und wie er gegrinst hat!« Ann-Kathrin war noch immer außer sich; sie zitterte.

Hektisch schaute Jeannette sich um; der Mann konnte nicht die Treppe hinauf entkommen sein, er hätte an ihr vorbeigemußt. Wo war er also geblieben? Sie ließ in dem allgemeinen Lärm ihre Blicke durch den Vorraum schweifen und entdeckte eine weißgestrichene Feuerschutztür, die ihr bei ihren vorigen Besuchen gar nicht aufgefallen war. Sie probierte die Klinke: Die gab nach. Jeannette stand auf der Schwelle zu einem dunklen Nebenraum, im hereinfallenden Licht blinkten weiße Kacheln und Putzgeräte auf. Energisch tastete sie nach dem Lichtschalter: Fehlanzeige; die Neonröhren reagierten nicht. Etwas klickte.

Jeannette entdeckte die Tür in der Wand gegenüber, gerade, als sie ins Schloß fiel, und hechtete hinüber. Das Knirschen von Glassplittern unter den Gummisohlen ihrer Turnschuhe verriet ihr, warum das Licht nicht funktioniert hatte; er mußte, ehe er hinausgeschlüpft war, mit irgend etwas die Neonröhre zerschlagen haben. Sie stolperte über einen Besenstiel, ertastete ihn zwischen den Scherben und schnitt sich. Den hatte er wohl benutzt.

Die junge Kommissarin erreichte die zweite Tür in dem Moment, als sich die erste schloß und sie in absoluter Dunkelheit zurückließ. Die Hand an der Klinke, trat sie ein, tat zwei Schritte in das gähnende Schwarz des dahinterliegenden Raumes und verharrte. Nichts, oder doch: da war ein Keuchen. Vorsichtig tastete sie sich fort von der möglicherweise verräterischen Türöffnung, in der sich ihre Silhouette kurz abgezeichnet hatte. Nun mäuschenstill und unsichtbar, den Rücken an die Wand gepreßt, saugte sie an dem Schnitt in ihrem Daumen und verfluchte Martins Weisung, keine Waffe mit zum Casting zu nehmen. Zu auffällig unter den dünnen Jeannette-Polster-Klamotten, hatte er gesagt, zu gefährlich. Und nun stand sie da, den kalten grobkörnigen Putz im Rückenausschnitt ihres Sommerkleidchens, und lauschte. Es war so still, daß sie das Blut in ihren Ohren rauschen hören konnte. Dann kam der Laut wieder. Und jetzt wieder.

Sie tastete sich weiter, immer in Richtung des Geräusches. Die Wand schien endlos zu sein, Rohre verliefen an ihr entlang, ein Korridor vielleicht. Etwas hielt ihr Kleid fest. Jeannette wirbelte herum und trat zu, traf Stein, hinkend taumelte sie an die gegenüberliegende Wand, die sie unerwartet früh mit kaltem Gruß empfing. Das war definitiv ein Korridor, einen Meter breit vielleicht; sie und der Verfolgte würden einander hier kaum verfehlen. Langsam schob sie sich weiter vor, auf das Keuchen zu, das jetzt wieder zu hören war, und wieder, dankte Vicki im Geiste für die Turnschuhe mit Gummisohlen, dachte an Vicki, an Jonas, Tageslicht und Menschen. Vor ihr war es schwarz, mit Blicken nicht zu durchdringen.

Das Geräusch meldete sich erneut, und sie hielt darauf zu, zeitlupenlangsam, nun dicht davor, zitternd vor Anspannung. Sie dachte: »Komisch, dieses Geräusch ...«

Da schlug etwas schmerzhaft gegen ihre Knöchel. Jeannette schrie auf, stolperte, griff durch die Luft und bekam etwas zu fassen, das sich als lose erwies. Im letzten Moment riß sie die Hände zum Schutz ihres Kopfes hoch und stürzte schwer, hinein in den ohrenbetäubenden Lärm, den das Herunterdonnern eines Haufens Metallstangen auf den Betonboden verursachte.

»Dieses Geräusch ist merkwürdig gleichmäßig«, führte sie ihren Gedanken in der neuen Stille zu Ende. Jeannette stöhnte. Das Geräusch keuchte wieder, direkt über ihrem Ohr, noch immer im selben Takt. Es war ein Ventil, sie konnte es tasten an der Wand, nun, da sie davorlag. Mühsam rappelte sie sich unter dem Haufen Rohre heraus und spuckte Staubflusen aus. Quer über den Boden zehn Meter vor ihr lief ein Lichtschimmer, eine Türritze. Sie humpelte darauf zu. Die Feuertür war verzogen und ließ sich nur schwer öffnen. Dahinter lag ein weniger dunkler Raum; statt völliger Nachtschwärze wirbelte hier nur eine undurchsichtige Bräune vor Jeannettes Augen, anheimelnd durchtönt von dumpfen Stimmen aus dem Zimmer nebenan. Sie stürzte gierig darauf zu, Livingstone, der aus dem Dschungel trat.

Das Licht traf sie wie ein Hammerschlag, es prallte ab von den weißen Kacheln und stürzte sich schmerzhaft auf Jeannettes Augen. Erst langsam gewann sie zwinkernd einen Eindruck von dem Bild, das sich ihr bot. Toilettenspülungen rauschten.

»Ist hier ein Mann reingekommen?« keuchte sie.

»Allerdings«, erklang die Antwort. »Hier kommen ständig Männer rein. Und zwar ausschließlich.«

Jeannette wandte den Blick von den drei Gestalten am Pissoir, die hastig die Reißverschlüsse hochzogen. Langsam kehrte ihr Farb-Sehvermögen zurück, und sie konnte die Farbe ihrer Wangen als hochrot einordnen. Eine Kabinentür öffnete sich, und Jeannette blickte in das fassungslose Gesicht des Assistenten, der im Foyer die Getränke verteilt hatte. Sein Teint war weiß, aber es gab keine Spur einer Pudelmütze. Sie stürzte auf ihn zu und warf einen Blick in seine Kabine, in der die Spülung noch rauschte. Sie war leer.

»Ein Spanner«, keuchte sie, zu atemlos und noch zu verwirrt für ausführliche Erklärungen.

»Sieht ganz so aus«, knurrte einer der Männer.

Jeannettes weitere Versuche, die Herrentoilette zu inspizieren, wurden kurz und derb unterbunden von deren aufgebrachten Besuchern. Sie sah sich trotz ihres Protestes die Treppe hinaufgedrängt, inmitten eines Pulkes entschlossener Männer, die ihren Vorhaltungen nicht lauschen wollten. Als sie auf der letzten Stufe auf etwas Weiches trat, bückte sie sich und spürte Strickmaschen unter ihren Fingern. Rasch griff sie zu, ehe sie weitergeschoben wurde.

»Was ist denn hier los?« fragte eine autoritätsgewohnte Stimme.

Jeannette richtete sich auf und schaute in die strenge Miene der Frau in Rosa.

»Regine!« keuchte sie überrascht. »Ich meine …«, fügte sie hilflos hinzu, als ihre Rolle ihr wieder einfiel. Ihre Finger schlossen sich um die Strickmütze in ihren Händen, als wäre sie ein Schatz.

»Wir haben sie dabei erwischt, wie sie in die Herrentoilette kiebitzte«, empörte sich ein aufgebrachter Kameramann.

Regine Bergmann strich sich die roten Haare aus der Stirn. Sie war nicht weniger überrascht als Jeannette, ihre alte Freundin, Studienkollegin und einstige WG-Gefährtin an diesem Ort und in diesem Aufzug zu sehen.

»Ich regle das«, erklärte sie mechanisch und entließ die Männer. »Ach, Hajo, die suchen bei Kamera drei immer noch verzweifelt nach dem Gafferband, kümmer dich drum.«

Jeannette atmete auf, als die Meute abzog, ärgerlich grummelnd, daß diese publicitygeilen Gören anscheinend zu jedem Mittel griffen. Sie fühlte sich von Regine an der Schulter gepackt und in deren provisorisches Büro gelenkt, wie eine Schülerin, die ins Zimmer des Rektors abgeführt wurde. Instinktiv versuchte sie, sich loszumachen.

»So.« Regine, die Dame im rosa Kostüm, ließ sich in ihren Sessel sinken und griff nach einer Flasche Whisky in der Schublade ihres Schreibtischs. »Mit oder ohne Wasser, Schätzchen? Jetzt erklärst du mir bitte, wie du in mein Casting kommst.« Sie musterte Jeannette von oben bis unten. »Und wer ist dein Friseur?«

Nach dem dritten Versuch gab Jeannette es auf, polizeiliche Diskretion zu wahren. Es schien ein Ding der Unmöglichkeit, Regine unter Auslassung der relevanten Fakten zu erklären, warum sie sich als Spannerin in der Kleidung einer Siebzehnjährigen herumtrieb. Sie bat sie, Martin dazuzurufen, damit er die Pudelmütze als wichtige Spur sicherstellen konnte.

Während Martin die nötigen Anweisungen gab und den Hausmeister aufzuspüren suchte, um zu klären, warum sonst verschlossene Türen heute geöffnet waren, verarztete Regine Jeannettes Wunden. Nicht mit Jod, sondern mit Schminke, damit sie für die Kamera unsichtbar wurden.

»Glaub mir, ich hab' Erfahrung mit so was«, erklärte sie.

»Und du leitest also die ›My Angel‹-Kampagne«, ging Jeannette zum privateren Teil des Gesprächs über.

»Ich hab sie entworfen, Baby.« Stolz flackerte für einen kurzen Moment über Regines Gesicht, aber nicht lange. »Der ganze Irrsinn ist auf meinem Mist gewachsen.«

»Die Schlüssel hingen also im Gemeinschaftsraum?« erkundigte sich Martin über sein Handy.

»Ich dachte, du wärst bei einer Hamburger Agentur?«

»Bin ich doch auch, Lämmchen. Die Nürnberger haben uns gebucht. Hamburg ist ›in‹ in der Werbebranche. Nein«, korrigierte sie sich, »Düsseldorf ist in. Aber Hamburg ist classic. Halt mal still.« Sie überpuderte einen blauen Fleck. »Und diese Sache ist ein Fall für classic. So.«

»Und hängen sie noch da?« Martin lauschte in den Hörer.

»Bist du schon länger in der Stadt?« fragte Jeannette vorsichtig.

»Seit die Sache läuft, Schätzchen.«

Zwischen den beiden Frauen herrschte einen Moment angespannte Stille. »Das mußt du verstehen«, setzte Regine dann entschuldigend an. »Ich bin, wenn ich hier bin, viel mit ihm zusammen. Da wollte ich mich nicht bei dir melden; ich weiß doch, daß du ihn nicht magst ...«

Allerdings, dachte Jeannette, nicht mögen umschrieb ihre Gefühle für Zametzer noch äußerst zurückhaltend. Und daß er es jetzt fertiggebracht hatte, daß ihre älteste und beste Freundin nach Nürnberg kam, ohne auch nur bei ihr anzurufen, daß nahm sie ihm persönlich übel. Ihm und Regine.

»Na prima«, unterbrach Martin die aufkommende schlechte Stimmung. »Im Gemeinschaftsraum hängt so ziemlich jeder von der Crew zeitweise rum. Kein Problem, sich da einen Abdruck vom Schlüssel zu verschaffen.«

»Soll das heißen, in meiner Mannschaft treibt sich ein Sexualmörder herum?« begehrte Regine auf.

»Wir sind fast sicher, daß er von innen kommt, ja«, kam Jeannette Martin mit einem Kommentar zuvor. »Und bevor du protestierst, denk mal drüber nach.« Sie lauschte einer Durchsage, die durch die geöffnete Bürotür zu hören war. »Zweihundertzwölf, das bin ich.« Eilig sprang sie auf.

»Gehen wir mal zusammen essen?« rief Regine ihr nach.

Jeannette hastete nach unten, an dem Assistenten vorbei, am Kameramann vorbei, an, wie es ihr schien, tausend Männergesichtern vorbei, die sie möglicherweise aus der Toilette kannten.

Ihr Zorn über Zametzer vermischte sich mit dem auf den unbekannten Spanner, dem sie diese neue Peinlichkeit verdankte, dem auf den Mörder Marias und Biancas und auf alle Männer. Mit glühendem Gesicht, wie in den Boden gerammt, sprach sie ihren Prolog, fehlerfrei. Während die Jury ihren Fall beriet, schweifte Jeannettes Blick zu der Gruppe Mädchen hinüber, die es bereits hinter sich hatten, manche erleichtert, manche mit Tränenspuren im Gesicht.

Ann-Kathrin saß noch immer blaß in einer Ecke, mitgenommen von dem jüngsten Erlebnis; aber offenbar hatte sie sich durchgebissen: Jennifer hatte den Arm um ihre Schulter gelegt, deutete auf sie und sich selbst und zeigte Jeannette den gereckten Daumen. Das Mädchen im Hippie-Rock wickelte ihre langen Locken wieder und wieder um den Finger; auch sie würde ihrer Mutter die frohe Botschaft bringen können; doch würde das genügen? Sie sahen alle aus wie Überlebende. Und Jeannette beschloß in diesem Moment, daß sie das auch bleiben würden.

Die Jury trat noch einmal auf sie zu. »Sag uns doch mal«, forderte der Radiomoderator sie auf, »warum du glaubst, daß gerade du in diesem Casting weiterkommen solltest.« Die Kamera schwenkte auf Jeannettes Gesicht. Schaust du zu, du Dreckskerl? fragte sie sich. Sie antwortete, ohne zu überlegen.

»Weil der Wunsch, hier dabeizusein, von Herzen kommen muß. Es muß einem das wichtigste überhaupt sein.«

11

Die Aftershow-Party war eine einzige Qual. Nicht nur der Blicke wegen, die Jeannette seit ihrem Toiletten-Abenteuer stets auf sich ruhen fühlte. In gewisser Weise fühlte sie sich jetzt endgültig wieder wie damals mit siebzehn; damals hatte sie auch geglaubt, die Aufmerksamkeit der ganzen Welt laste auf jedem ihrer Schritte, so daß sie kaum gewußt hatte, wie sie einen Fuß vor den anderen setzen sollte. Auch die Aktionen der Kameracrew waren eine Folter, da sie sich immer wieder durch die Menge der verzweifelt Tanzenden und Feiernden pflügte, um zu fragen, wie die sich fühlten, und dabei immer wieder zu hören, alles sei so toll und so Wahnsinn, und es sei ein wahnsinnstolles Gefühl hierzusein. Und alle seien echt wie eine große Familie. Echt cool eben.

Von weitem erhaschte sie von Zeit zu Zeit einen Blick auf Martin oder einen seiner Beamten; einmal sah sie Micha Braune am Rand der Tanzfläche stehen und winkte ihm, weil sie dachte, er suche sie. Aber er ging wieder, ohne die Geste zu erwidern, und so begnügte sie sich, fiebernd vor Ungeduld, durch halbherziges Hüftwiegen tänzerisches Engagement anzudeuten.

Jennifer fiel ihr begeistert um den Hals. War es nicht ein tolles Gefühl? »Ihr seid alle so geil!« jauchzte sie. Das Hippie-Mädchen probte Tanzschritte unter den wachsamen Augen ihrer Mutter und suchte die Kamera. Ann-Kathrin dankte ihr widerwillig für das Engagement in Sachen Spanner, beließ es aber bei einem distanzierten Händedruck. Dennoch waren sie rasch von einer Traube Mädchen umgeben, die tanzend und gackernd ihre Mutmaßungen über den Vorfall austauschten.

Das Licht der Scheinwerfer wechselte von Blau zu Rot, als von einer überdrehten Jury, die mit nickenden Köpfen den brodelnden Frohsinn von der Bühne aus begleitete, der Höhepunkt des Abends angekündigt wurde, die jamaikanische Band »Reggae Revolt«. Applaus.

O Gott. Unwillkürlich duckte sich Jeannette und suchte Schutz hinter einem Pfeiler. Der Rhythmus peitschte auf und vibrierte durch den Stein der Säule in ihrem Rücken. Endlich kam wirklich Stimmung auf. Phantastische Tanzmusik, kein Zweifel. Vorsichtig riskierte Jeannette einen zweiten Blick auf die Bühne, wo die apfelgrüne Redakteurin gerade ihre Version von Bauchtanz demonstrierte und rhythmisch in die Menge winkte. Nein, sie hatte sich nicht getäuscht, der Leadsänger war niemand anderes als Clifford, Tanjas Lover.

Jeannette zog sich wieder in ihr Versteck zurück und überlegte. Er hatte ihr ja gesagt, daß er mit seiner Band bald ins Fernsehen käme. Sie hatte nur nicht geahnt, daß sie in derselben Sendung auftreten würden. Jeannette peilte mit tänzelnden Schritten den Ausgang an. Sie konnte nur hoffen, daß Clifford so vertieft in sein Gitarrenspiel war, wie er tat.

»He, du willst doch nicht schon gehen?« Es war Jennifer, die ihr in den Weg trat. Jeannette warf einen Blick zurück, wo Clifford gerade mit erhobenen Armen den Applaus entgegennahm, um dann in die nächste Nummer einzusteigen, und zog sie kurz entschlossen mit sich zum Ausgang. »Was hast du denn?«

»Ach nichts«, Jeannette improvisierte, »der Sänger ist mein Ex.« Sie überlegte. »Wär mir saupeinlich, so wie wir uns getrennt haben.«

»Verstehe.« Jennifer gab mit ernstem Blick die Frau von Welt. »Zigarette?« Jeannette lehnte ab. Eine Weile genoß sie die sich langsam abkühlende Abendluft neben der qualmenden Jennifer, die sich aber bald wieder nach drinnen verabschiedete, als Jeannette keine ihrer neugierigen Fragen zu dem vermeintlichen Beziehungsdrama beantworten wollte.

Auf dem Parkplatz herrschte nur wenig Betrieb. Der Lieferwagen der Catering-Firma stand offen, auch dort wurde geraucht. Vermutlich vertraten sich die Damen und Herren vom Buffet die Beine. Ein verrosteter alter Lieferwagen parkte mit beiden Vorderreifen in einem Rasenstück. Die handgemalte Aufschrift REGGAE REVOLT sah beinahe professionell aus. Alle Achtung, dachte Jeannette, Clifford hatte wirklich was aus seiner Band gemacht. Ein Geräusch ließ sie herumfahren, doch da ballten sich nur Büsche dunkel an der unbeleuchteten Gebäudeseite. Von fern hörte man Stimmen, Singen und Schlüsselklimpern, Autoradios drehten auf, übertönten kurz das Wummern der Musik von drinnen und gingen dann im Aufheulen von Motoren unter. In der Stille danach erklangen Schritte. Jeannette schaute auf und erkannte das Hippie-Mädchen, Stefanie, wie sie jetzt wußte. Sie hob die Hand zum Gruß. »Bis Dienstag«, rief sie.

Eine Weile ging sie noch auf und ab und genoß die warme Nachtluft und die Ruhe, dann wuchs das Gefühl in ihr, daß der Ort, an dem sie sich aufhielt, der falsche Ort sein könnte, daß die entscheidenden Dinge, die, die sie weiterbringen würden, anderswo geschahen. Ruhe war nicht das, was sie im Moment suchen durfte. Ihre innere Unruhe wuchs und nahm überhand. Sie drehte sich bereits um, um wieder hineinzugehen, als sie den Schrei hörte. Die Stimme war ihr bereits vertraut.

»Ann-Kathrin«, brüllte sie und rannte los, quer über den Parkplatz. Ann-Kathrin weinte, sie kreischte wieder, Jeannette konnte die Worte nicht verstehen, doch da war auch eine Männerstimme, tief, drängend, dann ein hoher spitzer Schrei. Jeannette brach durch die Koniferen und konnte sich mit Mühe so weit abbremsen, um Ann-Kathrin nicht erneut über den Haufen zu rennen.

»Du schon wieder«, keifte Ann-Kathrin, am äußersten Rand der Hysterie, und warf einen weiteren Stein nach ihrem Begleiter, Magnus, der nur gelassen auswich und weiter mit erhobenen Händen auf sie einredete. »Rennst ihm wohl auch noch nach. Halt's Maul«, kreischte sie dann, wieder an Magnus gewandt. »Von mir aus mach sie doch an, du Mistkerl, du, du ...« Sie suchte nach Worten und weiteren Steinen, mit ihren hochhackigen Sandalen gebückt über den Asphalt taumelnd.

Jeannette nickte Magnus zu und zog sich langsam zurück, Schritt für Schritt. Sie hörte ihn erneut etwas murmeln, ohne die Worte zu verstehen, sah jedoch, wie Ann-Kathrin stehenblieb und die Arme sinken ließ, ein weinendes Häufchen Elend, das in den Arm genommen werden wollte. Magnus tat genau das und schob sie mit sanftem Druck auf seinen dunkelblauen Jaguar zu.

»Du lügst«, schrie Ann-Kathrin dann plötzlich noch einmal auf, »ich hab's doch gesehen, du Schwein. Ich kratz ihr die Augen aus!« Und sie versuchte, erneut um sich tretend, sich loszureißen. Jeannette ging schneller und war froh, als endlich der Motor aufheulte.

»Jeannette?«

»Ich bin hier, Martin!«

»Gott sei Dank.« Die Sorge aus dem Gesicht ihres Kollegen verschwand, um sofort Ärger Platz zu machen. »Wir hatten doch ausgemacht, keine Solotouren.«

»Ich war nur frische Luft schnappen, Onkelchen«, ermahnte sie ihn. »Wie sieht's drinnen aus?« Doch die herausströmende Menge verriet ihr bereits, daß der wildeste Teil der Party vorüber war. Sie lehnte Martins Angebot ab, sie mit dem Wagen nach Hause zu fahren. Vereinbahrungsgemäß würde sie die U-Bahn nehmen, beschattet von einem Streifenbeamten in Zivil, damit Wer-auch-immer seine Chance hatte bis zum Schluß.

Es waren müde Füße, die Jeannette schließlich über die Schwelle ihrer Wohnung setzte. Und ihre ohnehin nur geringe Hoffnung, Entspannung zu finden, wurde prompt und gründlich zerstört. Tanja hastete mit einem knappen Augenverdrehen als Begrüßung über den Gang, den Schreien ihrer Tochter entgegen, die pünktlich ihre mitternächtlichen Schlafstörungen zelebrierte. Anton sprang Trampolin auf Martins Matratze und feuerte mit lauten Liedern die nachtaktiven Mäuse bei ihren Rundläufen an. Ihr eigenes Bett war, wie ein kurzer Kontrollblick ihr zeigte, ausnahmsweise einmal menschenleer. Martin fand sie in der Küche.

»Ist mein Bett schon frei?« erkundigte er sich.

Jeannette schüttelte den Kopf. »Schön, daß Anton zu seiner alten Munterkeit zurückgefunden hat«, meinte sie halb überzeugt und lugte in den Topf, aus dem Martin sich soeben die zweite Portion schöpfte: Spaghetti mit Hackfleischsoße, noch lauwarm.

»Manchmal wünschte ich mir, er wäre noch stumm«, stöhnte Tanja, als sie wieder hereinkam und sich auf einen Stuhl warf.

Als sie sah, was die beiden aßen, sprang sie allerdings sofort wieder auf. »Seid ihr verrückt? Das ist das Essen für die Krippenkinder. Mutter hat das für morgen dagelassen.« Laut fluchend und schimpfend entzog sie ihnen die Teller und kratzte die Reste in den Topf zurück. Sie überhörte Jeannettes Frage, bis diese sie wiederholte.

»Ja«, fauchte sie und drehte sich um, »Mutter war wieder hier. Sie hat für mich und die Kinder gekocht.«

»Du weißt, wie ich es hasse, wenn sie hier dauernd herumhängt und sich einmischt.«

»Aber schmecken tut es dir, ja?« Sie stemmte die Hände in die Hüften und holte tief Luft, dann schien sie es sich wieder zu überlegen. Laut aufatmend setzte sie sich an den Tisch und zündete sich eine Zigarette an. »Ich komme mit der Arbeit nicht nach«, erklärte sie, mit der glühenden Spitze gestikulierend, und sie konnte sich nicht verkneifen hinzuzufügen: »Von dir habe ich ja keine Hilfe zu erwarten.« Aber es war ohne Härte gesagt. »Wir gehen dir hier wahrscheinlich ganz schön auf die Nerven«, gab sie dann unerwartet zu.

Sofort wurde Jeannette weich und griff nach der Hand ihrer Schwester. Martin bemühte sich, seinen Stuhl leise zurückzuschieben, als er aufstand.

»Ich weiß einfach nicht, wo Jonas steckt«, bekannte Tanja übergangslos. Martin und Jeannette warfen einander einen raschen Blick zu. »Gibt es was, was ich nicht weiß?« hakte Tanja sofort ein.

»Ach«, setzte Jeannette an, bereit, ihrer Schwester von der unerwarteten Begegnung mit Vicki zu erzählen, »sie ist eigentlich ein ganz nettes Mädchen, sie …«

»Er hat eine Freundin?« platzte Tanja heraus. Jeannette hielt erschrocken inne. Hatte sie einen Fehler gemacht? Doch Tanja bemerkte die klamme Pause gar nicht. »Gott sei Dank«, fuhr sie fort. Ich dachte schon, er sei schwul. Das geht natürlich nicht gegen dich«, fügte sie mit einem erschrockenen Blick auf Martin hinzu.

Der verzog für den Bruchteil einer Sekunde die Mundwinkel zur Karikatur eines Lächelns. »Natürlich nicht.«

»Aber in seinem Alter … Es wurde wirklich Zeit.« Tanja schnippte animiert ihre Asche in eine leere Kaffeetasse. »Schade, daß er es nicht mir erzählt hat.«

»Oh«, wiegelte Jeannette ab, »direkt erzählt hat er es uns nicht. Es war mehr so ein Zufall.«

Martin betrachtete seine Fingernägel, seine Vergangenheit und seine Zukunft, während die Damen sich in die Intimitäten von Jonas und Vickis Beziehung vertieften. Jeannette trug ihre Schulden Vicki gegenüber mit viel Tantenlob über das nette Mädchen ab, das sie doch sei. Die näheren Umstände ihres Kennenlernens allerdings sparte sie aus.

»Wo Clifford steckt, wißt ihr nicht zufällig auch noch?« erkundigte Tanja sich schließlich rundum gutgelaunt.

»Der wird auch bald hiersein«, verkündete Jeannette, wollte aber nichts weiter dazu sagen. »Und bitte: Erzähl ihm nichts von meiner ›My Angel‹-Kandidatur, wenn's geht, ja?«

»Steckt der etwa auch mit drin in eurer Mordsache?« Tanja verzog das Gesicht. »Geht das schon wieder los?« Sie wandte sich an Martin, um ihn wieder in die Konversation zu ziehen. »Nicht mal im Urlaub hatten wir unsere Ruhe vor ihr. Man könnte meinen, sie würde in Jamaika schwimmen gehen oder die Cocktails genießen oder vielleicht was mit ihrer lieben Schwester unternehmen, derentwegen sie ja schließlich angereist war. Aber nein«, beschwerte sie sich gutgelaunt, »schon in der zweiten Woche stolpert sie über eine blonde Leiche hinterm Swimmingpool und kungelt seitdem mit der jamaikanischen Polizei.«

»Ich hab' nur meine Zeugenaussage gemacht«, wiegelte Jeannette Martin gegenüber ab, der überrascht aussah.

»Davon hast du mir gar nichts erzählt.« Er runzelte die Stirn.

Jeannette zuckte die Schultern. »Da gab's nichts zu erzählen.« Die Konversation stockte eine Weile. Jeannette merkte, wie müde sie war.

»Und, Martin«, versuchte Tanja noch einmal ihre Scharte von vorhin auszuwetzen, »wie geht es dir so?«

Martin stand unvermittelt auf. »Ich geh schlafen. Morgen wird ein harter Tag.«

Tanja blickte überrascht und eine Spur beleidigt. »Irgendwann mußt du das mit Josefs Urlaubsflirt doch verkraften«, rief sie ihm nach.

Martin drehte sich nicht um. »Hat deine Familie deinen schon verkraftet?«

Ehe ihre Schwester den Mund wieder zuklappen konnte, hatte Jeannette tröstend den Arm um sie gelegt und streichelte ihre Schulter. »Ihr steht in dieser Sache auf verschiedenen Seiten«, meinte sie begütigend. »Das mußt du verstehen.«

Tanja schüttelte fassungslos den Kopf. Plötzlich standen Tränen in ihren Augen. Wie so oft in letzter Zeit wechselte ihre Stimmung schlagartig von Euphorie zu tiefer Niedergeschlagenheit. Sie legte den Kopf auf die verschränkten Arme und schluchzte. »Ich kann das nicht«, stöhnte sie dumpf und verzweifelt. »Ich schaff das nicht.«

Jeannette strich mechanisch über Tanjas Scheitel. Müdigkeitskälte kroch ihre nackten Arme empor und schickte Gänsehaut unter ihr Mädchen-T-Shirt. »Doch, du kannst das«, tröstete sie mit leiser Stimme. Ihre Hand strich wieder und wieder über das Haar ihrer Schwester, das noch immer genauso üppig und blond war wie ihr eigenes. Sie dachte an die letzten Tage und die Arbeit, die ihr bevorstand. »Wir können das.«

Das Baby schrie.

12

Schrilles Weckerklingeln hatte Jeannette in einen lichterfüllten Morgen gerissen. Der Frühwind blies Sonnenlicht durch die Straßen und streichelte ihr übers Gesicht, während sie es aus dem geöffneten Autofenster hielt und sich ein paar Momente tatsächlich so fühlte wie damals, als die Sommer noch endlos waren, mit hitzetrunkenen Nachmittagen im Gras am Badeweiher, wo sie den roten Mustern zusah, welche die Sonne auf die Innenseite ihrer geschlossenen Lider zauberte, dem Pulsieren des Blutes in ihren Adern nachlauschte und aus der Zeit fiel. Damals, als das Leben tatsächlich noch Jahre entfernt war.

»Also wirklich«, maulte Jeannette, da Martin darauf bestanden hatte, sich hinters Steuer zu setzen. »Wir sollten die Maskerade nicht übertreiben.« Doch als sie das Büro betraten, merkte sie, wie schwierig es war, die Rolle der Siebzehnjährigen abzuschütteln. Laute Casanova-Pfiffe und wohlmeinende Hohos begleiteten sie bis zu ihrem Schreibtisch. Jeannette grinste notgedrungen, zupfte aber doch unwillkürlich an dem Minikleid, Vickis Anschaffung, zu dem sie das Wetter verführt hatte. Sie fühlte sich nackt, bis hin zu dem Pferdeschwanz, der nicht mehr wie gewohnt in ihrem Nacken lag. Unwohl rutschte sie mit bloßen Schenkeln auf ihrem Drehstuhl hin und her, während sie in aller Eile die Ablage durchging und ihre Berichte tippte, um sie mit in die anstehenden Besprechungen nehmen zu können. Irgendwie kam der Stuhl ihr heute größer vor.

In der Mittagspause mied sie die Kantine und fuhr statt dessen in die Stadt. Magisch angezogen betrat sie zum ersten Mal in ihrem Leben eine Parfümerie, schnupperte sich durch zahlreiche Proben und hielt dabei stumme Zwiesprache mit ihrem Spiegelbild, das im Vorbeigehen an den zahllosen Glasvitrinen, Spielgelwänden und Marmorflächen stets mit ihr mitwanderte und ihren fragenden Blick zurückwarf. Kein Zweifel, sie sah tatsächlich aus, als gehörte sie hierher. Später kaufte sie ein Paar Ohrringe mit leuchtendgrünen, orange- und fliederfarbenen Holzblumen, klippte sie gleich an und meinte auf dem Rückweg, die Augen sämtlicher Passanten auf sich ruhen zu fühlen.

An ihrem Stammkiosk erwarb sie, mit der Neugier eines Anthropologen auf seinem ersten Trip nach Papua-Neuguinea und mit zitternden Händen, ein paar Ausgaben von »Young Miss«, »Brigitte« und »Amica« und erstand nach kurzer Überlegung noch die aktuelle »Zeit«, als Gegengift sozusagen, und um ihre anderen Einkäufe darin einzuwickeln. Als sie wieder an ihren Schreibtisch kam, hatte ein Scherzbold dort einen Stapel »Bravo« deponiert. Über sämtliche ihr zugedrehten Rücken wurden heimliche Blicke geworfen. Jeannette nahm die Ohrringe ab, feuerte die Zeitschriften in den Mülleimer und strebte energischen Schrittes ihrem Meeting entgegen.

»Nein, ich bin noch nicht verliebt, noch nicht verliebt, noch nicht verliebt.« Es war ihre eigene Stimme, abgehackt und fremd durch die Elektronik, die ihr entgegentönte, als sie die Tür zum Besprechungszimmer aufstieß. Zametzer legte die Fernbedienung des Videos beiseite, als wäre es ihm peinlich, beim Herumspielen erwischt worden zu sein, doch er grinste sie unverschämt an.

Es ging mühsam voran, die Überprüfung der Angestellten in der Halle, der beauftragten Reinigungsfirmen sowie sämtlicher mit dem Casting befaßten Agentur-, Catering- und Security-Betriebe sowie der Radio- und Fernsehsender, die Leute vor Ort hatten, war immer noch nicht angelaufen. Zametzer und Martin beklagten, daß männlich, weiß und Pudelmütze keine ausreichend markante Beschreibung darstellte, doch Ann-Kathrin hatte auch bei der nachträglichen Befragung durch einige Beamte keine genaueren Angaben machen können. Die anderen Mädchen hatten den Täter auf einsachtzig oder größer geschätzt, mit Jeans und einer dunklen Windjacke bekleidet.

Während Jeannette noch mit Zametzer stritt, ob der zu überprüfende Personenkreis nun unüberschaubar groß, gar unzumutbar groß oder vielmehr groß, aber begrenzt sei, kam Jochen Böhm mit der guten Nachricht, daß in der Mütze, die sie auf der Treppe vor der Herrentoilette aufgelesen hatte, ein rotbraunes Haar gefunden worden war.

Jeannette wollte daraufhin eben einlenken, als Zametzer sie mit einer neuen Forderung aufbrachte. Um ihr unbefangenes und glaubwürdiges Verhalten vor Ort als Lockvogel nicht zu gefährden, sollte sie von den weiteren Ermittlungen ausgeschlossen werden! Zu ihrem Entsetzen gab Paumgartner dem zumindest insoweit nach, als er ihr untersagte, gegenüber irgendwelchen Beteiligten an diesem Fall aktiv zu werden, Befragungen durchzuführen oder Recherchen anzustellen. Jeannette schäumte vor Wut: Man hatte sie faktisch an ihren Schreibtisch verbannt. Und selbst den machte Zametzer ihr noch streitig mit seinen hartnäckig vorgetragenen Bedenken, sie könne vom Täter möglicherweise bereits observiert werden. Lächerlich! Da konnte sie ja gleich aus ihrer Wohnung ausziehen! Statt dessen kehrte sie umgehend dorthin zurück, wutschäumend und wild entschlossen. Wieder und wieder die Akten durchgehen, das konnte sie auch zu Hause am Computer. Vielleicht kam sie auf diese Weise dazu, endlich ihrem Freund Wolfgang die VICLAS-Daten über die beiden Toten und ihre persönliche Einschätzung dazu zukommen zu lassen.

Cliffords VW-Bus stand vor der Wohnung, als sie ankam. Neugierig warf sie einen Blick in den offenstehenden Innenraum, wo Werkzeuge, Musikinstrumente, Kleidungsstücke und Reggae-Nippes ein buntes Durcheinander bildeten. Eine lose Matratze mit fleckigem Bezug zeigte an, daß einige der Band-Mitglieder hier zumindest zeitweise auch übernachteten. Ein starker Marihuana-Duft hing in der Luft, und Jeannette fragte sich, was sie bei einer Durchsuchung wohl alles finden würde. Aber war sie vom Drogendezernat? Außerdem hatte man sie so gut wie vom Dienst suspendiert. Grimmig klopfte sie auf ihre prallgefüllte Aktentasche. Dann eben Heimarbeit.

Doch drinnen dröhnte ihr Reggae-Musik entgegen. Anton hatte Besuch von einigen Gleichaltrigen, die Harry Potter spielten und Flüche in Form von Bauklötzen gegen jegliches Mobiliar schleuderten. Tanja führte ein langes Streitgespräch per Telefon mit ihrem Mann, das in den heißen Phasen Bob Marleys Schreie nach Freiheit mühelos übertönte, und Saras vermeintlich friedliche Tätigkeit zu Jeannettes Füßen hinterließ einen Haufen Papier, der sich als die verbliebenen Fetzen jener

Karteikarten herausstellte, die Jeannette seinerzeit für ihre nie vollendete Examensarbeit in Germanistik angelegt hatte. Sie hatte sich bisher nicht von den Unterlagen trennen können. Nun war das Kapitel wohl abgeschlossen.

Dann stürzte der Server ab, der sie mit dem Revier verband. Jeannette stöhnte. Die Welt schien sich verschworen zu haben, ihr die Geschichte zu rauben, ihren Job, ihre Identität und »... wo sind meine Joggingschuhe?« brüllte sie. Es war müßig. Dankbar nahm sie wenig später Regines telefonisch ausgesprochene Essenseinladung an.

Selbst Regine hatte Bedenken dagegen gehabt, sich mit Jeannette in Nürnberg zu verabreden. Sie hatte es allerdings damit begründet, daß sie sich nicht mit einer der Teilnehmerinnen privat treffen dürfe, das sähe nach unerlaubter Einflußnahme auf das Auswahlverfahren aus, da sei ihre Agentur sehr streng.

Jeannette kletterte also beinahe trotzig hinter das Steuer ihres Autos und bretterte die B 4 entlang, über das völlig zersiedelte Knoblauchland nach Erlangen hinein. Sie war zu früh dran und wollte die Zeit nutzen, sich mit Josef zu treffen, Martins Noch-Lebensgefährten. Immerhin war er Historiker und konnte es ihr ersparen, die Hilfskräfte der Bibliothek nach einer Stadtgeschichte Nürnbergs beziehungsweise nach einer Geschichte der deutschen Volksfeste mit besonderer Berücksichtigung des nordbayrischen Raumes zu fragen.

Wider Erwarten fand sie einen Parkplatz nicht weit hinter der Philosophischen Fakultät und schlenderte die Hindenburgstraße mit ihren fast villenartigen Wohnhäusern längs der Schwabach entlang zur Kochstraße, wo der Eingang zu den Geschichts-Instituten lag. Ehe sie in ihre Nürnberger WG gezogen war, war sie oft mit dem Fahrrad hier vorbeigekommen, immer auf dem Sprung von ihrem Acht-Quadratmeter-Wohnheimzimmer zu einem Seminar, hatte sich auf dem Weg die alten Sandsteinmauern, französischen Fenster, die gestreiften Markisen, die schweren Teakholzgartenmöbel, die teuren Ziersträucher und die dezenten Überwachungsanlagen angesehen und sich gefragt, wie sie wohl in zehn Jahren, wenn sie keine Studentin mehr wäre, wohnen würde. Sie dachte an das Chaos zu Hause und seufzte.

Josef wartete bereits im Hof der Cafeteria auf sie. Er saß auf einer Bank am Goldfischbecken und stocherte im Schilf herum. Jeannette hatte den Platz immer gemocht, es war der einzige Ort mit Atmosphäre in diesem Teil der Universität. Mit Schaudern dachte sie an die Bibliothek des Instituts, die alten Linoleumböden, die schäbigen Tische mit den Metallbeinen aus den Fünfzigern, die vollgestopften Regale. Alles Braun in Grau. Es roch dort nach Staub, Bohnerwachs, Langeweile und Scheitern. Ihrem Scheitern. Es war ein Geruch, den sie gar nicht vertrug.

Als hätte er das gewußt, war Josef bereits für sie dortgewesen und hatte ihr die gewünschten Bücher mitgebracht. »Die Geschichte des Christkindl-Marktes«, wunderte er sich, »ich wußte gar nicht, daß du dich für so was interessierst.« Jeannette antwortete ausweichend; sie plauderten noch eine Weile über Josefs Arbeit, dann blickten sie schweigend in den sich langsam rot verfärbenden Abendhimmel.

»Dein neues Outfit gefällt mir«, meinte Josef schließlich.

Jeannette errötete. »Das, das du Martin verpaßt hattest, finde ich auch ganz toll.«

Josef lachte bitter. »Heißt das, er ist noch nicht wieder zu Jeans und Karohemd zurückgekehrt, seit er ausgezogen ist?« Er sprach nicht weiter.

Jeannette überlegte, was sie sagen sollte. »Martin geht's gar nicht gut«, meinte sie schließlich behutsam.

»Mir auch nicht.« Josef biß die Zähne zusammen. »Aber das sagst du ihm nicht, falls er dich danach fragt, klar? Falls er fragt.«

Jeannette beschloß, den Wagen stehenzulassen und zu Fuß in die Innenstadt zu gehen. Sie blieb in der Universitätsstraße an den Auslagen aller Buchläden stehen, wie in alten Zeiten, warf im Vorbeigehen einen Blick ins Erdgeschoß der Universitätsbibliothek, wo sich immer Obdachlose eingerichtet hatten. Heute war niemand zu sehen. Erstaunt blieb sie stehen. Da ertönte es:

»Und zwar mit dem hier.« Der kleine Mann mit dem spitzen Gesicht ging hastig weiter. Er hinkte immer noch, bemerkte sie, als er zum nächsten Laternenmast eilte, um ihm seine Botschaft zuzubrüllen. Jeannette seufzte beruhigt. Noch immer dieselben Verrückten. Sie war zu Hause. Nostalgisch gönnte sie sich einen Spaziergang einmal die Fußgängerzone hinauf und hinunter, an den erleuchteten Fenstern der wohlbekannten Geschäfte vorbei. Sie liebte das Flanieren an Sommerabenden, wenn die Dunkelheit noch so warm war, daß keine Jacke nötig wurde und die Menschen unternehmungslustig von Lokal zu Lokal zogen. Eine überschaubare Anzahl von Lokalen. Jeannette erinnerte sich noch gut an den Besuch ihrer Berliner Urlaubsbekanntschaft, der sie damals die studentischen In-Kneipen vorgeführt hatte. Nach einer Stunde Fußmarsch hatten sie einen Überblick, und ihre Freundin hatte gefragt: »Wohin jetzt?« Jeannette hatte erklärt, daß es das gewesen wäre und sie sich nun eine Kneipe aussuchen könnten. Daraufhin hatte sich die Freundin an die Wand gelehnt und war in haltloses Gelächter ausgebrochen.

Regine hatte für den Abend einen teuren Italiener gewählt, der damals völlig jenseits von Jeannettes Budget und Wahrnehmung existiert hatte. Abenteuerlustig musterte sie den Eingang und lauschte der sanften Klaviermusik, die herausdrang. Ihre gute Laune verging allerdings, als sie sich an den reservierten Tisch führen ließ; Regine war nicht allein gekommen. Aus der Traum vom vertrauten Gespräch unter Frauen. Ihr Lächeln war nicht einmal süß-sauer, als Zametzer aufstand und ihr den Stuhl zurückschob.

»Na, Sie können sich ja gar nicht mehr von Ihrer Verkleidung trennen«, kommentierte er Jeannettes Garderobe. Jeannette warf Regine einen wütenden Blick zu. Die blickte schuldbewußt, aber nicht schuldbewußt genug, sie lächelte sogar, als Zametzer demonstrativ ihre Hand ergriff und drückte.

»Sie waren es doch, der darauf bestand, daß ich das nonstop durchziehe, wenn ich mich recht erinnere.« Dann verschanzte sie sich hinter der Speisekarte und lauschte erstaunt den indiskreten Berichten über die Arbeit am Fall »My Angel«, mit denen Zametzer vor seiner Freundin protzte. Wider Willen von dem Thema in Bann gezogen, mischte sie sich in das Gespräch, das bald in rege Fachsimpelei ausartete.

Schließlich lehnte Regine sich zurück. »Wer immer euer Rotschopf auch ist«, meinte sie, »er agiert im Grunde ganz im Sinne der Veranstalter. Darf ich rauchen?«

Jeannette, die noch auf ihre Panna Cotta wartete, schüttelte den Kopf, doch Zametzer hatte bereits das Feuerzeug gezückt.

»Ihr hättet die Typen bei der Präsentation erleben sollen: ›Und wenn's dann am Ende eine Negerin wird?‹ Du gute Güte.« Als sie Jeannettes fragenden Blick sah, malte sie mit ihrer Zigarette einen Kreis in die Luft und erläuterte. »Na, diese Maria Sikorski war doch Polin, oder?«

»Vor zehn Jahren eingewandert«, warf Zametzer rasch ein, was Regine nur ein Schulterzucken entlockte.

»Und die andere ... ich erinnere mich noch an das Mädchen, man, hatte die Selbstbewußtsein. Sie war gepierct. Ein Christkind mit Piercing. Na, meine Auftraggeber hätte ich hören wollen.«

Jeannette erinnerte sich. »Augenbraue und Nabel ...«

»... und Zunge«, ergänzte Zametzer zu ihrem Erstaunen.

»Zunge«, wiederholte sie, und etwas lauter: »Zunge?«

»So 'n Sexding«, imitierte Regine eine Szene aus dem Film »Pulp Fiction«. Jeannette nickte ungeduldig; Zametzer, der selten ins Kino ging, zog fragend-irritiert die Augenbrauen hoch. Einige Leute drehten sich nach ihnen um. »Heißt das«, brauste Jeannette weiter auf, »der Autopsiebericht ist draußen, und sie haben mich nicht mal informiert?« Sie wollte sich eben in Rage reden, als ein Mann an ihren Tisch trat.

»Fräulein Polster, wie nett.« Alle drei schauten sie einen Moment entsetzt auf und ruckten wie ertappt auf ihren Stühlen herum. Jeannette war die erste, die sich wieder gefaßt hatte.

»Herr Magnus! Was machen Sie denn hier?« Sie schnappte einen Moment nach Luft. »Ich, ich kenne Herrn Magnus vom Casting«, beeilte sie sich dann, ihre Begleiter ins Bild zu setzen, und setzte noch einen eindringlichen Blick hinterher.

Magnus lächelte milde. »Was ich hier mache? Das sollte ich vielleicht Sie fragen, zu so später Stunde.« Er bemerkte ihre Miene. »Das war ein Scherz.« Alle lachten gezwungen.

»Wir wollten dem Mädchen mal was von der großen Welt zeigen«, tönte Zametzer unsicher und gönnerhaft zugleich, »vielleicht wird sie ja bald berühmt, dann braucht sie Umgangsformen.« Sein Lachen war falsch und laut.

Magnus ignorierte ihn, wofür Jeannette ihm überaus dankbar war. Er wies auf einen Tisch in der Wandnische, an dem acht Herren in angeregtem Gespräch saßen. »Ein kleines Treffen der Goldschmiede-Innung.« Schelmisch legte er den Finger an die Lippen. »Aber Diskretion bitte. Wir legen keinen Wert auf Aufmerksamkeit. Juweliere sind ein überaus furchtsamer Berufsstand.«

»Da sind Sie bei uns in den richtigen Händen«, versicherte Zametzer eifrig, »ich bin Kriminalbeamter, ich … äh …«

Jeannette knirschte innerlich mit den Zähnen. Nun konnte sie wohl nicht mehr umhin, ihn vorzustellen, um den Schaden wenigstens einigermaßen zu begrenzen. »Das ist«, begann sie die Zeremonie und wies auf Regine, »eine Freundin von« – »von der Uni«, hatte sie sagen wollen – »von meiner Mutter.« Sie machte eine kurze Pause, in der ein böses Grinsen sich auf ihr Gesicht schlich, während Regines Lächeln gefror. Aber Jeannette Polster war schließlich erst siebzehn, ein Gör ohne Manieren, dachte Jeannette rachedurstig, was konnte man da schon von ihr erwarten?

»Und Ihr Mann«, fuhr sie einen Tick lauter fort, nicht ohne Genuß, als sie sah, daß Zametzer sie am liebsten mit Blicken getötet hätte, »Kriminalkommissar Zametzer.« Damit griff sie nach ihrem Weinglas, hielt sich gut daran fest und schaute zu, wie die Katastrophe ihren Lauf nahm.

Magnus stellte sich mit kurzen Verbeugungen dem angeblichen Ehepaar Zametzer vor, dessen weibliche Hälfte hold, die männliche dagegen heftig errötet war. Zametzer ließ Regines Hand los.

»Um die Wahrheit zu sagen«, hielt er für nötig zu erklären, »sind wir noch nicht direkt verheiratet.« Er lächelte gequält, ebenso wie Regine, vielleicht noch einen kleinen Tick schmerzvoller als diese. Auf seiner Stirn standen Schweißtropfen.

Jeannette wich dem fragenden Blick ihrer Freundin aus. »Aber das werden sie gleich nach seiner Scheidung nachholen«, krähte sie statt dessen fröhlich. Mit einem Schlag wurde sie glühend rot, kaum daß es ausgesprochen war. Auch ohne zu Regine hinüberzublicken, wurde ihr sofort klar, daß diese es nicht gewußt hatte. Fassungslos klappte sie den Mund zu. Sie selbst hatte Zametzers Frau bei zahllosen Gelegenheiten gesehen, Polizeibällen, Weihnachtsfeiern, jeder im Revier kannte sie. Und Zametzer sollte die schlichte Chuzpe gehabt haben, Regine deren offensichtliche Existenz zu verschweigen? Aber warum auch nicht? Regine war ja nur an manchen Wochenenden da, für gestohlene Stunden in Hotels. Und sie sprach nicht mit Jeannette über ihn.

Die frostige Spannung am Tisch war plötzlich mit Händen zu greifen. Betreten drehte Jeannette in der Stille ihr Weinglas zwischen den Fingern, als erwartete sie, Rauhreif daran zu entdecken.

Magnus war offenbar ein Mann, der wußte, wann man sich zurückzog. Der Ober kam und servierte die Hauptgerichte. Messer und Gabel kratzten über die Teller, Salat knackte zwischen malmenden Zähnen. Das Schweigen hielt an.

»Warum hast du es mir nicht gesagt?« fragte Regine schließlich.

Jeannette hob trotzig den Kopf. »Hast du mir denn je eine

Chance gegeben, darüber zu reden?« Sie verstummte; die Frage, bemerkte sie, war gar nicht an sie gerichtet gewesen. Regine durchbohrte Zametzer mit Blicken, der vorgab, dem Klavierspieler auf die Finger zu schauen, und an seinem Schnurrbart kaute. Jeannette war bedrückt und fühlte sich einsam wie ein Kind zwischen Erwachsenen, die mit sich selbst beschäftigt waren. Das Elend um den Tisch häufte sich höher als die zerknüllten Servietten auf den Tellern.

»Kindermund!« Das kam zynisch. Jeannette schaute hoch. Regine blickte an ihr vorbei. Zametzer schob seinen Stuhl zurück und stand mit einer heftigen Bewegung auf. Er warf zwei Fünfzigeuroscheine auf den Tisch. »Wir fahren.« Jeannette duckte sich unwillkürlich. Es war ein Elend, siebzehn zu sein.

13

»Au!« Die Erinnerung an den Freitagabend war nicht halb so schmerzhaft wie die Dehnung, die die Aerobic-Trainerin ihnen abverlangte.

»Uuuund stretchen. Ja«, donnerten ihre Kommandos durch die verschwitzte Luft der Halle, die vom Licht der Scheinwerfer des Aufnahmeteams und von der Sonne aufgeheizt wurde, die auf die Glasfassade des Fitneßcenters herunterknallte. »Und jetzt die ganze Kombi noch einmal mit Links: A one, a two und step, step, kick, turn.«

Es war wie beim Militär, das anfeuernde Röhren von Sarah Connor aus dem Recorder abgerechnet. Und Jeannette hätte vielleicht in der Tanznummer aufgehen können, wären nicht die rosafarbenen Wellness-Anzüge gewesen, in die alle Mädchen gesteckt worden waren.

»Kein Lycra«, hatte Regine ihr erklärt, als sie noch mit ihr gesprochen hatte, »nichts Enganliegendes, das wäre für eine Christkindl-Wahl als unpassend empfunden worden. Deshalb haben wir auch die bei Schönheitswettbewerben sonst übliche

Bikinirunde ausgelassen. Aber etwas Körperbetontes sollte schon dabeisein.«

Jeannette verfluchte das Werber-Gehirn, das daraufhin auf Fitneß und rosa Frottee verfallen war, und dachte, daß sie damit vermutlich Regine selbst verfluchte, was ihr passend erschien.

»Mehr Power, Mädchens, los! Und turn, step und pliée!«

Regine! Sie einfach so ohne Abschied auf dem einsamen Parkplatz stehenzulassen und zu Zametzer ins Auto zu steigen. Mit dem sprach sie also noch! Und mit ihr: kein Anruf, keine Mail, kein Lebenszeichen das ganze Wochenende.

»... und kick und danke. Jetzt setzen wir die beiden Teile der Choreographie zusammen. Den Kick auf Drei und dann die schnelle Drehung ...«

Wie ein Idiot war sie sich vorgekommen, so alleine plötzlich im orangefarbenen Licht der Laternen auf dem Großparkplatz. Als sie Schritte hinter sich hörte, hatte sie zunächst befürchtet, Magnus sei ihr nachgegangen und sie müßte ihn nun abwimmeln. Doch dann wurde es still, nur die knackende Ansage aus den Lautsprechern des nahen Bahnhofs war zu hören. Deprimiert hatte sie sich auf den langen Weg zurück zu ihrem eigenen Wagen gemacht.

»Und danke.« Die Musik setzte aus. Jeannette stemmte die Hände in die Hüften und schaute sich um.

Sie war die einzige, die noch aufrecht stand, alle anderen lagen, in malerischen rosaflauschigen Grüppchen, auf dem Boden verteilt und hechelten. Die Kamera näherte sich ihr, Jeannette simulierte ein Lächeln, blinzelte und hob die Finger kurz zum Victory-V, dann wandte sie sich ab. Lieber hätte sie die Faust ins Objektiv gerammt. Die Kamera zog ab, um anderswo Schweißtröpfchen zu filmen. Dann wurden sie eingeteilt, eine Gruppe der vierzig Bewerberinnen wurde an die Geräte geschickt, die andere sollte ihr Glück im Federball versuchen. Daß es keine achtzig mehr waren, die Siegerinnen aus vier Castings, sondern nur noch achtundsiebzig, schien keinem außer Jeannette Sorgen zu bereiten. Sicherheitshalber streute sie hier und da in kleinen Gesprächsrunden die Geschichte, die mit ihren Kollegen abgesprochen war: Maria Sikorski hatte ihre Bewerbung auf Druck ihrer Eltern zurückgezogen, die »irgendwie so christlich-streng waren«. In diesen Worten jedenfalls wurde Jeannette die Begebenheit von dritter Seite wieder erzählt. Und Bianca hatte das Pfeiffersche Drüsenfieber.

»Kenn ich«, hatte eins der Mädchen gemeint, »der Freund von meiner Freundin hatte das auch mal und kam elend lang nicht wieder hoch; der hätte fast das Abi verpatzt damit.« Sie ging Federball spielen, die Story um dieses Detail angereichert weitererzählend, und so machte die Geschichte ihre Runde. Die apfelgrüne Moderatorin hüpfte händeklatschend und zwitschernd herum: bis zum Spiel eine halbe Stunde Pause, danke.

Eine müde Truppe zog ab in die Umkleideräume, vorbei an den blubbernden Kästen mit gefärbten Vitaminwässerchen in allen Farben des Regenbogens entlang der Theke, die isotonische Lösungen, Eiweißcocktails und Enzymdrinks im Angebot hatte, nur nichts zu trinken, vorbei an der Eingangshalle, die an eine ägyptische Grablege erinnerte, und in die Waschräume, wo der Dunst aus den Duschen bereits waberte. Jeannette hatte sich für ein paar Momente der Ruhe in eine Einzelkabine eingeschlossen, als die gellenden Schreie aus den Duschräumen sie aufspringen ließen. Schnelle Schritte auf dem Korridor waren an ihr vorbei, ehe sie die Tür aufbekam.

»Da!« Jennifer stand, mit nichts als einem tropfnassen Handtuch bekleidet, mitten im Gang der Sammelkabine und deutete zur Eingangstür. Jeannette begriff: Er mußte hinaus ins Studio geflüchtet sein. Sie sprintete sofort los.

»… wieder«, hörte sie Jennifer noch rufen, »… die Mütze!« Mehr konnte sie nicht verstehen. Als sie die Tür aufriß, tat sich das Panorama der Halle mit den Courts, Geräteparks und Ruhezonen vor ihr auf, von Ruhe allerdings nirgendwo die

Rede. Es wimmelte von Menschen, Beleuchtern, Kameraleuten, Tontechnikern, Skript-Assistenten, Regie-Assistenten, Diät-Assistenten, Kaffeeträgern, Sicherheitsleuten, Studiotrainern, Kosmetikerinnen, Choreographen und Polizisten in Zivil.

Sie sah Martin zum Ausgang gehen und wollte ihm hinterher. Dabei stieß sie mit jemandem zusammen, den sie nicht hatte von der Seite kommen sehen.

»Heh!« rief der Junge, die Kamera geschultert, »ich habe gehört, hier soll was los sein?« Sein Grinsen war halb von dem Gerät verborgen. Genervt wollte Jeannette ihn zur Seite schieben, doch dann hielt sie inne. Er folgte ihrem Blick, der von seinen rötlichen Haaren unter der Baseballkappe bis hinunter zu seinen Schuhen wanderten, die feuchte Abdrücke auf dem Linoleumboden hinterlassen hatten. Er verlagerte das Gewicht; die Füße in den nassen Turnschuhen verursachten ein quietschendes Geräusch. Sein Grinsen erstarb.

Ehe Jeannette etwas sagen konnte, hatte er die Kamera abgeschultert und ihr mit Schwung gegen den Brustkorb geknallt. Sie stolperte gegen die Tür der Herrenumkleidekabine, die nachgab, und stürzte hinein. Der Rothaarige folgte ihr. Um ihren Sturz abzufangen, griff sie hinter sich und geriet mit den Fingern zwischen die Rillen der hölzernen Bodenmatten. Ihr Verfolger setzte den Fuß auf die Matten und klemmte ihr so die Finger ein, daß sie aufschrie. Verdammt, sie hing fest. Er stemmte die Kamera mit beiden Händen hoch; Jeannette zog sich zusammen, schnellte die Füße hoch und trat zu; es knallte und regnete Plastiksplitter. Als sie ihre Hand freibekam und sich wieder aufrichten konnte, war ihr Angreifer bereits wieder zur Tür hinaus. Jeannette hechtete hinterher, sah ihn sich durch die Menge zum nahen Ausgang drängen, die Hände vor den Magen gepreßt, wo ihre Füße ihn getroffen haben mußten. Dennoch war er schnell.

Sie rannte hinterher, übersprang das Drehkreuz, ignorierte den stechenden Schmerz in den zupackenden Fingern ihrer

Hand und glitt gleich nach ihm durch die sich langsam schließenden riesigen Türflügel. Er war bereits auf der Treppe. Jeannette sprang.

»Martiiiiiin!«

Martin Knauer stoppte das kullernde Bündel ineinander verkrallter Menschen am Fußende der Treppe mit einem gezielten Tritt. Er riß den Jungen hoch und drehte ihm den Arm auf den Rücken.

»Der Spanner«, keuchte Jeannette, »Dusche.« Sie schnaufte. »Lies ihm seine Rechte vor.« Für einen Augenblick, in dem nur ihr lautes Atmen zu hören war, schauten sie sich an. »War es das jetzt?« Ihr Herz pochte wild.

»Jeannette?« Kleinkindhaft und beklommen erklang der Ruf vom oberen Ende der Treppe. Ann-Kathrin, Jennifer und Stefanie drückten sich dort aneinander.

»Alles klar.« Jeannette zog hektisch ihren rosa Dreß zurecht und tastete nach dem Sitz der kessen Zöpfchen, die Vicki ihr für diesen Zweck geflochten hatte. »Er hat mich die Treppe runtergestoßen«, erklärte sie laut niemand Bestimmtem. Martin winkte einem Beamten und schob seinen Gefangenen umstandslos nach draußen. Im Begriff, ihm zu folgen, fing Jeannette seinen strengen Blick auf. Ohne weiteren Kommentar deutete er mit dem Finger auf die wartenden Mädchen. Sie zögerte.

»Du weißt, was Paumgartner gesagt hat.«

»Aber wenn er das ist«, flüsterte sie hektisch, »hat sich die Sache erledigt. Und ich muß ...«

»Du mußt dringend in die Maske.«

»Jeannette Polster?« Eine der zahllosen Assistentinnen war hinter die Mädchen getreten und schaute streng zu Jeannette hinunter. »Ihr Spiel fängt gleich an.«

Martin wandte keinen Blick von ihr.

»Wehe, du verhörst ihn ohne mich«, zischte sie schließlich und nahm drei Stufen auf einmal. Als sie die Finger um den ihr zugereichten Schläger schloß, biß sie die Zähne zusammen.

14

Jeannette, die zum Doppel mit Jennifer eingeteilt war, verschwendete keinen Gedanken an das Match. Im Geiste abwechselnd Flüche auf Martin und Fragen auf den Verhafteten abfeuernd, verschlug sie jeden zweiten Ball. Schuldbewußt zuckte sie zusammen, als Jennifer sie beim Seitenwechsel ansprach.

»Entschuldige«, wehrte sie ab, »ich weiß, ich bin mies, aber …«

Doch Jennifer interessierte sich ebensowenig für den Spielverlauf. »Ann-Kathrin sagt, sie kennt ihn«, unterbrach sie entzückt Jeannettes Rechtfertigungen.

»Was?«

»Na den Spanner, sie sagt, sie kennt ihn, stell dir bloß vor.« Begeistert riß Jennifer die Augen auf. Sie wartete auf das Kommando des Schiedsrichters und donnerte den Ball unhaltbar in Stefanies Feld.

Bis zum baldigen und kläglichen Ende des Matches saß Jeannette wie auf Kohlen. Endlich konnte sie mit den anderen zu Ann-Kathrin laufen, die keuchend neben ihrem Stepper zu Boden gesunken war. Kleinlaut gab sie zu, daß der rothaarige Junge ihr Ex-Freund Kevin sei. Er hatte sie, wie sie zugab, auch schon zu Hause belästigt, mit E-Mails, endlosen Sprüchen auf dem Anrufbeantworter und nächtlichen Steinchenwürfen an ihr Fenster.

»Ich glaube, er ist sauer, weil ich jetzt mit Ernst zusammen bin. Ernst Magnus«, erklärte sie weinerlich auf Jeannettes Nachfrage. »Dabei hatte er doch selbst schon wieder 'ne Neue.«

»Ach, das ist gar nicht dein Onkel?«

»Ist der Typ, mit dem du dauernd rumhängst, etwa dein Onkel?« kam die erstaunlich scharfe Erwiderung.

Neugierige Blicke der anderen musterten die beiden Mädchen. Jeannette schwieg. Sie mußte daran denken, daß ihr »Onkel« vielleicht gerade einen Serienkiller in die Mangel nahm. Behutsam fragte sie, wie lange Ann-Kathrin und Kevin schon getrennt seien, und erfuhr, daß er ihr noch beim Drehen ihres Vorstellungsvideos geholfen hatte.

»Er hat das echt drauf, nach dem Abi hat er so ein Praktikum bei einem Fernsehsender gemacht«, erklärte Ann-Kathrin. »Aber was geht dich das eigentlich an?«

Jeannette nickte nur abwesend. Der Sender war dann vermutlich Frankonia-TV.

»Ej, das ist ja hier voll der Horror mit euren Ex-Freunden«, erklärte Jennifer und schob angeregt ihren Kaugummi in die Wange. »Deiner macht hier Musik und darf dich nicht sehen. Und deiner macht die Duschräume unsicher.«

»Hast du ihn denn nicht erkannt?« fragte Stefanie, ungläubig und distanziert.

»Das erstemal nicht.« Ann-Kathrin war noch immer gereizt. »Was passiert denn jetzt mit ihm?« Jeannette erklärte, daß die Polizei ihn mitgenommen hätte.

»Weil du ja gleich hinter ihm hermußtest!« Erstaunt ob des heftigen Vorwurfs lehnte Jeannette sich zurück.

»Du hast schließlich mit ihm Schluß gemacht«, warf Jennifer sich für sie in die Bresche.

»Ihr kennt Typen!« Stefanie schüttelte angeekelt den Kopf.

»Na, Mädchen?« Ein Jury-Mitglied näherte sich, die Kamera im Schlepptau. Schlagartig verharrten alle vier. »Seid ihr gut drauf?« Das Quartett fiel sich strahlend in die Arme.

Martin Knauer klopfte mit dem Stift nervös gegen seine Kaffeetasse. Der junge Mann ihm gegenüber schwieg noch immer verstockt und zeigte ihm den Scheitel. Martin studierte die großen, besonders knochigen Hände des Rothaarigen, die mit Sommersprossen übersät waren. Auch über seinem Gesicht lagen diese Sprossen wie ein Schleier, der es verbarg und einen direkten Blick in seine Augen als das Eindringen in einen verbotenen Bereich erscheinen ließ. Momentan verweigerten diese hellblauen Augen, den Blick zu Boden gerichtet, der Außenwelt jeglichen Zutritt.

Er war offenbar nicht bereit, seine Personalien anzugeben oder irgend etwas zu den Vorfällen im Fitneßstudio anzumerken. Die Pudelmütze mit dem Haar ließ ihn ebenso kalt wie Martins Ausführungen über sexuelle Belästigung und Körperverletzung. Sein Gegenüber schien sich darauf verlegen zu wollen, einfach den Rest des Nachmittags weiterzuschweigen.

Martin seufzte in der Stille. Er wußte, daß es draußen bei seinen Kollegen zuging wie in einem Bienenstock. Micha Braune hinter ihm trat von einem Fuß auf den anderen, mischte sich aber auf eine Handbewegung hin nicht ein. Martin versuchte, den jungen Mann einzuschätzen. Als unbefangener Beobachter hätte er vielleicht gesagt, daß ein ganz normaler, verschlossener und leicht schmollender Teenager vor ihm saß. Doch vor ihm lagen die Fotos zweier Leichen, denen jemand »Hure« in den Bauch geritzt und beinahe das Herz herausgeschnitten hätte. Martin wußte nicht, wie jemand aussah, der so etwas tat, er konnte es sich nicht vorstellen, aber er hielt es für gut möglich, daß er exakt aussehen konnte wie ein introvertierter Junge, der Kummer hatte. Vielleicht war das viehische Abschlachten von jungen Mädchen in seinen kranken Augen gar nichts anderes als eine adäquate Reaktion auf seine Lage. Versuchen wir es, dachte Martin, einmal anders.

»Sind Ihnen die Namen Maria Sikorski und Bianca Becker bekannt?« fragte er.

Keine Reaktion.

»Ist Ihnen die Höchststrafe für Mord bekannt?« Der Junge hob den Kopf und schaute ihn mißtrauisch an. Die Haut unter seinen Augen war heller als der übrige rosige, sprossenübersäte Teint, jetzt leuchtete sie kalkweiß.

Micha Braune lehnte sich vor. »Mord, mein Lieber.«

Martin wählte schnell. Er nahm eines der Fotos von Maria Sikorski, keines, auf denen die Lage der Leiche oder Verstümmelungen zu sehen waren, um keine Details zu verraten, über die ihm der Junge nachher noch selber Auskunft geben sollte. Er griff nach einem Brustbild. Dennoch war das Mädchen darauf eindeutig tot. Die Augen des Jungen wanderten von dem Bild zu Martin. Er öffnete den Mund kurz, schloß ihn dann aber wieder zu einer blassen Linie.

»Was denn?« Ärgerlich riß Martin den Kopf hoch, als in diesem Moment die Tür aufging. Jemand rief ihn ans Telefon. »Jeannette, verdammt, weißt du …«, begann er, »… wieso keuchst du so?«

»Ich«, schnaufte Jeannette, »keuche, weil ich auf einem Stepper stehe. Hat Kevin schon was gesagt?«

»Nein«, antwortete Martin und drehte sich zur Verhörkabine um. Durch das Glas sah er, daß sein Verdächtiger das Gesicht in den Händen verborgen hielt. Seinen zuckenden Schultern nach zu urteilen, weinte er. »Nein«, wiederholte Martin, »er …« Dann stutzte er. »Wieso Kevin?«

Martins Schritte zeigten neue Energie und Entschlossenheit. Mit Schwung warf er die Tür des Verhörzimmers ins Schloß. Mit Schwung drückte er auf die Taste des Videogerätes, das diese zweite Sitzung aufzeichnete. Er nickte Micha Braune aufmunternd zu. »So Kevin«, sagte er dann, nicht ohne Genugtuung. Das entsetzte Aufschauen seines Gesprächspartners ignorierte er. Um es einwirken zu lassen, tat er so, als blätterte er in den mitgebrachten Notizen nach der richtigen Stelle. Schließlich holte er tief Luft und begann: »Das war Ann-Kathrin, die allen Grund hat, sauer auf dich zu sein. Wenn wir erst die Anrufbeantworterbänder bei ihren Eltern abgeholt haben, Ann-Kathrin ihre Aussage unterschrieben hat und wir dein Haar mit dem in der Pudelmütze verglichen haben, können wir diesen Punkt wohl als erwiesen abhaken. Also gehen wir hierzu über.« Er klopfte auf das Bild der toten Bianca. »Sie werden des mehrfachen Mordes und der Vergewaltigung beschuldigt, Herr Siebert, haben Sie das verstanden? Herr Siebert, möchten Sie, daß wir Ihren Anwalt anrufen?«

Zum ersten Mal öffnete der Junge den Mund. »Mir ist schlecht«, brachte er heraus. »Ich glaub, ich muß mich übergeben.«

15

»Jeannette, Jennifer, Stefanie: die Tanznummer! Hopphopp!« Gutgelaunte Assistenten scheuchten die Mädchen klatschend auf.

Ergeben streckte Jeannette die schmerzenden Beine und folgte den anderen auf die Bühne zum Schlußtableau des einstudierten Songs. Eine rosafarbene Menge, angestrengtes Lächeln auf den Gesichtern, erwartete dort bereits das Einsetzen der Musik.

»Die da«, hörte sie die Stimme eines Kameramannes, »die Dicke, die heult fast vor Aufregung, halt drauf. Das sind Emotionen.« Die Kamera surrte, die Musik lief an. Ihr erster Impuls war, hinzulaufen und sich einzureihen. Doch dann zögerte sie. Was zum Teufel hatte sie hier eigentlich noch verloren? Sie hatten ihren Mann doch, oder nicht. Martin jedenfalls schien es zu glauben. Er war nicht mehr hier. Die Kollegen in Zivil waren nicht mehr hier. Niemand war mehr da außer ihr, und sie machte sich weiterhin vor diesen Chauvis zum Narren.

Jeannette knallte das Handtuch auf den Boden. Ihr Entschluß stand fest. Sie marschierte in Richtung Ausgang, ohne sich um die verwunderten Blicke in ihrem Rücken zu kümmern. Noch einmal Sarah Connor, dachte sie, und ich werde mich übergeben.

»Hi, nett, daß ich dich treffe«, meinte Josef Brunner, als er vor Jeannettes Tür auf Tanja traf. »Es ist keiner da. Ich dachte schon, ich muß unverrichteter Dinge wieder abziehen.«

»Kein Problem«, antwortete Tanja und kramte im Dunkeln nach dem Schlüssel, »komm rein.« Sie lachte nervös. »Wir Fremdgeher müssen zusammenhalten.« Die Tür öffnete sich auf einen stillen Korridor. »Jeannette und Martin sind allerdings noch arbeiten, schätze ich, sie machen in letzter Zeit dauernd Überstunden bis in die Nacht.«

Da hörten sie das Ächzen.

»Jonas?« fragte sie halblaut, da das Geräusch aus dem Schlafzimmer kam. Es knarrte. »Mein Ältester«, flüsterte sie und unterdrückte ein Kichern. »Er hat neuerdings eine Freundin. Die anderen Kinder sind über Nacht bei meiner Mutter.« Sie wollte sich bereits umdrehen und diskret in die Küche schleichen, als das Knarren rhythmisch wurde. Errötend schauten Tanja und Josef einander an.

»Also«, setzte sie an, verstummte aber.

»Nun, ich ...«, meinte er unsicher. Sie kannten einander viel zu wenig für eine derartig intime gemeinsame Erfahrung.

»Trinken wir einen Kaffee?« fragte sie im zweiten Anlauf und unnötig munter. Josef wollte zustimmen und hinter ihr her in die Küche gehen, als sie eine Stimme hörten, die sich lauter werdend in offensichtlich beglückte Höhen schraubte. Eine Stimme, die ihnen beiden vertraut war. Und Jonas gehörte sie nicht.

Sie waren gleichzeitig an der Schlafzimmertür. Gleichzeitig steckten sie den Kopf hinein, gleichzeitig prallten sie zurück.

Es war Josef, der schließlich behutsam die Tür ins Schloß drückte. »Den Kaffee nehme ich«, sagte er nur und zog Tanja sanft, aber bestimmt in Richtung Küche.

Es dauerte eine Weile, bis Tanja und Josef sich von dem Anblick ihrer beider ineinander verschlungenen Liebhaber erholt hatten. Mit konfusen Bewegungen versuchte Tanja Filter, Kaffeepulver und Wasser in der richtigen Reihenfolge der Maschine zuzuführen, während Josef nur still dasaß und dem Rauch seiner Zigarette nachblickte. Sie schniefte laut, wischte sich mit dem Ärmel quer über die Nase, murmelte vor sich hin und wühlte in der Schublade mit den Kaffeelöffeln, als würde sie niemals den richtigen finden. Einen Moment lang glaubte Josef, daß sie in Tränen ausbrechen würde; ihre Schultern zuckten.

»Soll ich das machen?« fragte er, drückte seine Kippe aus und sprang auf, um das Tischdecken zu übernehmen. Da bemerkte er, daß sie nicht weinte, sondern lachte, erst ein leises, verschlucktes Kichern, fast wie Schluckauf, dann immer lauter und lauter. Kaffeetassen in der Hand, stand er da, schaute erstaunt die ihm beinahe fremde Frau an, die Tränen vor Lachen vergoß, und konnte nicht anders, er lachte mit, daß die Tassen in seiner Hand klirrten. Ihrer beider explodierendes Gelächter drang zweifellos bis in das mittlerweile vollkommen still gewordene Schlafzimmer am anderen Ende des Flures.

Tanja und Josef unterhielten sich lange. »Ich staune«, sagte Tanja am Ende, voller aufrichtiger Bewunderung für ihren Gesprächspartner, »daß du es so gelassen betrachten kannst.«

»Es ist keine Kunst«, meinte Josef achselzuckend, »man muß nur wissen, was man von jemandem erwartet. Ich weiß genau, was ich von Martin will. Und dabei spielt so etwas keine Rolle. Du mußt dich nur fragen ...«

Er hielt inne, und sie sagte es an seiner Stelle: »Was will ich von Clifford?« Tanja lachte kurz auf und rührte dann nachträglich in ihrem Kaffee. Sie verzog das Gesicht. »Eine Brühe.« Josef prostete ihr zu. »Selbst schuld«, murmelte sie dann, und nach einer Pause: »Ich glaube, mir wird schlecht.«

»Kopf zwischen die Knie«, kommandierte Josef und ging ein Glas Wasser holen. »Du wirst doch jetzt nicht kneifen?«

Sie schüttelte den Kopf zwischen ihren Beinen. »Im Grunde weiß ich es ja«, nuschelte sie dumpf von unten. »Es war mir immer klar, daß das keine Sache von Dauer sein würde. Clifford ist nicht der Mann meines Lebens. Aber ...«, sie setzte sich auf und schaute ihn kläglich an, »was mache ich jetzt?«

»Ist das das eigentliche Problem?« fragte Josef und lauschte dem Glucksen, mit dem sie brav das ihr hingehaltene Wasser trank. Ein leises Klicken im Flur ließ ihn innehalten. Rasche Schritte entfernten sich im Treppenhaus. »Ich glaube«, meinte er, »einer der Mitspieler hat eben den Court verlassen. War es deiner oder meiner?« Nicht ohne Anspannung in den Gesichtern schauten sie beide zur Küchentür, die sich öffnete.

Herein kam Martin.

Jeannette war geladen. Zametzer hatte sie nach endlosen Diskussionen glatt aus dem Büro geworfen, ohne sie auch nur einmal mit dem Verdächtigen sprechen zu lassen. Martin, der offenbar verschwunden war, hatte sein Handy ausgeschaltet. Sie preschte in die Wohnung, wild entschlossen, das rosafarbene Jogging-Zeug loszuwerden und dann ein Wörtchen mit Paumgartner zu reden, um ihren Platz in den Ermittlungen wieder einzunehmen. Kevin Siebert war ihr Fall, verdammt, sie hatte Maria Sikorski bearbeitet, sie war auf die »My Angel«-Fährte gestoßen, sie hatte den Jungen mit eigenen Händen zu Fall gebracht.

Jeannette bemerkte kaum, daß es Clifford war, den sie beim Sturm auf ihre Haustür fast vom Gehweg fegte. Sie hielt sich nicht damit auf, ihm eine Entschuldigung nachzurufen. Krachend warf sie die Haustür ins Schloß. Noch auf dem Flur entledigte sie sich des Sweatshirts. Sie würde duschen, und sich umziehen, und dann .... aber erst was trinken. Die Küchentür öffnete sie mit einem Tritt.

Die ersten Sekunden vergingen in Stille. Dann reichte Tanja Jeannette ein Küchenhandtuch für ihre Blöße.

»Was machst du denn hier?« Martin und Jeannette riefen es gleichzeitig.

»Ich hab dich gesucht.« Auch das kam synchron.

Jeannette ignorierte Martins unglückliche Miene und stürzte sich auf ihn. »Was ist mit Siebert?« schoß sie los, »was hat er gesagt? Habt ihr ihn festgenagelt? Ist deshalb die Überwachung abgebrochen worden?« Die Fragen sprudelten nur so aus ihr heraus.

»Ist sie doch gar nicht, ich war eben wieder auf dem Weg zurück ins Studio.«

»Ja, aber ...«

»Aber du warst nicht mehr da. Dann bin ich hierher und, und …«

»Da warst du auch nicht«, ergänzte Josef an Martins Stelle und lächelte fein und unergründlich. Doch ergriff er die Hand seines Freundes und tätschelte sie.

»Wir müssen uns ganz knapp verfehlt haben«, erklärte Martin schlapp.

»Und Siebert?« fragte sie atemlos.

Martin schüttelte den Kopf. »Ich hab meine Leute abgezogen, um seine Alibis sofort überprüfen zu lassen.«

»Und warum sagt mir das keiner?«

»Ich wollte doch gleich bei dir sein, verdammt. Wer denkt denn auch daran, daß du sofort losrennst?«

Jeannette stand wie vom Donner gerührt. »Ja, aber dann …« Sie schaute auf ihre rosafarbenen Jogginghosen. Das Finale! fiel es ihr ein. Ihr hektischer Blick wanderte zur Küchenuhr. Sie konnte es gerade noch schaffen. Wenn Siebert nicht sicher ihr Mann war, dann durfte sie keinesfalls aus dem Wettbewerb ausscheiden! »Martin!«

»Ich mach das.« Tanja stand energisch auf. »Du kommst nach, wenn alles geklärt ist.« Und sie blinzelte den beiden Männern zu. Dann nahm sie ihre jüngere Schwester und schob sie unnachgiebig aus der Küche, auf den Flur, auf die Haustür zu und hinaus ins Treppenhaus, ohne auf ihre Proteste zu achten. Jeannette konnte gerade noch ihr Sweatshirt vom Boden angeln.

»Wir kommen schon noch zur rechten Zeit«, verkündete Tanja fröhlich, während sie den Autoschlüssel zückte. »Und ich bleibe, dann können wir zusammen auf dieser Abschlußparty noch ein bißchen tanzen.«

»Tanzen?« Jeannette war zu verwirrt, etwas anderes zu fragen.

»Ich war Jahre nicht mehr tanzen.« Vergnügt summte Tanja einen Sarah-Connor-Song, als sie in die laue Nacht hinaustrat.

16

»Es ist meine Schuld.« Martin kickte in hilfloser Wut gegen einen Stein.

Tröstend streichelte Jeannette ihrem Partner über den Arm. Sie hob die Hand, um etwas zu sagen, atmete dann aber nur tief durch und klopfte ihm aufmunternd ein paarmal zwischen die Schulterblätter. Beide seufzten.

Sie standen auf einer Brache nahe des Frankenschnellwegs. Das hüfthohe Gras war trocken, jetzt am Ende des Sommers, und raschelte bei jedem Schritt, Bienen summten um die Stämme der wilden Apfelbäume, wo im Unkrautdickicht die herabgefallenen Früchte in der Hitze vergärten und ihren Duft mit dem des alten Hundekotes mischten. Längs der Mauern, die das verwunschene Grundstück von der nächsten Hochhaussiedlung abtrennten, behaupteten dichte Felder von Brennesseln die Schattenplätze.

Jemand hatte genug Mitleid mit dem Mädchen gehabt, es nicht dort hinein zu werfen. Sie lag auf einem Platz aus niedergetrampelten gelben Halmen am Fuß eines alten Holunders, der seit dem letzten Regen schon zahlreichen anderen als Ruheplatz gedient haben dürfte. Zwischen Taschentüchern, Getränkedosen, Kondomen und Zigarettenkippen tummelten sich dort die grauen Grashüpfer. Einer hatte sich auf das lockige schwarze Haar der jungen Syrerin gesetzt, Meriam, erinnerte Jeannette sich, das Mädchen, das mit Freudensprüngen seinen ersten Platz gestern gefeiert hatte. Ihr fröhliches Gesicht war nun blaugeschwollen wie das der anderen und entstellt von dem grausamen Make-up des Todes, das der Mörder all seinen Opfern verpaßte. Jeannette widerstand der Versuchung, ihr die Farbe aus dem Gesicht zu wischen.

Als hätte er ihren Impuls gespürt, zog Martin sie zurück. »Du mußt weg hier, du kennst die Anweisungen.«

Sie kannte sie, Zametzer und sie hatten sie gestern erst wieder bis zur Neige erörtert: nicht bei Außenermittlungen oder an Tatorten auftauchen. Jeannette leistete keinen Widerstand, als Martin sie zum Wagen führte.

Drinnen schwiegen sie eine Weile. Jeannette wußte, was er dachte. »Du hattest deinen Täter«, versuchte sie ihn zu entschuldigen.

Martin schnaubte. »Eben nicht, wie es aussieht. Und ich kann nicht mal behaupten, daß ich es je wirklich geglaubt habe.«

In der Tat, Kevin Sieberts Alibis hatten sich als stichhaltig erwiesen. Seine Eltern, seine Großeltern und siebenundsechzig weitere Familienmitglieder konnten bestätigen, daß er zum Zeitpunkt der Ermordung von Maria Sikorski auf der Hochzeit seiner Cousine gewesen war. Er hatte dort am Keyboard gesessen und Tanzmusik gespielt bis vier Uhr früh. Zum Todeszeitpunkt von Bianca Becker hatte er mit Kollegen im Studio gestanden und gearbeitet, am neuesten »My Angel«-Mitschnitt.

Jeannette schüttelte den Kopf. »Aber du mußtest seine Angaben schnellstmöglich überprüfen. Du hast das Richtige getan.«

»Wenn der Junge nur eher den Mund aufgemacht hätte ...« Er vollendete den Satz nicht und hieb die Faust auf das Lenkrad. Der Wagen schaukelte und erweckte die Mäuse zu hektischem Leben, die auf der Rückbank in ihrem Gehäuse herumkrabbelten. Martin würde heute abend zu Josef zurückziehen. Auch wenn Jeannette nicht begriff, wie die plötzliche Versöhnung vor sich gegangen war, freute sie sich doch darüber. Es würde ein Stück Normalität in sein Leben zurückbringen, und auch in ihr eigenes, soweit das derzeit möglich war. Diesen Morgen waren beide gut gelaunt gewesen wie schon lange nicht mehr. Bis der Funkspruch kam.

»Martin, wir hätten so oder so nichts machen können. Er war nicht hinter *mir* her.«

»Du mußt los«, unterbrach er Jeannette und drehte den Zündschlüssel. Sie wurde in den Sitz gepreßt, als er anfuhr. Doch er hatte recht. Ein schneller Blick auf die Uhr zeigte ihr, daß sie sogar zu spät dran waren. Martin bog auf die Fürther

Straße ein und gab Gas. Die Einfahrt zum Fitneßcenter zog an ihnen vorbei. Nur wenige hundert Meter entfernt.

»Sie wird ihm zu Fuß gefolgt sein«, sinnierte Jeannette halblaut, »ein gemeinsamer Heimweg. Ich glaube nicht, daß die Wagenspur etwas zu bedeuten hat.« Sie erhielt keine Antwort.

»Meriam hatte gestern die beste Internetwertung«, setzte sie erneut an. »Die Jury hat sie schließlich auf Platz zwei gesetzt. Damit könnte an Regines These was dran sein, findest du nicht?«

»Welche These?« fragte Martin barsch.

Und Jeannette gab Regines Bericht wieder über die Sitzung, in der sie das Projekt »My Angel« den Entscheidern vorgestellt hatte und in der üble Bemerkungen über potentielle Kandidatinnen gefallen waren. »Keine Ausländer, keine Freaks. Eine richtig hippe Multikultiveranstaltung, bei der am Ende nichts Hippes und erst recht nichts Multikulturelles herauskommen soll«, faßte sie karikierend die Situation zusammen.

Martin verzog das Gesicht. »Bei der Jury?« Er schüttelte den Kopf. »Möchte wissen, warum die ›My Angel‹ dann überhaupt zugestimmt haben. Vorsicht!« Ein gewagtes Überholmanöver warf Jeannette gegen die Seitentür. Der Mäusekäfig hinter ihr knallte gegen die Verschalung.

»Martin?«

»Ich weiß, sorry, aber wir kommen zu spät. Wär das letzte, daß sie dich jetzt disqualifizieren, wo wir auf den nächsten Mord angewiesen sind.« Er lachte bitter. »Hat Regine Namen genannt? Hast du sie danach gefragt?«

»Nein, ich …« Sie erinnerte sich unbehaglich an den mißglückten Abend. »Ich war beschäftigt«, wehrte sie schließlich ab. »Martin?«

»Eine lausige Spur. Aber die einzige, die wir haben.« Er schaltete höher. »Ich werde mit ihr reden.«

»Martin?«

»Ich freue mich schon darauf, mich mit Politikern, Pressemoguln und Millionären anzulegen, Herrgott, was für eine

Scheiße.« Wieder riß er das Steuer herum. »Stell dir vor, was Paumgartner sagt, wenn ich ihm erkläre, die ›My Angel‹-Morde würden von einem Profikiller im Auftrag des Stadtrates durchgeführt, um das Christkindl rasserein zu erhalten.« Er ließ ein versuchsweise diabolisches Gelächter los, das gut zu seinem Fahrstil paßte.

»Martin!« Jeannettes Stimme wurde dringender.

»Was zappelst du eigentlich so herum?« erkundigte er sich schließlich. »Sitz still, ich muß mich konzentrieren.« Er bog mit quietschenden Reifen vor dem anfahrenden Gegenverkehr links ab. »Kirschgrün«, kommentierte er murmelnd die Ampelfarbe.

Jeannette rappelte sich nach Luft schnappend von der Rückbank hoch.

»Ich laß mir gleich von Regine die Adresse des Arschlochs geben. Was ist«, er drehte den Kopf kurz zu ihr, »hängst du am Leben?«

»Ich nicht, aber deine Mäuse.« Damit hielt sie eines der braunen Tierchen hoch, die sich aus dem durch die Erschütterungen geöffneten Käfig befreit und zu einer Erkundungstour durch das an Löchern, Nischen und Bröseln reiche Innere von Jeannettes Fiat aufgemacht hatten. Martin geriet in Panik.

»Fang sie ein«, schrie er, »fang sie ein, wenn sie mir unter die Pedale geraten, sind sie …«

»Matsch«, ergänzte Jeannette. Die braune Maus fest umklammert, ging sie auf Tauchstation, um nach den anderen zu forschen, erkannte aber bald das Fruchtlose dieses einhändigen Bemühens und steckte das Tierchen, da die Tür ihres Zuhauses aus den Angeln gerissen und vorläufig nicht zu schließen war, nach einigen hektischen Überlegungen in ihre Handtasche. Dann bückte sie sich wieder tief zwischen den Müll unter ihren Sitzen, ein Eldorado für hungrige Nager.

»Jeannette, tu was.« Martin, der hektisch am Lenkrad schraubte, jagte gerade den Mögeldorfer Gegenverkehr auf den Gehsteig und bog dann quietschend auf seine Fahrbahn zurück.

»Du hast Glück«, keuchte sie aus dem Fußraum, »daß ich nicht der Mäusehysterie-Typ bin. Wenn du Spinnen züchten würdest, hätten wir jetzt ein Problem.« Nach Luft schnappend kam sie hoch, »rechts« brüllend, als sie das Hinweisschild zum Tiergarten vorbeiflitzen sah.

Der Wagen kam schlingernd, haarscharf an rechts und links parkenden Pkws vorbeischrammend die sanft ansteigende Straße zum Zoo hinaufgerast und blieb schließlich, den Brezelstand verschonend und den Infostand des Tierschutzbundes nur sanft touchierend, zwischen den beiden Sandsteinlöwen des Eingangs stehen, die ungerührt weiter ihre Schnauzen in die Luft reckten. Vögel pfiffen in den Bäumen. Die Flugblätter der Tierschützer segelten in sachten Schauern zu Boden. Jeannettes Knie zitterten. Ihre Stoffhandtasche warf Beulen.

»Du weißt«, setzte Martin zu einer Entschuldigung an, »wie sehr ich an den Tierchen hänge.«

»Brems nächstes Mal einfach«, zischte sie.

»Aber ...«

»Sie sind zu spät!« Mit diesem Ruf stürmte die Regieassistentin auf Jeannette zu. »Die Kinder sind schon da, los-los. O Gott, wie sehen Sie denn aus. Maske!« Unter Schreckensrufen hasteten sie mit Jeannette im Schlepptau an der Papageienvoliere vorbei, deren Bewohner in schrilles Kreischen ausbrachen.

»Ich bleibe in der Nähe«, brüllte Martin hinter ihnen her, mußte sich jedoch zunächst einer Front von ergrimmten Tierschützern stellen, denen es klarzumachen galt, daß er im Grunde – und ja gerade ganz aktuell – auf ihrer Seite stand. Das letzte Flugblatt senkte sich kreiselnd auf seine Windschutzscheibe.

Auf dem Terrassenplatz vor dem Delphinarium hatten sich zehn Grundschulklassen versammelt, erwartungsfroh, wie es die Moderatoren verzückt verkündeten, lärmend um sich selbst zirkulierend, wie Jeannette es beschönigend ausgedrückt hätte. Erschrocken starrte sie auf das hüfthohe Menschengewimmel, das nach Eis schrie, Fangen spielte, Mülleimer demolierte und kichernd aneinander Schimpfwörter erprobte. Jeannette, die ihre eigenen Neffen und Nichten herzlich liebte, darüber hinaus Kinder aber mit derselben selektiven Sympathie bedachte, wie den Rest der Menschheit, und die auch nie hatte nachvollziehen können, was Menschen antrieb, die als Berufswunsch »irgendwas mit Kindern« angaben, packte eine leise Panik.

Niemand in diesem hochbeschäftigten Gewimmel schien sich für die ankommenden Christkindl zu interessieren. Einige der Mädchen neben Jeannette winkten dennoch fröhlich. »Einfach los«, zischte Jennifer neben ihr in Jeannettes Ohr, »die schneiden das schon so, daß es paßt.« Sie hat recht, dachte Jeannette und winkte, daß es für die königliche Familie gereicht hätte.

Die Schar der Schüler bekam brüllend mitgeteilt, daß das Christkind zu Besuch sei, was die vereinzelt bezweifelten. Das Christkind sei nur eins und außerdem blond, behaupteten ein paar jugendliche Querulanten, die von ihren Lehrkräften rasch zum Schweigen gebracht wurden. Randgruppen wurden zu affirmativen Ohs und Ahs gezwungen, die Kameras surrten, einige Lehrerlieblinge brachte man mit dem Versprechen auf ein Eis sogar zu erwartungsfroh leuchtenden Augen. Und die neununddreißig hoffnungsvollen Christkindl winkten. Anschließend wurden die Kleinen in Gruppen aufgeteilt und sollten unter der Führung je eines Engels den Zoo erkunden.

Jeannette musterte ihre Truppe, die Truppe schaute in die Gegend. »Na, was wünscht ihr euch denn?« fragte sie schließlich hilflos.

»Schon gut, wir glauben eh nicht mehr ans Christkind.«

Eine weitere Assistentin kam vorbei und verkündete zu Jeannettes Erlösung, daß ihre Gruppe für das Elefantengehege vorgesehen sei, also marsch, los, und sie solle zusehen, daß sie sich malerisch vor diversen Tiergruppen postiere und die Kinder möglichst oft anfasse, das käme gut. Zögernd zockelte Jeannette los, hier und da von hinten ein berührungsfreies Über-den-Kopf-Streichen an einem ahnungslosen Kind andeutend. Vor dem Gatter irgendeiner Zebraziegenkuhgazelle – wer interessierte sich schon für Huftiere? – ließ sie kurz ihr Haar flattern. Das Vieh äppelte. O Gott, wie sollte sie diese Runde überstehen.

Am Elefantenhaus angekommen, stemmte sie die Tür auf und rief fröhlich: »Herein mit euch!«, schob die letzten persönlich hinein und ging dann hinter der Gruppe in die Knie, die Arme mehr symbolisch als mit echtem Körperkontakt um die zuhinterst Stehenden gebreitet. So standen sie und starrten auf kahle Steinfußböden, leere Boxen und einen Haufen Stroh, sonst nix.

»Die sind alle draußen«, maulte jemand. Die Kamera fing das Panorama ein.

»Aber da ist, da ist ...« Jeannette überlegte. Dann sah sie es. »... eine Maus!« rief sie aus und kam sich blöde vor.

»Woooo?« Eine plötzlich begeisterte Horde drängte ans Geländer und verrenkte sich die Hälse, um tatsächlich eine rasch trippelnde Maus zwischen den Strohhaufen herumhuschen zu sehen. Der Tag war gerettet! Aufgeregte Kinder drängten sich um Jeannette, quasselten und deuteten. Der Kameramann zeigte mit erhobenem Daumen seine Zufriedenheit.

Auf einer Woge der Erleichterung und Euphorie schwimmend, kam Jeannette eine Idee. Sie schwang sich über das Mäuerchen, durchquerte den kleinen Graben und stieg in die leere Elefantenbox hinauf, wo eben noch die Maus zu sehen war. Vortäuschend, daß sie im Heu herumwühle – und betend, daß keiner der Bewohner überraschend vorbeischauen würde –, tastete sie nach dem Verschluß ihrer Handtasche. »Ich hab sie!« Triumphierend hielt sie einen von Martins braunen Lieblingen hoch und grinste in die Kamera.

Jemand zupfte an ihrem Shirt. »Und was machen wir jetzt?«

Die Kinder spielten, aufgestellte Monitore zeigten die ersten Sequenzen der mittäglichen Ausflüge, die Kandidatinnen widmeten sich der Schönheitspflege. Vom fernen Teich klangen die lachsfarbenen Rufe der langbeinigen Flamingos herüber und brachen sich am biederen fränkischen Sandstein. Aus dem nahen Imbißstand erklang Popmusik und das »Ping« der Mikrowelle. Jeannette genoß die Pause und tauschte zurückhaltende Blicke mit einem der schwarzen Gorillas, behäbige Pelzberge, die das ungewohnte Treiben ebenso ignorierten, wie sie es sonst auch mit den Besucherscharen taten. Statt dessen zerfaserten sie mit großen Zähnen einen belaubten Zweig und hielten sich angewidert vor der Welt in ihrer Ecke verborgen. Jeannette hatte für einen glücklichen Augenblick das Gefühl, daß es Wesen in diesem Park gab, die ihre Einstellung voll und ganz teilten.

Der allgemeine Lärm auf der Freifläche war so ohrenbetäubend, daß es niemandem weiter auffiel, als ihr Handy klingelte.

Jeannette steckte sich einen Finger in das freie Ohr. »Wolfgang?« identifizierte sie schließlich den Anrufer. Sie mußte fast brüllen.

»Jeannette, hi, wo bist du um Himmels willen?« klang die Stimme ihres Freundes aus dem Apparat. Jeannette warf einen Blick auf Jennifer, die ihr gegenübersaß und sich die Fußnägel lackierte. Weiter hinten am Freigehege versuchten einige Kandidatinnen kreischend, den Gorilla auf sich aufmerksam zu machen.

»Idioten«, murmelte Ann-Kathrin an ihrer Seite träge und suchte im Spiegel nach Pickeln, »die Kameras sind alle aus.«

»Ich arbeite«, erwiderte Jeannette knapp. »Was gibt's?«

»Ich habe deine Daten bekommen«, erklärte Wolfgang. Jeannette richtete sich auf. Krampfhaft bemühte sie sich, kein Wort von dem zu versäumen, was Wolfgang ihr mitteilte. Er erklärte ohne weitere Einleitung, wie es seine Art war, daß die beiden Tatorte und Leichen für ihn ein widersprüchliches und befremdliches Bild abgäben.

»Wieso widersprüchlich?« fragte Jeannette und drehte sich von ihren Kolleginnen und den Tierkäfigen weg.

Nun, meinte Wolfgang, zunächst sähe es zugegeben nach dem klassischen Sexualmord aus, die Elemente stimmten alle. Die Verletzung über dem Herzen, die Ritzereien in der Bauchdecke, all das sei schon einmal als Element in einer Mordserie aufgetreten, auch die Eigenheit, sein Opfer zu schminken. »Ted Albeury«, meinte er, »der Killer von Chicago 1987. Auch die anderen Sachen lassen sich zuordnen. Und das ist es, was mich irritiert.«

Wenn er sie gefunden hätte, meinte Wolfgang, dann könnten auch andere diese Fälle aufspüren, alles sei in Büchern dokumentiert, in populärwissenschaftlichen Werken sogar, Erlebnisberichten von ehemaligen FBI-Größen, die zum Teil auf den Taschenbuch-Bestsellerlisten gestanden hatten.

»Willst du damit sagen, er kopiert?« fragte Jeannette und dachte an diesen Thriller mit Sigourney Weaver, in den Martin sie damals geschleppt hatte, »Copy-kill«.

Doch Wolfgang wollte weiter ausholen. Die Elemente wären ihm alle bekannt, meinte er, aber nicht in dieser Zusammenstellung, die störte ihn, sie käme ihm, wie solle er sagen, künstlich vor. Das wäre ihm aber überhaupt erst aufgestoßen, weil die gesamte Sache auf ihn so leidenschaftslos wirke.

»Leidenschaftslos?« Jeannette schnappte nach Luft, als sie das hörte und an die mißbrauchten Mädchenkörper dachte. »Nach welchem Maßstab?« Ihr Blick fiel auf Jennifer, die träge ihr Werk begutachtete und mit den Zehen wackelte, damit es schneller trocknete, Ann-Kathrin war fündig geworden und nahm mit zusammengekniffenen Augen und scharfen Nägeln den Pickel ins Visier. Stefanie blätterte ihre Zeitschrift um.

Wolfgang ging nicht auf ihre Frage ein. »Du hast mir deine These vom wahnhaft verliebten Vergewaltiger mitgeteilt«, erklärte er, »der erstaunt ist, nicht auf Gegenliebe zu stoßen. In solchen Fällen eskaliert das Geschehen langsam. Er nähert sich, sie stößt ihn zurück, er versucht sie zu küssen, sie wehrt sich, er langt fester zu, und fester, schließlich wird er rasend vor Wut, weil sie nicht stillhält, und am Ende liegt sie tot da.«

»Ja und?« fragte sie.

In solchen Fällen müsse es Abwehrverletzungen geben, eine ganze Reihe sogar, meinte ihr Freund Wolfgang. An den Unterarmen, den Händen; er könne ihr Dutzende von Beispielen zeigen. Aber die wären in ihrem Fall nicht vorhanden, nicht im geringsten sogar. Und das sei der Punkt. Wenn man einmal von den fürchterlichen Entstellungen absähe, dem schrecklichen Anblick überhaupt, und sich auf das konzentriere, was die vorhandenen Spuren über den Ablauf der Tat verrieten, dann ergäbe sich ein ganz nüchternes Bild: ein Schlag auf den Kopf, das Erwürgen des wehrlosen, vermutlich ohnmächtigen Opfers, das Anbringen von Verwundungen am toten Körper, die Ejakulation. »Solche Mordtaten verdanken sich normalerweise immer derselben Trias von Bedürfnissen: Manipulation, Dominanz, Kontrolle.«

»Manipulation, Dominanz, Kontrolle«, wiederholte sie brav.

»Genau. Er genießt es, ihr Leben in der Hand zu haben, mit ihnen tun zu können, was er will, ihre Angst. Aber nichts davon kann ich hier entdecken. Kein Sadismus, keine Spielchen, keine Lust am Leiden. Er hat sie einfach zügig umgebracht. Anschließend hat er an ihnen herumgemacht. Aber irgendwie, sei mir nicht böse, aber das sieht mir nicht nach einem typischen Perversen aus, es ist so halbherzig, unlustig, unstimmig, so – aber das sind jetzt natürlich Werturteile – so akademisch.«

»Halbherzig«, wiederholte Jeannette ungläubig.

»Ja. Wenn du mich fragst, was du ja tust, dann hast du es hier mit jemandem zu tun, der diese beiden Mädchen aus einem ganz bestimmten Grund umgebracht hat, der mit Sex nichts zu tun hat und sich nur als Lustmörder tarnt.«

»Aber das Sperma?« fragte Jeannette zweifelnd. Sie hatte ihre Stimme zu einem Flüstern gesenkt.

»Ich sagte nicht, ich hätte die Lösung, ich sprach von meinem Eindruck.«

»Und ich danke dir.« Aus den Augenwinkeln sah sie sich selbst auf den Monitoren des Kamerateams, wie sie strahlend einer Gruppe von Kindern hinterherwinkte.« Unwillkürlich stöhnte sie.

»Jeannette?« fragte Wolfgang besorgt. »Du klingst gar nicht gut. Ich weiß, daß einem so was an die Nieren gehen kann. Die schrecklichen Bilder verfolgen einen.«

Jeannette auf dem Monitor, vier Meter groß, die mit runden Augen und Oh-Mund auf eine Maus zeigt.

»Ja«, gab Jeannette zu und schloß die Augen. »Das tun sie.«

»Paß auf dich auf«, meinte Wolfgang zum Abschied.

Jeannette legte auf. Sie fröstelte.

»Manipulation, Dominanz, Kontrolle?« Das kam von Ann-Kathrin, die mit spöttischer Stimme sprach, während sie noch immer ihr Spiegelbild nicht aus den Augen ließ. Jennifer hob interessiert den Kopf, und auch Stefanie äugte herüber.

»Von wem ist die Rede?« erkundigte sie sich.

»Oh«, schwindelte Jeannette rasch, »mein Ex …« Sie sprach nicht weiter, brauchte es offenbar aber auch nicht.

»Der Sänger«, klärte Jennifer die anderen auf, stolz auf ihren Informationsvorsprung, »der aus der Reggaeband.«

»Echt?« staunte Stefanie und wurde rot. Vermutlich, mutmaßte Jeannette, glaubt sie jetzt, ich führe eine Sado-Maso-Beziehung.

»Unlustig?« fragte Ann-Kathrin süffisant weiter, während sie noch immer angestrengt ihr Konterfei kontrollierte. Dann war sie offenbar mit dem Zustand ihrer Haut zufrieden und schaute auf. »So unlustig sieht der mir doch gar nicht aus.«

»Woher willst du das denn wissen?« blaffte Jennifer aggressiv und schob sich beschützerisch ein Stück näher an Jeannette heran.

»Na, schließlich habe ich jemand ganz Bestimmten neulich ganz schön heftig mit ihm knutschen sehen.« Mit gekonntem Schwung warf Ann-Kathrin ihre Haare zurück und fixierte Stefanie. »Tut mir ja leid für dich«, verkündete sie noch zu

Jeannette gewandt, dann rauschte sie ab. Auch Stefanie war aufgesprungen.

»Steffie!« Jeannette war noch immer ganz verdattert. »Steffie!« Sie erwog kurz, Stefanie ein paar Insider-Ratschläge bezüglich Clifford und seiner Entspannungstheorien zu geben und sie dahin gehend zu warnen, daß dieser a) gebunden und b) nicht sonderlich monogam war. Als Liebhaber ihrer Schwester allerdings führte sie ihn zu diesem Zweck besser nicht ein, das würde die Dinge komplizieren. Doch ehe sie überhaupt irgend etwas sagen konnte, war das Mädchen verschwunden. Jennifer streichelte ihr zögernd über den Arm. »Nimm's nicht so schwer«, meinte sie.

Jeannette zuckte die Schultern; was sollte es, sie hatte Wichtigeres zu tun, als über fiktionale Beziehungsdramen zu diskutieren. Unauffällig ging sie ein wenig abseits.

»Heh, du brauchst gar nicht so cool zu tun, wir haben alle mal Liebeskummer«, rief Jennifer ihr beleidigt hinterher. Aber Jeannette war gedanklich bereits wieder bei ihrem Anruf.

Es klang absurd, aber: Alles, was Wolfgang gesagt hatte, paßte zu dem, was Regine an jenem Abend über einen der geistigen Väter dieses Wettbewerbs berichtet hatte: ein eiskalt kalkulierender Mörder, der sich nur als Sexualbestie tarnte. Jeannette glaubte, möglicherweise zu wissen, worin sein eigentliches Ziel bestand: Er wollte die »My Angel«-Auswahl von Kandidatinnen säubern, die nicht in sein Weltbild paßten. Wieder einmal wählte sie Regines Nummer und wappnete sich für die Auseinandersetzung. Wieder einmal hob niemand ab. Jeannette überlegte kurz, dann wählte sie neu, die Nummer des Chefredakteurs des Städtischen Boten. Seine Zeitung hatte bislang stets den öffentlichen Teil der Christkindl-Wahl ausgerichtet, es war mehr als wahrscheinlich, daß er bei der Präsentation dabeigewesen war.

»Herr Ammon?« meldete sie sich, »Regine Bergmann am Apparat. Sie erinnern sich sicher an mich.« Darauf konnte sie sich verlassen. Jeder Mann erinnerte sich an Regine. »Herr Ammon, ich rufe sie an, weil ich besorgt bin. Mich haben Münchner Journalisten kontaktiert, die gehört haben wollen, daß bei unserem Wettbewerb politisch unkorrekte Richtlinien herrschen. Das ist eine Katastrophe, ja allerdings.« Sie holte tief Luft, dann schoß sie ihre Versuchsrakete ab. »Herr Ammon, ich bin enttäuscht, ich dachte, es wäre klar gewesen, daß Ihre damals getätigten bedauerlichen Aussagen unter uns bleiben und Sie nicht Dritten gegenüber ...« Weiter kam Sie nicht. Eberhard Ammon hatte einen seiner berühmten Tobsuchtsanfälle. »Ach, das waren gar nicht Sie?« versuchte sie einzuhaken, aber vergebens. Im Sog von Ammons Gebrüll konnte sie nur noch Satzfetzen äußern. »Nein, ja, nein. Nein, um Himmels willen, ein Mißverständnis.« Machte der denn nie eine Pause? »Natürlich mache ich Sie nicht verantwortlich für das, was Herr Spörlein gesagt hat«, wiederholte sie seine Worte. Bingo. Eilig kramte sie nach einem Stift. »Ich muß mich entschuldigen, Herr Ammon, nein, natürlich nicht. Niemals würde ich, genau.« Mit viel Mühe besänftigte sie den aufgebrachten Redakteur. Schließlich holte sie tief Luft. »Sie haben nicht zufällig Herrn Spörleins Telefonnummer da?«

Als Jeannette Dürer den Anruf beendet hatte, war ihr Gesicht tiefrot. Sie konnte nur hoffen, daß Regine auch weiterhin nicht an ihr Telefon ging.

17

Die Abschluß-Party für die »Überlebenden« der Zoo-Runde fand unter freiem Himmel auf der Insel Schütt statt. Jeannette war dabei; sie lag nach der Internetwertung und dem Jury-Votum sogar ganz weit vorne. Auch Stefanie, Ann-Kathrin und Jennifer durften feiern. Stefanie hatte darüber hinaus den Zusatztitel eines Engels der Nürnberger Schulkinder erhalten, und wer auf sie getippt hatte, gewann eine lebenslang gültige Eintrittskarte für den Nürnberger Zoo. Aber Stefanie feierte nicht, sie war nirgendwo zu sehen.

Jeannette schob sich unwillig durch die tanzende Menge. Den Hauptraum nahmen Leinwände ein, auf denen Musikvideos liefen, die das nahe gelegene Cinecittà zur Verfügung gestellt hatte; das Sponsorenlogo leuchtete in den Nachthimmel. Während sie für die allgegenwärtige Kamera sanfte Ekstase mimte, versuchte sie Ordnung in die Ereignisse des heutigen Tages zu bringen. Es gab keinen Zweifel: Wolfgangs Einschätzung paßte zu der Regine-These: der Juwelier oder ein von ihm gedungener Profi beseitigte aussichtsreiche Kandidatinnen, die nicht ins gewünschte Bewerbungsprofil paßten, und tarnte seine Taten als Sexualdelikte. Doch Martin war wenig erbaut von ihrer Theorie, er fand sie abenteuerlich und völlig absurd. Wenn ihm das Auswahlverfahren so wenig paßte, hatte Martin eingewendet, warum hatte er dann nicht einfach seine Zustimmung verweigert, statt mordend durch die Stadt zu ziehen?

Jeannette konnte dem wenig entgegensetzen. Was wußte sie schon über Edmund Spörlein?

Er war Juwelier und besaß drei Filialen im Stadtgebiet Nürnberg-Fürth. War er ein Spinner, ein Psychopath? Was konnten sie dem Mann anderes vorwerfen, als daß er Ressentiments gegen Ausländer hegte? Aber es war die einzige Spur, die sie verfolgen konnten, nachdem Kevin Siebert sich als der falsche Mann erwiesen hatte.

»Hast du Stefanie gesehen?« Jeannette mußte Jennifers Frage verneinen.

»Vielleicht ist sie mit ihrem Sänger-Freund durchgebrannt.« Das war Ann-Kathrins gehässige Zwischenbemerkung.

»Das glaube ich weniger«, meinte Jeannette nachdenklich. Das Fernbleiben des Mädchens beunruhigte sie langsam. Die Jury hatte das Fehlen von Meriam vorhin offiziell entschuldigt: Das Mädchen hätte seine Bewerbung zurückgezogen. Über ihren Verbindungsmann hatte die Polizei der Organisation gegenüber verlauten lassen, Meriam sei bei einem Unfall ums Leben gekommen, doch diese Nachricht mochte »My Angel« seinen Zuschauern offenbar nicht zumuten. Meriam war bereits aus der Internet-Galerie und den Click-Charts entfernt worden, ohne daß jemand sich groß daran stieß. Und nun fehlte Stefanie.

»Stefanie?« Jeannette hielt im Tanzen inne. Gott sei Dank, sie war sich beinahe sicher, das Mädchen gesehen zu haben, und drängte sich zwischen den Feiernden hindurch. »Stefanie?« Sie verfolgte die Gestalt bis an den Rand der Veranstaltung, wo es stiller wurde, rief ein letztes Mal ihren Namen. Ihre Stimme verhallte in der Finsternis. Dann stand sie auf einem einsamen Spielplatz.

»Au!« Schmerzhaft stieß sie mit dem Schienbein gegen die hölzerne Umrandung des großen Sandplatzes. Sie erinnerte sich, mit ihrem Neffen Anton schon einmal hiergewesen zu sein. Irgendwo da vorne in der Mitte der Sandfläche mußte ein hölzernes Klettergerüst stehen, ein endloses Vergnügen für Fünfjährige mit gelangweilten Tanten. Und bewegte sich dort nicht auch etwas? Jeannette konzentrierte sich auf die Dunkelheit vor sich, doch die Stimme kam von hinten.

»Jeannette Polster!«

Sie fuhr herum. »Ernst«, stotterte sie, »ich, ich meine, Herr Magnus.« Sagten Siebzehnjährige »Herr« zu gutaussehenden Männern mit grauen Schläfen?

»Vielleicht sollte ich als der Ältere das Du anbieten.« Er lächelte, als er zu ihr trat. »Würde das helfen?« Behutsam nahm er ihre Hände in seine und streichelte sie. »Sie sind ja ganz aufgeregt.«

Jeannette hatte allerdings alle Hände voll zu tun, um von der Rolle der Polizistin auf der Pirsch wieder in die des munteren Teenagers zu schlüpfen. An welcher Stelle war ihre Beziehung zu Ernst Magnus doch gleich wieder angelangt? Offenbar, stellte sie fest, als er nun ihre Hände an seine Lippen führte, um deren Innenflächen zu küssen, offenbar war sie seit ihrer letzten Begegnung in Erlangen um einiges weitergekommen. Sanft brachte sie ihre Hände wieder an sich.

»Du bist ein Wildfang«, spielte er schließlich seinerseits auf ihr Zusammentreffen in dem italienischen Restaurant an, »ich hoffe, man ist nicht zu hart mit dir gewesen?«

»Nein, ich, nein«, stammelte Jeannette, unwillkürlich an Regine denkend, deren anhaltendes Schweigen sie immer noch für ihr Verhalten an diesem Abend bestrafte. Erstaunt bemerkte sie, daß ihre Finger sich bereits wieder in seinem Besitz befanden.

»Das wäre ein Jammer«, hauchte Magnus, ohne weiter auf ihre Entgegnungen zu achten. »Du bist so jung«, verkündete er mit Wärme, »und so unbekümmert.« Er wendete ihre Hände, sie nahm's zur Kenntnis. »Genau das liebe ich an dir. Jeannette?«

»Ja?«

»Ich werde dich jetzt küssen.« Er nahm ihr Gesicht in seine Hände und zog es an seine Lippen.

Jeannette zögerte. Sie war zu einem Drittel nervös, zu einem Drittel belustigt und zu einem Drittel interessiert, wenn sie so darüber nachdachte. Aber viel Zeit zum Denken blieb nicht. Störrisch verhielt sie einen Moment den Kopf. »Jetzt wird es Ernst, hm?« fragte sie, und ein unwillkürliches Kichern entrang sich ihr. »Das«, plauderte sie hektisch weiter, »haben Sie sicher schon öfter gehört, was? Blöder Witz, ich ...«

»Schsch.« Er verschloß ihren Mund mit seinen Lippen. Die Nacht geriet ins Trudeln. Begriffe wie »warm« und »seidenweich« gingen wie Sterne auf und wieder unter, versanken. Jeannette sank mit. »Nein! Ich ...«, protestierte ein Teil von ihr, konnte seinen Ich-Anspruch gegen den seligen Reigen der Hormone jedoch nicht durchsetzen. Seine Hände glitten über ihre Haare hinab zu ihrem bloßen Hals, wanderten hinauf zu ihrem Haaransatz, wieder hinab und verharrten dort, die Daumen selbstvergessen auf ihrer Kehle. Die Sphärenklänge setzten aus; Jeannette Dürer war mit einemmal vollkommen konzentriert. Ihre Hände schnellten hoch und umklammerten seine Handgelenke, die sich ihrem Griff aber widersetzten. Doch noch ehe sie ihr Knie einsetzen konnte, ließ er sie los. Seine Augen erforschten ihr Gesicht.

»Es tut mir leid«, sagte er leise. »Komm, wir gehen zu den anderen.« Und er nahm sie beim Arm. Doch Jeannette hatte sich binnen Sekunden entschieden. Noch zitternd von dem erlittenen Schrecken machte sie sich los, drehte ihn fort von den Lichtern des Festplatzes und preßte ihren Mund auf seinen. Doch noch ehe er reagieren konnte, spürte sie die Nachtluft kühl auf ihren feuchten Lippen. Ernst Magnus glitt an ihrem Körper herab und schlug schwer gegen Jeannettes Beine.

Vor ihr stand Stefanie, in der erhobenen Hand einen Holzstock, der wohl als Sprosse im Klettergerüst gedient hatte, ehe er herausgerissen worden war. Über den zusammengesunkenen Goldschmied gebeugt, verkündete sie: »Sie hat ›nein‹ gesagt, Arschloch!«

Etwas später saß Stefanie als Häufchen Elend im Fond eines Polizeiwagens, der sie sicher nach Hause bringen sollte.

»Und sag um Himmels willen nichts meiner Mutter davon«, schluchzte Stefanie.

Jeannette strich ihr nachsichtig über die Haare. »Daß du mir so heldenhaft beigestanden hast?« Sie unterdrückte ein Lachen. »Wo ist deine Mutter eigentlich? Sie läßt dich doch sonst nie aus den Augen.«

Stefanie lächelte unfroh. »Sie hat gearbeitet, da legt sie sich anschließend immer hin. Mama ist Arzthelferin«, setzte sie erklärend hinzu. »Und …« Doch was immer sie auch zum Verhältnis zwischen sich und ihrer Mutter sagen wollte, es kam nicht über ihre Lippen. »Tut mir leid«, meinte sie schließlich leise.

»Keine Sorge, ich weiß, wie dominante Mütter sind.« Jeannettes Ton war verständnisvoll.

»Und das mit Clifford?«

»Oh!« Jeannette versuchte, abgeklärt zu klingen. »Es war ohnehin schon lange aus, weißt du.«

»Ich wollte ihm heute sagen, daß es aus ist, aber er ist gar nicht aufgetaucht.«

Jeannette strich dem Mädchen tröstend übers Haar.

»War noch was?« erkundigte sich Martin, als sie wieder zu ihm trat.

Jeannette lachte leise. »Sie hat mir ein Verhältnis mit Clifford gebeichtet.«

Martin sagte nichts. Er tastete fahrig in seiner Tasche herum, ließ das Feuerzeug fallen und zündete sich schließlich eine Zigarette an und inhalierte tief. »Der Arzt meinte, sie behalten Magnus nur eine Nacht zur Beobachtung«, meinte er schließlich.

Jeannette schwieg.

Der Glutpunkt in der Dunkelheit neben ihr zitterte.

»Besser, ich erzähle Tanja nichts davon«, sinnierte sie schließlich.

Martin hustete. »Sie scheint aber doch ziemlich drüberzustehen«, brachte er schließlich hervor.

»Ja, nicht? Komisch, auf mich wirkt sie seit gestern auch viel entspannter. Wie geht's Josef?« fragte sie unvermittelt, als ihr der gestrige Abend einfiel.

»Gut.« Pause. »Danke.« Martin sog heftig an seiner Zigarette. »Jeannette, du solltest wirklich vorsichtiger sein.«

»Mit meinen Affären, meinst du?« Es klang kampflustig. Doch zu Jeannettes Erstaunen zog sich Martin sofort zurück.

»Immerhin wissen wir jetzt, daß er es nicht war. Nicht«, fügte er hinzu ...

»... daß wir ihn je verdächtigt hätten«, ergänzte Jeannette. Unwillkürlich mußten sie beide lachen.

»Da du es so leicht nimmst«, fuhr Martin vorsichtig fort, »kann ich dir vielleicht auch erzählen, daß wir eine Zeugenaussage zum Fall Meriam haben.« Noch immer lachend, wandte Jeannette ihm das Gesicht zu. »Eine alte Frau will einen Schwarzen gesehen haben, der die Straße vor dem Brachgrundstuck entlangging. Er trug eine Gitarre.«

Jeannette verstummte. »Wann war das?« fragte sie.

»Gegen zwei in der Früh.« Jeannette sprach nicht aus, was sie beide wußten: Um ein Uhr war die Aftershow-Party beendet gewesen. In dem Fitneßcenter gleich um die Ecke des Tatorts. Langsam schüttelte sie den Kopf. Es mußte Dutzende von Schwarzen mit Gitarren geben. Und Clifford ... nein. Sie errötete, als sie an die kurze Szene in ihrem Zimmer dachte, doch sie sagte: »Clifford könnte jedes der Mädchen da rumkriegen, der muß sie nicht erwürgen. Schau dir nur Stefanie an.«

Martin erwiderte nichts. Erst nach einer Weile antwortete er: »Du verstehst doch sicher, daß ich ihn überprüfen muß?«

Jeannette nickte, dennoch wehrte sie ab. »Tu, was du nicht lassen kannst, aber ich sage dir, du liegst falsch.«

»Was machen wir jetzt?«

»Wir machen weiter.«

18

»Wann fand der erste Christkindlesmarkt statt?«

»Ha«, befand Jeannette, »das ist eine Fangfrage.« Sie warf Vicki, die vor den Lernunterlagen am Küchentisch lümmelte, einen genervten Blick zu. »Hepp.« Damit schleuderte sie Jonas das Handtuch zu, tauchte die Arme tief ins Abwaschbecken und begann.

»Der Anfang des Christkindlesmarktes ist durch kein Ereignis oder eine Urkunde definitiv markiert. Die Forscher setzen ihn zwischen 1610 und 1639 an. 1610«, dozierte sie, tief Luft holend und Jonas eine Handvoll tropfnassen Bestecks reichend, »wird in den Quellen erwähnt, daß ›schandbare geschnitzte Bildwerke‹ des Drechslers Jobst Heinrich Entner beschlagnahmt worden seien beim ›Kindleinbescheren‹.« Sie warf Vicki einen triumphierenden Blick zu.

»Falsch«, erwiderte die ernsthaft. »Der Drechsler hieß Jobst *Friedrich* Entner.«

»Was sind schandbare Bildwerke?« fragte Jonas dazwischen.

»Keine Ahnung.« Jeannette war aus dem Konzept gebracht. Sie schaute zu Vicki, doch die schob die Unterlippe vor. Davon stand nichts in ihren Unterlagen.

»Nicht, was du dir denkst«, meinte das Mädchen nur und warf ihrem Freund eine Kußhand zu. Der Lehrbetrieb wurde durch eine Einlage heftiger Zärtlichkeit unterbrochen, bis Tanja hereinkam und Jeannette erlöste, die, tief über die Spüle gebeugt, an einer Pfanne herumschrubbte.

Tanja trat summend ein, küßte ihren verlegenen Sohn auf die Stirn, der zögernd ein wenig von Vicki abgerückt war, und angelte sich einen Joghurt aus dem Kühlschrank, den sie im Stehen löffelte. Sie hatte die Schuhe nicht ausgezogen und schien gleich wieder aufbrechen zu wollen. Wohlwollend blickte sie von einem zum anderen. »Na, was treibt ihr so?«

»Wir machen Tante Jeannette fit fürs Quiz«, klärte Vicki sie auf.

Tanja grinste. »Tante Jeannette. Das klingt so erwachsen, findest du nicht?« wandte sie sich an ihre Schwester. »Und so solide, zuverlässig und kompetent.«

Jeannette schnitt ihr eine Grimasse. Sie dachte ungern an ihren gestrigen freien Tag, auf den Tanja da anspielte. Ihre Schwester hatte sie gebeten, Sara und Anton für einige Stunden zu beaufsichtigen. Sie hatte zugesagt in dem Glauben, sie könnte nebenbei ihre Lernunterlagen durchsehen. Doch wann immer sie sich hinsetzte, um sich ihren Papieren zu widmen, geschah etwas, was es dringend erforderlich machte, daß sie wieder aufstand, um sich ans andere Ende des Zimmers zu begeben, sei es, daß Sara sich die Finger im Videorecorder eingeklemmt hatte und schrie, ein Verfahren, das ihr so gefiel, daß sie es mehrfach wiederholte, sei es, daß Anton Essen, Trinken oder auf die Toilette zu gehen verlangte, ein Vorgang, den er allein bewältigen zu können erklärte. Daß dem nicht so war, verrieten ihr der Geruch und der Zustand seiner Hände. Und während sie mit einem feuchten Lumpen und Desinfektionsspray der Spur seiner Finger durch die Wohnung folgte, um allen Schmutz zu beseitigen, stimmte Sara ein Verlassenheitsgeschrei an, das Jeannette den Schweiß auf die Stirn trieb, bis es verstummte, wie sich herausstellte, aus dem einfachen

Grunde, daß die Kleine begonnen hatte, die Bananenmilchreste aus den Gläsern in die Pflanzenkübel umzuschütten, was ihre ganze Konzentration beanspruchte. Jeannette wollte keine große Sache daraus machen, doch als Tanja nach weit mehr als den versprochenen drei Stunden zurück war, brach Jeannette in Tränen der Erschöpfung aus.

»Wo warst du?« fragte sie anklagend. Es war nicht ganz klar, ob sie sich auf gestern oder heute bezog. Tatsächlich blieb Tanja neuerdings öfter und länger fort. Bisher hatte sie noch niemandem erzählt, was sie während dieser Ausflüge trieb.

Prompt beantwortete sie die Frage nur mit einem ironischen Blick. Als Jeannette es mit der Fangfrage versuchte, wie es bei ihrem Patienten gewesen sei, zuckte sie mit den Schultern. Dennoch schien die Situation sie zu amüsieren.

»Was mußt du denn da so alles können?« fragte Tanja im Gegenzug. Sie nahm Vicki die Blätter aus der Hand.

»1616 beschwerte sich der Pfarrer Lüder von St. Sebald, daß die Leute seiner Predigt fernblieben, um Geschenke zu kaufen«, las sie laut vor. »1621 schlägt in den Quellen ein Nachtkaufverbot zu Buche. 1633 bis 1637 ...«

»... ist nichts von einem Markt zu hören, was mit dem Dreißigjährigen Krieg, der Wallensteinschen Belagerung und der Pest hinreichend entschuldigt sein dürfte.« Jeannette fiel ihr ins Wort, nahm ihr die Unterlagen wieder ab und reichte sie Vicki zurück. »1639 dann wird eine ›Christmesse‹ erwähnt, was als Beleg für einen eingeführten, gewohnheitsrechtlich etablierten Markt zur Weihnachtszeit angesehen werden kann.« Sie atmete aus. »Das ist kein Spiel, was wir hier treiben, Tanja.«

»Daß mein Leben auch kein Spiel ist, hast du ja gestern gemerkt.«

»Nein«, wies Jeannette statt einer Antwort Jonas an, »der Quirl kommt an den Haken.«

»Du hast was vergessen«, brachte Vicki sich wieder in Erinnerung.

»Jaja, ich weiß, laß mich halt ausreden: 1628 ist das Jahr, aus dem man den ersten materiellen Hinweis auf den Christkindlesmarkt besitzt, eine ovale Spanschachtel aus Fichtenholz ...«

»Nadelholz«, verbesserte Vicki.

»Nadelholz.« Jeannette winkte ab. »Sie ist mit Blumen bemalt und trägt die Inschrift ›Regina Susanna Harßdörfferin von der Jungfrau Susanna Eleonora Erbsin zum Kindles-Marck überschickt 1628‹. Die Schachtel ist im Besitz des Germanischen Nationalmuseums.«

Tanja war mit ihrem Joghurt fertig und ließ den Löffel in Jeannettes Abwaschwasser gleiten. Sie schickte sich an, die Küche zu verlassen. Jeannette grübelte. Es war ungewöhnlich, daß Tanja so lange wegblieb. Normalerweise nahm sie die Babysitterdienste ihrer Mutter nur in Notfällen in Anspruch, das hieß, wenn sie einen Hausbesuch machte, um etwas Geld zu verdienen. Aber die dauerten in der Regel nicht mehr als eine Stunde. Die Küchentür fiel zu. Sie hörte Tanja im Flur rumoren.

»Hallo!« rief Vicki und winkte. »Bist du noch da? Wie kam es überhaupt zum Christkindlesmarkt?«

»Die Wurzel des Marktes«, Jeannette seufzte, deklamierte dann aber gehorsam, »lag in der Verschiebung der Bescherung auf den Weihnachtstag selbst. Im Mittelalter gab's die Geschenke in Nürnberg am 11.11., am Martinstag.«

»Und wie kam es zu dieser Verschiebung?«

Hatte Tanja etwa vor, schon wieder aufzubrechen? Jeannette nickte Vicki vage zu. »Anlaß für die Verschiebung«, haspelte sie abwesend, »war die Reformation mit ihren Bestrebungen, die zahlreichen Heiligenverehrungen wie die des St. Nikolaus einer insgesamt mehr formellen Glaubensausübung weichen zu lassen. Nürnberg, das nach den Nürnberger Religionsgesprächen vom 3. bis 14. März 1525 die Reformation als erstes verbindlich übernahm, folgte Luther hierin und verdrängte damit die älteren Geschenktermine.« Sie überlegte. Martin hatte recht gehabt, als er meinte, sie stünde neuerdings ziemlich über der Sache mit Clifford. Ihr Freund hatte, seit er bei ihnen wohnte, ein unregelmäßiges und unstetes Leben als unabhängiger Gast geführt, dennoch wunderte es sie, wie Tanja sich so gar nicht darüber aufregen mochte, daß ihr Lover nun seit zwei Tagen nicht mehr vorbeigeschaut hatte. Sie lauschte auf das fröhliche Summen aus dem Flur. Tatsache war, daß Tanja gut gelaunt war wie lange nicht mehr.

Vicki pfiff nach ihr. »Bildzeugnisse«, forderte sie knapp.

Jeannette schrubbte verkochte Spaghetti aus einem Topf. »1785, älteste Bildquelle, Darstellung des Marktpanoramas. 1830 dann Radierungen, die einzelne Stände zeigen.« Sie begann aufzuzählen: »Puppenstuben, Zwetschkenmännchen, Trommeln und Pauken, Rauschgoldengel und Schmuckfiguren, Taschen, Gürtel, geschnitztes Spielzeug, Süßwaren, Eisenwaren, Korbwaren, Haushaltswaren.« Sie gab auf. Doch Vicki schien es zu genügen.

»Standort?«

»Nicht schon wieder.« Aber Vicki blieb unerbittlich, daher fuhr sie fort. »Zunächst auf dem Hauptmarkt. Zumindest«, fügte sie gehässig hinzu, »der große Markt. Der sogenannte kleine fand auf der Fleischerbrücke statt.« Sie reichte den Topf an Jonas zum Abtrocknen weiter. Vicki nahm es mit einem Kopfnicken zur Kenntnis. »1898 dann wich er dem Straßenverkehr, zunächst auf die Insel Schütt, dann …«

»Was heißt dann?« verlangte Vicki zu wissen.

»Ist das wichtig?«

»Willst du gewinnen?« Vicki schaute kurz auf. »Dieser Freund von dir hat gesagt, du sollst endlich mal gewinnen. Und fummel nicht an den Folien-Wicklern herum, sonst kriegst du blaue Finger.« Gehorsam ließ Jeannette die Finger von der Frisuren-Baustelle auf ihrem Kopf.

»1914?« schlug sie halbherzig vor.

»1918«, kam die Korrektur.

»Okay, laß sehen. Die Nazis verlegten ihn dann wieder auf den Hauptmarkt, samt Hakenkreuz statt Weihnachtsstern im Marktsymbol, als Beispiel altfränkischer Brauchtumspflege.

Während des Krieges dann fiel er aus wegen Verdunkelung, 45 …« Sie stockte. Es interessierte sie absolut nicht, wo der Christkindl-Markt nach dem Krieg überall stattgefunden hatte. Aber warum Tanja immer noch sang, das interessierte sie brennend.

»Hast du eigentlich Clifford gesehen?« platzte Jeannette schließlich heraus, als Tanja ein letztes Mal hereinschaute, um sich zu verabschieden.

»Nein. Warum? Interessiert dich das?« kam die Gegenfrage.

»Der erste Prolog?« Vicki hatte nach einer Tüte mit Gummibärchen gegriffen und schaute nicht auf.

»1933, geschrieben vom Intendanten Friedrich Bröger, Sohn des Arbeiterdichters Karl Bröger. Hat er sich denn gar nicht bei dir gemeldet?«

»Gesprochen von?«

»Himmel, Vicki, so einer Schauspielerin. Sonja Kaser.« Jeannette betrachtete ihre Schwester.

»Sofie Keeser.« Vicki runzelte die Stirn. Auch Tanja schaute, von dem scharfen Ton überrascht, kurz von der Tüte Gummibärchen auf, die Vicki ihr hingehalten hatte.

Jeannette überlegte rasch, ob sie Tanja über Martins vagen Verdacht informieren sollte, ließ es dann aber bleiben. Sollte ihr Partner doch erst einmal sicherstellen, daß es überhaupt Clifford gewesen war, der diese Straße damals heruntergeschlendert kam, ehe sie sich ihrer Schwester gegenüber lächerlich machte und sich vielleicht auch noch dem Vorwurf des Rassismus aussetzte. Persönlich hielt sie die ganze Sache ohnehin für Unfug, sie ging ihr nur nicht aus dem Kopf. Tanja wählte drei weiße Gummibären.

»Wo willst du hin?« Sie sprach bereits mit Tanjas Rücken. Falls ihre Schwester eine Antwort gegeben hatte, verschluckte das Türenklappen sie. Jeannette war wieder mit Jonas und Vicki allein. Und mit ihren Hausaufgaben.

»Wie viele Aussteller waren 1737 zum Markt zugelassen?«

Martin Knauer hielt in dem ruhigen Vorort. Sein Wagen war an wuchtigen Einfamilienhäusern vorbeigeglitten, die nicht mit Dachgauben, Wintergärten, französischen Fenstern und massiven Holzbalkonen sparten. Hinter meterlangen Buchsbaumhecken arbeiteten die Rasensprenger auf Hochtouren und befeuchteten smaragdfarbene Rasenflächen, die in weichen Schwüngen großzügige Terrassen, blaue Swimmingpools und geschmackvolle Zierholzinseln umspielten. Ihr Sirren und Klicken war fast das einzige Geräusch in der leeren Straße. Hier lebten Menschen, deren Kinder bereits aus dem Haus waren.

Die Hausnummer sieben prangte an einer Mauer, deren Metalltor sich per Fernbedienung in seinen Schienen bewegen ließ. Ein kleiner Monitor links oben, der Einfahrt und Eingang beschirmte, zeigte dezent an, daß man sich hier seine Besucher anschaute. Als er eingelassen wurde, stand er vor einem Prunkbau der siebziger Jahre: schneeweißer Rauhputz und schwarzer Schiefer an einem bewußt nüchternen, scheinbar aus mehren Rechtecken zusammengesetzten Flachdach-Gebilde, das sich in Bauhausmanier darin gefiel, die Fenster hier und da als Schlitzreihen oberhalb der menschlichen Augenhöhe zu plazieren. Die metallenen Fensterrahmen leuchteten im selben Gelb wie der übergroße Kunststoffgriffbügel an der Tür. Eigentlich war es aber keine Tür, es war ein Objekt. Im Rahmen dieses Objekts stand Edmund Spörlein.

»Etz kemmas nei.«

Martin wandelte durch eine unberührte weiße Landschaft aus Kuben, zwischen Flauschteppichen und für ihn höchst befremdlichen Gemälden hindurch zu einer kühlen weißen Ledersitzgruppe um einen Metalltisch. Ein langer Balkon schirmte den Raum und die davor liegende Terrasse vom Licht des heißen Septembertages ab. Aus dem kühlen Schatten blickten sie auf die Gartenarchitektur aus Nordmannstannen und Koniferen.

Spörlein selbst schaute nicht einladender, trotz des zweiten Martiniglases in seiner Hand. Martin lehnte mit einem Kopfschütteln ab und ließ seinen Blick wandern, bis er das erste erblickte, was ihn im Zusammenhang mit Spörleins Person nicht irritierte. An der Wand über dem Fernseher hing ein ausgestopfter Hirschkopf.

Nach wenigen Minuten des Gesprächs, das er mit einigen lobenden Bemerkungen über das Mobiliar einleitete, erfuhr Martin, daß das Haus von Spörleins Frau eingerichtet worden war, die Kunstgeschichte studiert hatte. »Max Ernst«, hatte Spörlein gesagt und auf die Gemälde gewiesen. Martin nickte, als ob er verstünde.

»Des drückt aso viel aus, sagt mei Fraa immer.« Was blieb Martin übrig, er nickte wieder. Spörlein setzte sich zurück, in dem sicheren Gefühl, die Speerspitze der geschmacklichen Avantgarde mitzuvertreten. Den Hirsch hatte er selbst geschossen, ein Zwanzigender. Da hatte seine Frau sich nicht verschließen dürfen. Oben gebe es noch ein ganzes Zimmer, fügte er hinzu, mit seinen Jagdtrophäen, wo es auch ein bissel gemütlicher sei. Ob Martin das sehen wolle. Hier unten habe sich neben dem Hirsch nur das Zebrafell halten dürfen, das er von der letzten Safari als Trophäe mitgebracht hatte.

Als Martin Knauer auf den Grund seines Besuches zu sprechen kam und Spörleins Bemerkungen während der Präsentation des »My Angel«-Konzepts erwähnte, wurde die Stimmung wieder frostig. Wer ihm das gesagt habe, verlangte Spörlein zu wissen, die Werbezicke oder die Pseudolinken von der Zeitung. Allesamt Heuchler. Lebten doch alle nur von seinem Geld. Und wollten ihm dann noch Vorschriften machen, wie er es verdiene.

»Was dädn Sie erwardn, wenn Sie auf an fränkischn Christkindlasmarkt gehn«, fragte er herausfordernd, »Glühwein und Würstl oder Kebab und Kefir?«

»Sie leugnen also nicht, daß Sie die Aussagen so getätigt haben?«

Spörlein setzte sich breitbeinig auf sein Sofa und verschränkte die Arme. »Da wären die die erschdn, die wo was von Schdilbruch losjammern dädn.«

»Aber Sie haben gesagt ...«

»Ich hab nur gsagt, daß des wo ned baßt und daß ma, was die Leud ned mögn, beachdn muß, wenn ma sei Geld damit verdiena will. Des hatt a kaaner anders gsehn im Endeffegd.«

Außerdem sei er kein Rassist, erklärte Spörlein vehement, er sei schon mehrfach in Afrika in Urlaub gewesen. Ob er, Martin, schon mal dagewesen sei? »Ned? Iss eana zu dreckad?« fragte er listig. Die Leute seien voller Vorurteile. Er hätte schon mit Zulus gejagt. Man müsse die Leute und ihre Kultur kennen, bevor man da mitrede. Aber hier ginge es ums Geschäft, nur ums Geschäft.

Martin versuchte herauszufinden, wie Spörlein zu dem Casting stand, aber der lächelte nur schlau und erklärte, die Jury habe sein vollstes Vertrauen. Martin Knauer rief sich die Moderatorin mit ihren leuchtend apfelgrün gefärbten Haaren ins Gedächtnis und mochte es nicht so recht glauben. Doch Spörlein bestand darauf.

»Jugendlich audendisch und die ganze Gredibilidy, wies mit der Frau Bergmann ausgmachd is. Des Verfahren is absolud unabhängig.«

»Und wenn es jetzt doch zu einer«, er zögerte, »geschäftsschädigenden Entscheidung kommen sollte?«

Aber Spörlein blieb dabei. »Ich verdrau die junga Leud. Und die an die Gombjuder. Die zeign scho Verandwordung. Nemberch werd des Christkind kriegn, des die Nembercher wolln. Und die Leud, die wo kemma.«

Spörlein sah sehr zufrieden aus. Martin erwiderte mit unbeweglichem Gesicht das verbindliche Lächeln des anderen. Er hatte das sichere Gefühl, angelogen zu werden, er wußte nur nicht genau, in welchem Punkt.

»Sie sind Jäger, Herr Spörlein?«

»Wann beginnt der Christkindl-Markt?«

»Seit 1973 am ersten Freitag vor Advent, davor am Barbaratag. Au!« Unwirsch neigte sie ihren Kopf fort von Vickis energischen Händen, die die letzten Verbesserungen an ihrer neuen Frisur vornahmen.

Jeannette wurden die Fragen langsam leid. Ein Blick auf die Uhr verriet ihr, daß es auch langsam Zeit für Martin wurde. Der Stadtrundgang begann bald, bei dem die einzelnen Kandidatinnen, nunmehr waren es noch zwanzig, Sehenswürdigkeiten Nürnbergs vorstellen sollten: Burg, Dürerhaus, Spielzeugmuseum, Lochgefängnisse. Ihr selbst war ein Bratwurstlokal unterhalb der Burg zugeteilt worden, als Beispiel typisch fränkischer Gastronomie. Der Text, den sie dafür zu sprechen hatte, paßte auf eine Karteikarte.

Gelangweilt schnippte sie das grüne Ding zwischen ihren Fingern hin und her. Wo blieb er denn nur?

»Glaubst du, du kannst alles?« In Vickis Frage und Jeannettes gelangweiltes Jaja hinein klingelte es an der Tür, und sie sprang erleichtert auf.

»Bis später dann.« Martins ernster Gesichtsausdruck allerdings ließ sie innehalten. Rasch fuhr sie sich mit den Händen in die Haare. »Das sind Strähnchen«, erklärte sie unsicher, »gefallen sie dir nicht?« Statt einer Antwort zog Martin sie in den Hausflur hinaus.

Flüsternd teilte er ihr seine schlechten Nachrichten mit. Er hatte mit Cliffords Freunden gesprochen, zumindest mit zweien von ihnen, der dritte blieb verschwunden. Sie gaben an, von Clifford gegen eins nach Hause gebracht worden zu sein. Er sei dann weitergefahren. Alleine, und wohin, wüßten sie nicht. »Ja und?« Jeannette war nicht sonderlich interessiert.

»Jeannette, wir haben den Lieferwagen gefunden, im Hof des Kulturzentrums, wo sie manchmal proben dürfen.«

»Ja?« Martin schwieg, und sie wußte die Antwort.

»Das Reifenprofil«, sagte sie nur. Die Reifenspur am Tatort, die sie nicht für relevant gehalten hatte.

Martin nickte. Das Profil paßte.

»Zur rechten Zeit am rechten Ort«, murmelte Jeannette. »Trotzdem Martin, das ist doch absurd. Clifford ...«

»Heh, Tante Jeannette, du hast da noch einen Wickler.« Jonas war in den Türrahmen getreten und angelte ihr ein Fetzchen Alufolie aus den Strähnen. »Was hängt ihr denn noch hier herum, müßt ihr nicht los?«

»Muß noch mal wohin.« Jeannette drehte sich abrupt um und stürmte in die Wohnung. Das würde sie sofort klären.

Vor der Tür zu dem Zimmer, das Tanja bewohnte, hielt sie einen Moment inne. Es kostete sie Überwindung, derart in Tanjas Privatsphäre einzudringen; sie selbst hatte den Raum seit dem Einzug ihrer Schwester nicht mehr betreten. Entsprechend ungewohnt war der Anblick: Eine breite Matratze mit ihr unbekannter Streifen-Bettwäsche nahm die Mitte der linken Wand ein, flankiert von zwei Orangenkistchen als Nachttischen. Ein eilig gekaufter Schrank, nicht mehr als ein stoffbespanntes Gestell mit Reißverschluß, ebenfalls fröhlich gestreift, beherbergte Saras Sachen. Wickelunterlage und Spielzeug nahmen den größten Teil des Bodens ein. Tanjas Wäsche war in dem Einbauschrank untergebracht, der sich an der rechten Wand hinzog. Clifford, erinnerte sich Jeannette, hatte seine persönliche Habe in einem alten Lederkoffer aus Jamaika mitgebracht; von Koffer wie Inhalt fehlte jede Spur, aber das war jetzt zweitrangig. Jeannettes Augen richteten sich auf das ungemachte Bett. Hastig zog sie die Zudecke zur Seite und inspizierte das Laken. Frisch und makellos gespannt leuchtete ihr die weiße Fläche entgegen. Auch als sie sich darauf kniete und den Stoff Zentimeter für Zentimeter inspizierte und zur Sicherheit vorsichtig daran roch: Fehlanzeige. Jeannette kaute auf ihrer Unterlippe. Ein Geräusch auf dem Flur ließ sie aufspringen und zurück in den Raum schnellen. Dabei stolperte sie über eine Weidentruhe. Der Wäschekorb! Mit fliegenden Fingern wühlte Jeannette sich durch den Inhalt, großteils verkleckerte Baby-Hemdchen, bis sie auf dem Grund fand, was sie suchte.

Jeannette steckte erst den Kopf durch die Tür, um sicherzustellen, daß sie im Flur alleine war, ehe sie das Laken eilig ins

Bad schleppte. Mit Hilfe der Nagelschere schnippelte sie mit fliegenden Fingern eine neutrale Stoffprobe und dazu den Teil des Bettuchs heraus, der steifverklebt war. Sie vermied es, sich dabei im Spiegel anzusehen. Wieder hörte sie draußen Schritte und drückte prophylaktisch auf die Spülung, um ihre Notlüge glaubhaft zu untermalen. Die Proben wickelte sie in Toilettenpapier, das durchlöcherte Laken hielt sie unschlüssig in den Händen. Wie sollte sie Tanja die Beschädigung erklären? Am besten, sie ließ es insgesamt verschwinden. Schuldbewußt knüllte sie es zusammen und wollte es, da der kleine Mülleimer unter dem Waschbecken voll war, fürs erste in den Hohlraum hinter der losen Kachel an der Badewannenumkleidung stopfen. Doch ein Blechkistchen verstopfte die Öffnung. Als sie es heraushob, vergaß sie das Bettuch. Der kleine Kasten enthielt, neben einer roten Glasmurmel, einen Teil einer alten Bravo-Ausgabe, zerlesen und kleingefaltet. Lächelnde Mädchengesichter starrten Jeannette daraus an. Junge Dinger, die mit ihrem Portrait nach Brieffreundschaften suchten. Drei der Gesichter waren durchgestrichen. Unter den Blättern lagen ein Messer, eine dicke rote Kordel und ein Taschentuch mit braunen Flecken, die, da war Jeannette sich sicher, Blut waren.

Das Laken fiel zu Boden. Mit ihrem Fund rannte Jeannette zur Tür.

»Heh«, rief Vicki aus der Küche. »Wolltest du nicht schon weg sein?«

»Martin?« keuchte Jeannette atemlos und hielt die Schachtel hoch. »Martin, ich hab ihn.«

19

Martin ließ die Funde samt Spermaprobe umgehend ins Labor bringen. Er selbst fuhr Jeannette wieder einmal in halsbrecherischer Fahrt an ihren Bestimmungsort und rief über Funk nach Verstärkung. Jeannette knüllte ein Photo von Clifford in ihren

Händen, das sie vervielfältigen wollten. Es war an einem ihrer wenigen gemeinsamen Abende in der WG-Küche aufgenommen worden und zeigte den Jamaikaner, der ihre glücklich lachende Schwester auf dem Schoß mit Spaghetti fütterte.

»Ich weiß nicht, wo Tanja ist, Martin, wir müssen Tanja finden.« Ihr Partner griff kurz nach ihrer Hand und drückte sie. Ein Wagen zur Überwachung ihrer Wohnung war bereits abgestellt.

Wie hatte sie nur so blind sein können! Wie hatte sie nur so dämlich sein können. Und seit zwei Tagen war er verschwunden!

»Es ist alles meine Schuld, Martin.« Er tätschelte sie begütigend, während er ins Funkgerät sprach. »Martin, als ich in Jamaika war, da gab es eine Tote.«

Sie sah, wie er herumfuhr. »Eine Touristin«, fuhr sie schuldbewußt fort, »ein junges Mädchen. Der Inspektor sagte, es wäre bereits die dritte.« Flehentlich schaute sie ihn an.

Martin biß die Zähne zusammen und schaltete in den fünften Gang.

Jeannette faßte einen Entschluß, wählte und versuchte sich vorzustellen, daß das Signal über den Atlantik bis zu der fernen Insel lief und dort zum Haus von Inspektor Weather mit der weißen Veranda, über die die gigantischste Geranie wucherte, die sie im Leben je gesehen hatte, ein Baum von einem Geranienbusch, durch den die Sterne blinzelten, wenn man dort abends einen Cocktail trank. Jeannette hielt sich mit der freien Hand am Türgriff fest, als Martin abbog.

»Weather?« Verdammt, wie spät war es in Jamaika gerade? Zögernd meldete sie sich, erleichtert, daß er erfreut auf ihren Namen reagierte und trotz ihrer Anspannung unwillkürlich selbst lächelte. »Ja, danke«, antwortete sie, und: »Ja. Ja, ja.« Dann schwiegen sie. Sie hatten lange geschwiegen, dort auf der Veranda, und den Rum in ihren Gläsern geschwenkt.

»Ich habe eine Frage«, sagte sie schließlich.

»Oh, ja«, kam es aus dem Hörer, »ja, natürlich.« Dieser Teil des Gesprächs war damit beendet. Jeannette räusperte sich mit leisem Bedauern. Zügig erkundigte sie sich nach dem Stand von Weathers Ermittlungen im Fall der ermordeten Touristinnen.

Seine Antwort war ein bitteres Lachen. »Der Stand, Janet?« Er sprach ihren Namen englisch aus. »Der Stand ist noch derselbe wie damals, als sie uns verließen. Die wenigen Spuren, die wir hatten, sie erinnern sich? Sie sind im Sand verlaufen.«

Jeannette ließ ihn eine Weile reden. »Und die Serie?« erkundigte sie sich schließlich. »Gab es keine weiteren Toten?«

»Keine, seit Sie und Ihre Schwester abgereist sind.« Ich und Tanja, dachte Jeannette. Und Clifford.

»Danke, Samuel. Das macht uns hochverdächtig.« Sie lauschte seinem Lachen, tauschte noch ein paar Höflichkeiten aus und legte dann auf. Martin hatte nur darauf gewartet, daß sie den Kopf hob.

»Sollen wir die Akten offiziell anfordern?«

Jeannette nickte unglücklich. Martin bremste. Auf dem Bahnhofsvorplatz stand der Touren-Minibus mit dem »My Angel«-Logo und einem Haufen fröhlich winkender Mädchen.

»Mädels«, verkündete der Radiomoderator, der sich zum Jury-Sprecher gemausert hatte, »seid ihr gut drauf?« Frenetisch jubelte Jeannette mit den anderen ihr »Ja!« in die Mikrofone. »Geht das auch lauter? Nürnberg kann euch nicht hören!«

Ja, es ging lauter. Mit Panik in den Augen sah sie sich nach Martin um, der zustimmend den Daumen hob; sie machte das prima. »Hallo Nürnberg!« gellte Jeannette im Chor mit, um sich im ersten unbeobachteten Moment wegzudrehen und Tanjas Nummer in ihr Handy zu tippen. Das Freizeichen ertönte.

»Hi Jeannette, geile Haare.«

Jeannette Dürer atmete durch und versuchte, wieder in dieser Welt der Siebzehnjährigen anzukommen, die sie umgab. Doch sie kam nicht los von den Bildern, die einen Körper zeigten, in körnigem Schwarzweiß, nackt und verstümmelt, mit dem Gesicht ihrer Schwester. Sie sah Sara, das kleine Gesicht rotverzerrt vom Weinen, neben einer verrenkten Leiche hocken. Sie sah Anton, die Augen leer, die Lippen zusammengepreßt, diesmal für immer stumm. Sie sah Clifford, wie er hier und da in der Menge auftauchte und sie anstarrte. Sie sah die Assistentin nicht, die direkt auf sie zukam und ihr mit ärgerlicher Miene das Handy entriß.

»Heh, immer noch Kummer wegen deinem Ex?« Jennifer versuchte sie wegen des Anpfiffs zu trösten, zog sie an sich und drückte sie. »Das hat der Kerl echt nicht verdient, du kommst ja ganz runter. Stefanie, leih mir doch mal deinen Lippenstift für Jeanny.« Nervös lächelte Jeannette und versuchte auf das Geplauder einzugehen, während ihr Blick mechanisch über die drängelnden Scharen der Zuschauer wanderte und ihre Gedanken wieder und wieder dieselbe Nummernfolge wählten. Dann ging es los, sie stiegen ein. Irgendwo in der Menge da draußen war ein schwarzes Gesicht.

Die Tour nahm ihren Lauf. Jeannette tappte zwischen den Ritterrüstungen des Burgmuseums herum. Sie folgte treppauf, treppab der Herde durch die winkligen Zimmer des Dürerhauses und malte brav wie alle anderen einen Dürer-Hasen. Sie posierte vor den Wasserspielen des Ehe-Brunnens und hielt nur die Hand über die Stirn, wenn das fröhliche Gespritze der anderen ihr die Sicht auf die Schaulustigen nahm. Sie zog sich Schlittschuhe über und kurvte gedankenlos über die Eisfläche in der neuen großen Halle der Nürnberger Eishockey-Mannschaft. Sie hatte kein Auge für den spiegelnden Grund, den Scheinwerfer abwechselnd in verschiedene Farben tauchten, giftgrün, hämatomviolett, blutrot. Ihre Augen suchten die halbleeren Ränge ab. Automatisch entwarf sie im Kopf eine polizeigerechte Beschreibung der Halle als Tatort, vermerkte Grundrisse, Aufgänge und Fluchtwege.

»Au, verdammt, du blöde Kuh!« Ann-Kathrin rieb sich den Hintern, auf den ein Zusammenstoß mit Jeannette sie gesetzt hatte, mitten in der Pirouette. »Verzieh dich bloß woanders hin.« Jeannettes Augen hatten die Ränge abgesucht. »Was?« fragte sie zerstreut.

Jennifers Kufen hobelten Späne aus dem Eis, als sie neben ihr hielt. »Man, du bist heute echt nicht richtig bei dir, was?«

»Halt, noch mal raus!«

»Was ist denn los?« Verärgert ließ Jeannette sich zusammen mit der Crew aus Tontechniker, Beleuchter und Kameramann aus dem Lokal drängen. Dann winkte die Assistentin mit viel Aufhebens die beiden vietnamesischen Würstchengriller aus dem Bild, die nach Rücksprache mit dem Manager in der Küche verschwanden.

»Und du bemühst dich gefälligst um mehr Schwung«, zischte sie Jeannette an und drückte ihr mit bösem Blick erneut ihren Spickzettel in die Hand.

»Und jetzt noch mal«, erklärte der Aufnahmeleiter, während die Kamera genüßlich über den nun menschenleeren rustikalen Holzkohlegrill, die Steinwände und die geschnitzten Sitzbänke strich, um von der Großaufnahme einer Portion »Zwölf auf Kraut« abzuschwenken auf Jeannette Polsters lieblich strahlendes Gesicht.

»Hier«, sagte sie ergeben ihren Text auf, »ist Nürnberg bei sich selbst.«

Ein paar Minuten später wischte sie sich das Fett vom Mund und stieg wieder in den Bus. Sie erkämpfte sich ihr Handy zurück; ihre Schwester ging nicht ans Telefon. Sie versuchte es im Spielzeugmuseum und auf dem Fernsehturm. In den Lochgefängnissen versagte der Empfang.

Martin trat irgendwann an sie heran. »Bald ist es vorbei. Nur noch das Quiz.«

»Und die Party«, ächzte sie.

Martin nickte. »Die Party ist unsere ganze Hoffnung.«

In der Tat war das Quiz Jeannettes bis dahin größter Triumph. Obwohl sie ein wenig abwesend wirkte, demonstrierte sie eine beeindruckende Detailkenntnis und katapultierte sich damit für diesen Abend auf den ersten Platz. Vor vierundzwanzig Stunden noch wäre ihr und Martin das noch etwas wert gewesen. Jetzt ging es nur noch um die Frage, wer als erster Clifford sichten würde. Und wo Tanja steckte. Nach der Verkündung der Ergebnisse gab es eine kleine Pause bis zur Party, die Jeannette noch einmal nutzte, um sich zurückzuziehen.

Sie war allein in dem kleinen Flur hinter der Treppe. Der Lärm der ersten Tanznummern war gedämpft durch die geschlossene Tür zu hören. Über ihr surrte die Leuchtstoffröhre und warf ihr weißes Licht mit einem gelegentlichen Zucken auf den Münzfernsprecher an der Wand, die angeketteten Telefonbücher und das ausgebleichte alte Plüschsofa, das jemand für Wartende unter die Treppe geschoben hatte. Jeannette legte die Füße hoch und war froh darüber, für sich zu sein, vor allem, als das Freizeichen endlich unterbrochen wurde und ihre Schwester sich meldete.

»Tanja?« Atemlos rief sie den Namen. »Oh, Gott sei Dank!« Sie schluckte, dann verstummte sie. Wo sollte sie nun beginnen?

Tanja überging Jeannettes Rührung komplett. Und ihre Fragenkanonade enthob die Schwester jeder weiteren taktischen Überlegung. Was tat der Polizeiwagen vor der Tür? Wo war Jonas? Und was hatte es mit dem zerschnittenen Laken im Badezimmer auf sich?

Jeannette griff sich die einfachste Frage heraus. Jonas war bei ihrer Mutter untergebracht, wohin auch Tanja vorerst ziehen sollte. Die Wohnung wurde überwacht, weil man auf Clifford wartete. Und auf Clifford wartete man ... Sie erklärte es.

Ganz wie erwartet brach Tanja in einen Sturm der Entrüstung aus. Sie lachte, dann schimpfte sie, dann lachte sie wieder. »Inspektor Weather und die jamaikanischen Drinks haben dir das Gehirn vernebelt«, behauptete sie schließlich.

»Nein, Tanja, nein, ich ...« Jeannette suchte zu Wort zu kommen. Sie setzte sich auf. »Ich habe den eindeutigen Beweis.«

Und sie schilderte Tanja den Fund des Kästchens im Badezimmer. Die Leuchtstoffröhre summte auf und flackerte erneut.

Tanjas hysterisches Gelächter drang aus dem Hörer. »Spinnst du?« schrie sie.

Da hörte Jeannette das Geräusch. Als sie sich umdrehte, machte es »Plock« und wurde stockdunkel. »Tanja, ich muß Schluß machen«, murmelte sie der Form halber, aber ihre Hand mit dem Handy war schon herabgesunken. Jeannette lauschte. Die Dunkelheit wogte vor ihren Augen. Und diesmal wußte sie mit absoluter Sicherheit, daß noch jemand im Raum war. Jemand, der einen Knüppel und einen Strick dabeihatte.

»Clifford?« fragte sie laut, um ihn zu verblüffen. Es blieb still. Jeannette schluckte. »Clifford, ich weiß, daß du da bist.« Irgendwo weiter vorne fiel etwas zu Boden. Jeannette schrie. Draußen brandete die Lärmwelle der Feiernden auf.

»Was sagst du da?« Martin wollte seinen Ohren nicht trauen.

Tanja wurde ungeduldig. »Warum ist das so laut bei dir?« beschwerte sie sich.

Martin ging ein paar Schritte von der Tanzfläche fort und hielt sich die Ohren zu. »Und jetzt noch einmal von vorne.«

»Aber das hab ich doch schon deinen Kollegen auf dem Revier erklärt«, stöhnte Tanja. »Das ist alles Unfug mit euren Beweisen. Das Messer hat Anton von seinem Vater zum Geburtstag bekommen, es ist sein Heiligtum. Er hütet es in einer Schatztruhe. Genauso wie die roten Murmeln.«

Martin wollte es nicht glauben. »Und das Blut?« fragte er ungläubig.

»Stammt von ihm selbst. In das Tuch müßte noch sein erster rausgefallener Zahn mit eingewickelt sein. Da hat er saumäßig geblutet. Die Kordel«, fuhr sie ungebeten fort, »hat er sich von unserem Sofa zu Hause abgeschnitten, als wir ausgezogen sind. Ein Foto von seinem Vater wollte er wohl nicht. Ich für meinen Teil habe die Sparbriefe mitgenommen. Jeder hat so sein Erinnerungsstück.« Sie lachte bitter.

»Die Kontaktanzeigen?« fragte Martin knapp.

»Da hab ich auch gerätselt. Aber Anton sagt, das sei ein Ausriß aus der Bravo. So was läsen die Großen. Und er und zwei andere Hortkinder wüßten einen Ort, wo diese Großen sich zum Knutschen träfen und mehr, und es sei eine Mutprobe gewesen, sich dahin zu trauen und eine weggeworfene Zeitschrift als Beweis und Beute mitzubringen.« Sie schwieg vielsagend.

Martin hatte das Gefühl, das irgend jemand das alles irgendwann sehr lustig finden würde. Er allerdings war es im Moment nicht.

»Hast du Jeannette das auch erzählt?«

»Deshalb rufe ich ja dich an, Martin, wir sind getrennt worden. Und sie geht nicht mehr ran. Verdammt«, sie protestierte erneut, »wieso ist das so laut bei dir? Bei Jeannette war das viel leiser.«

»Ihr seid getrennt worden?« unterbrach Martin sie. Seine Augen waren bereits auf der Suche. Auf der Tanzfläche war sie jedenfalls nicht. Er schaltete sein Handy ab, ohne sich zu verabschieden.

»Na super, der nächste!« Genervt legte Tanja zu Hause den Hörer auf. Manieren waren das. Sie schaute auf, ihr Blick fiel auf den Polizisten in der Wohnungstür. »Da Sie nun schon mal da sind«, fragte sie, »möchten Sie einen Kaffee?«

Jennifer und der Mann kicherten, als sich hinter der geöffneten Tür nur Schwärze auftat. Er ergriff ihre automatisch nach dem Lichtschalter tastende Hand und zog sie an sich. Sein Gewicht drückte sie an die Wand. Sie murmelte irgend etwas unter seinen heftigen Küssen, er stöhnte, wollte sie weiter in den Raum bugsieren, weg von dem Lichtkeil. Ihre Finger wanderten in seine Hose. Unkoordiniert versuchte er, mit dem Fuß die Tür hinter ihnen beiden zuzustoßen, da bekam er einen heftigen Schlag gegen die Schulter, der ihn taumeln ließ.

»Heh!« protestierte er, Jennifer kreischte, die Tür fiel krachend zu, dennoch waren weghastende Schritte zu vernehmen. Jennifer schrie noch immer.

»Halt doch das Maul!« knurrte er verärgert, rieb sich den schmerzenden Arm und fluchte, langsam sich in Richtung zur Tür vortastend. Er stolperte über etwas, fiel, griff in warme Feuchtigkeit. Nun schrie er. Jennifer fand den Lichtschalter.

Martin, der in dieser Sekunde heftig die Tür aufriß, fand eine bemerkenswerte Szene vor: Jennifer, die noch immer schreckensbleich an der Wand klebte, den Radio-Moderator aus der Jury, kniend über Jeannette gebeugt und mit Händen voller Blut, die er fassungslos vor seinem Gesicht hin und her drehte. Schließlich lag da Jeannette mit einer Platzwunde am Kopf, die sich den Hals rieb, ins Lampenlicht blinzelte und mühsam ausstieß: »Das ist nicht, wonach es aussieht.«

Diese Worte veranlaßten den Moderator, sich den Hosenstall wieder zu schließen.

Martin trat vor, um Jeannette aufzuhelfen, dabei trat er auf etwas, das unter seinem Schuh aufplatzte. Er hob den Fuß. Flüssigkeit sickerte aus einem zerborstenen Plastikdöschen. »Gehört das Ihnen? Zurücktreten, gehen Sie zurück«, fuhr er den Moderator an, der die Frage mit einem Kopfschütteln beantwortete.

»Das war vorhin noch nicht da«, antwortete Jeannette an seiner Stelle. »Bevor das Licht ausging und ich angegriffen wurde.« Wieder rieb sie ihren Hals, das Sprechen fiel ihr schwer. Sie mußte an Wolfgangs Worte denken. Er schlug sie erst sauber bewußtlos und erwürgte sie dann. Genau in dieser Reihenfolge, sie konnte es bestätigen. Außerdem führte er Plastikdosen mit sich.

Sie beugte sich über die kleine Pfütze und roch daran. Ihr Gesichtsausdruck bewog Martin, dasselbe zu tun. Vorsichtig fuhr er über einen vereinsamten Spritzer und rieb das Aufgenommene zwischen Daumen und Zeigefinger. Wieder sahen sie sich an.

»Was ist das?« fragte der Moderator.

»Das ist von Tupperware«, klärte Jennifer ihn auf. »Meine Mutter hat das auch, es ist ideal für kleine Restmengen und ...«

»Raus!« kommandierte Martin. Er sagte es kein zweites Mal. Schmollend zogen sich die ertappten Liebenden zurück. Sie ließen bei ihrem Rückzug die Tür offen.

Martin und Jeannette saßen stumm nebeneinander und fragten sich dasselbe: Warum brachte ein Mörder und Vergewaltiger an den Ort seiner Tat ein Behältnis mit, gefüllt mit Sperma?

Ihr Blick fiel aus dem Flur hinaus in die Halle mit ihrer buntvergnügten, quirligen Masse feiernder junger Frauen.

20

Jeannette öffnete auf das Türklingeln hin zögernd ihre Haustür. Erstaunt sah sie Martin draußen stehen. Einladend hob er eine Plastiktüte mit chinesischem Essen, die Entschuldigung für sein zu frühes Erscheinen.

»Du bist ja noch gar nicht feingemacht«, meinte er.

»Sie schminken und kleiden uns diesmal vom Sender aus für das Finale«, erklärte Jeannette. »Wir kriegen ein Abendkleid aus der Kollektion eines« – sie zitierte die Regieassistentin – »großen ortsansässigen Versenders.« Vorsichtig fuhr sie sich mit den Fingern über den Hals, wo sich das Würgemal noch immer rot-violett abzeichnete. »Für mich werden sie jedenfalls etwas Hochgeschlossenes finden müssen.«

Martin tätschelte ihr begütigend die Schulter, schob sich in die Küche und packte die mitgebrachten Köstlichkeiten aus.

»Ich dachte, wir gehen es noch mal in aller Ruhe durch«, meinte er dabei. Jeannette nickte. Sie hatten es auf dem Kommissariat zwar endlos und endlos durchgespielt, doch das Ergebnis war nicht wirklich befriedigend.

»Wen suchen wir?« hatte Micha Braune rhetorisch gefragt.

»Einen Mann oder eine Frau.« Das war keine Frage gewesen, sondern die Antwort. Sie war nicht sonderlich erfreulich. Es würden eine Menge Leute anwesend sein an diesem Abend, eine kleine Begrenzung des Zielpersonenkreises wäre hilfreich.

Zametzer hatte die Fotos der bisher überprüften Kandidaten herausgezogen, den jungen Kevin, Clifford und auch Ernst Magnus. Für ihn waren sie nach der neuen Sachlage alle wieder im Rennen. Martin grübelte immer noch über seinen Besuch bei Spörlein nach. Der Mann hatte sich über ihn lustig gemacht, da war er sich sicher. Aber würde er selbst in Aktion treten?

Jeannette konzentrierte sich auf ihre Frühlingsrolle. »Es werden zehn Mädchen antreten zum Interview mit den Prominenten und zur Kamerarunde. Eine davon wird den Versandhaus-Trostpreis gewinnen und Model im nächsten Winterkatalog werden. Fünf ziehen ins Finale. Die sagen noch mal ein persönliches Wort, werden in den Scheinwerfer-Himmel gehievt, um den Prolog zu sprechen, und stellen sich dann dem abschließenden Votum der Jury.« Wenn bis dahin nichts passiert sein sollte, dann war ihr heißester Verdächtiger eine von den Endrundenteilnehmerinnen.

Martin nickte zu ihren Ausführungen. Sie kannten den Ablauf, und sie kannten ihre Plätze. Fünf Mann würden neben ihm anwesend sein. »Wir haben dich in jedem Fall im Auge«, meinte er beruhigend. Jeannette lächelte ironisch. Wenn es nur um sie ginge! »Und du bleibst auf den vereinbarten Positionen«, ermahnte er sie noch einmal. »Ich will immer wissen, wo ich dich gerade finden kann.«

Statt einer Antwort zerteilte sie einen Hühnerspieß.

Das Türenklappen ließ sie beide aufschauen. »Tanja?« Die Frage klang ebenso angst- wie hoffnungsvoll. Tanjas Auftritt auf dem Kommissariat, wo sie die Besitztümer ihres Sohnes Anton abholen gekommen war, war fulminant gewesen, um das mindeste zu sagen. Abwechselnd hatte sie ihnen Rassismus und Lächerlichkeit vorgeworfen, wahlweise auch lachhafte Diskriminierung.

»Von dir hätte ich ja ein bißchen mehr Verstand erwartet«, hatte sie Martin angezischt, der knallrot geworden war und sie nur mit flehendem Dackelblick angesehen hatte. Jeannette hatte zwar nicht verstanden, warum gerade sie wieder der hoffnungslose Fall sein sollte, doch sie hatte geschwiegen, da das Donnerwetter damit vorübergezogen zu sein schien.

Doch es war nicht Tanja, die in der Küchentür erschien, sondern ihre Mutter.

»Mama!« Jeannette blieb das Essen im Halse stecken. »Ich hab dir doch schon tausendmal gesagt, der Schlüssel ist nur für Notfälle.«

Frau Dürer schien dies keiner Antwort für würdig zu befinden. Sie ließ ihren Blick über die Kücheneinrichtung schweifen wie ein General über das Schlachtfeld, entdeckte eine Garnitur Fläschchen, die der kleinen Sara gehörte, griff danach und verstaute sie wortlos in einer mitgebrachten Reisetasche.

»Mama?« Jeannette kaute eilig, wischte sich den Mund ab und rumpelte hoch, um ihrer Mutter in die Tiefen der Wohnung zu folgen. »Mama«, hörte Martin sie rufen, »was soll das zum Teufel.« Martin fand sie in Tanjas Zimmer, wo Frau Dürer senior damit begonnen hatte, die Schränke leer zu räumen.

»Du glaubst doch wohl nicht, daß ich die Kinder auch nur einen Moment länger hierlasse, in einer Wohnung mit einem Mörder und Sittenstrolch.«

»Ja, aber …« Jeannette fehlten vor Wut die Worte.

»Wenn ich dieses Subjekt noch einmal in der Nähe meiner Tochter erwische, mache ich Hackfleisch aus ihm.«

»Frau Dürer«, fiel Martin beschwichtigend ein, der ihnen nachgegangen war, »Clifford ist möglicherweise gar nichts vorzuwerfen. Nach den neuesten Erkenntnissen … Alles war bisher nur ein Mißverständnis.«

Jeannettes Mutter richtete sich auf und ließ ihm die ganze Wucht ihrer Aufmerksamkeit zukommen. »Ich werde Ihnen sagen, was hier ein Mißverständnis ist. Das hier!« Und sie umfaßte das Zimmer mit allem Inventar samt den darin befindlichen Menschen mit einer einzigen aburteilenden Geste. »Diese ganze unsinnige Existenz. So zu hausen, eine Ehefrau und Mutter …« Sie wandte sich wieder ihrer Packarbeit zu. »Ich habe die Wohnung bei uns im Haus fertiggemacht. Tanja kann sofort einziehen, die Möbel von Großmutter werden es vorerst tun. Besser als das hier …«, ihr verächtlicher Blick galt den Orangenkistchen und dem gestreiften Campingschrank, »ist es allemal. Die Kinder habe ich schon abgeholt.«

Jeannette griff nach einer Bluse, die ihre Mutter gerade in die Hand genommen hatte, und zog daran. Frau Dürer ließ nicht los. »Und wenn Tanja das gar nicht möchte?« fragte sie. Frau Dürer riß ihr mit einem Ruck die Bluse aus der Hand. Es gab einen Ratsch. Vorwurfsvoll zeigte Frau Dürer ihrer Tochter den Riß, schüttelte den Kopf und faltete das Kleidungsstück dann professionell.

»Mama, du hast keinerlei Recht, dich in ihr Leben einzumischen«, fauchte Jeannette empört. »Was zum Teufel geht es dich an, wenn …«

»Was es mich angeht, wenn meine Tochter und meine Enkel sich in ihr Unglück stürzen? Eine ganze Menge, mein Fräulein. Für dich mag das hier ja passen.« Wieder umfaßte ihre verachtungsvolle Geste das ganze Zimmer. Jeannette schaute an ihrer Stelle und sah das ausgespuckte Bonbon auf dem Laken, den ungeleerten Aschenbecher auf dem Nachttisch, den anzüglichen Cartoon an der Wand, die alten Teppiche. »Aber meine Enkel lasse ich nicht so vegetieren.« Sie schnaubte. Jeannette sah, wie Martin sich bückte und etwas davor rettete, von Frau Dürers spitzen Absätzen aufgespießt zu werden. Er zeigte es ihr verstohlen, es war ein halbgerauchter Joint. Jeannette dankte ihm stumm mit zum Himmel verdrehten Augen.

Frau Dürer hatte sich in der Zwischenzeit im Bad zu schaffen gemacht. Sie richtete sich abschließend und drohend über der fertiggepackten Tasche auf. »Das Kind kommt doch alleine nicht zurecht«, verkündete sie in alttestamentarischem Ton. Sie war bereit zum Aufbruch. Noch einmal drehte sie sich herum. »Wenn deine Schwester kommt«, verkündete sie gebieterisch, »sag ihr, ich erwarte sie. Es gibt Tafelspitz mit Apfelkren.« Damit war sie aus dem Haus.

Jeannette atmete tief durch. Begütigend legte Martin den

Arm um sie. »Tanja wird sich schon zu wehren wissen«, meinte er. Jeannette schaute traurig auf die leeren Schränke, die aufgezogenen Schubladen, das verwaiste Bett. Sie dachte an ihre Unterhaltungen mit Tanja in der Küche. »Ich hoffe es«, seufzte sie. Martins Armbanduhr piepste. Sie schauten sich an. Es ging los.

21

Draußen herrschten trotz der Dämmerung noch Temperaturen um die dreißig Grad. Drinnen fiel Schnee in Mengen, taumelten dicke Flocken durch die Kulissen und senkten sich auf den puppigen Nachbau des Christkindlesmarktes mit seinen Holzbuden vor der gotischen Fassade der Frauenkirche. Die Fotostudios waren für den Gala-Abend stilecht hergerichtet worden. Glockenklang und Weihnachstlieder empfingen die Kandidatinnenschar, die nach einer kurzen Bühnenprobe umgehend in die Maske geschickt wurde.

Zehn Mädchen waren übriggeblieben. Nervös musterte Jeannette sie im Durcheinander der engen Kabine. Sie saßen zu je fünft in einer Reihe, die Rücken einander zugekehrt, doch sie konnte die fünf Mädchen hinter sich im Spiegel verfolgen, so gut die strengen Anweisungen ihrer Friseurin das zuließen. Unter den schmerzhaften Bürstenstrichen und Haarspraynebeln versuchte sie, sich ein Bild von den anderen zu machen. Zu ihrer Linken saß Jennifer, kaugummikauend wie immer und mit aufgerissenen Augen verfolgend, wie ihr Konterfei im Spiegel sich in eine Märchenprinzessin verwandelte. »Stark, Mann. Kann ich noch was von dem Glitter aufs Dekolleté kriegen?«

Zu ihrer Rechten ließ Ann-Kathrin die Prozedur über sich ergehen, mit dem üblichen mißmutigen Gesichtsausdruck. Sie schmollte noch immer, weil man sie in ein meerblaues Abendkleid mit langer Glitzerschleppe gesteckt hatte, wo sie doch darauf bestanden hatte, etwas Mauvefarbenes zu bekommen. Abschätzig verfolgte sie die Bemühungen ihrer Maskenbildnerin, ihre Haare im Stil der Dreißiger zu feinen Wellen zu drapieren. Neben Ann-Kathrin saß eine zierliche Italienerin, die sich mit ihrer Nachbarin, einer sommersprossigen Rothaarigen aus Hof, über Filme unterhielt.

In der Reihe gegenüber warteten zwei Mädchen in klassischen Spitzenkleidern darauf, daß ihnen die Mähnen in Locken gelegt würden. Jeannette sah, wie auch Ann-Kathrin die beiden aus den Augenwinkeln betrachtete. Ann-Kathrin rümpfte die Nase. »In solchen Tischdecken würde ich mich nicht einmal tot zeigen«, erklärte sie mit einem zufriedenen Lächeln.

»Jeannette?« Die kleine Italienerin hatte sich vorgebeugt. »Was ist dein Lieblingsfilm?«

»Harry und Sally?« Jeannette hatte keine große Zeit gehabt nachzudenken.

»Harry und Sally?« Die andere runzelte niedlich die Stirn und lächelte bemüht. »Kenn ich gar nicht.«

»Oh, der ist schon etwas älter.« Jeannette überlegte fieberhaft. »Ich hab eine große Schwester, die eine Menge Videos hat. Er ist in ihrer Sammlung.« Jeannettes Zuhörerin nickte ohne größeres Interesse. »Kennst du ›Spiderman‹?« fragte sie dagegen. Jeannette verneinte. Das Gespräch war beendet.

»Ich wußte gar nicht, daß du eine Schwester hast«, fiel Jennifer ein. »Ist sie da?«

»Nein, sie interessiert sich nicht für so was. Sie ist schon fast vierzig.«

»Was?« Offene Bestürzung malte sich im Gesicht ihrer Freundin, daß jemand schon so alt sein konnte.

Neben den beiden bedauernswerten Tischdeckenträgerinnen wartete ein leerer Stuhl auf Stefanie. Sie brauchte länger als die anderen für das Umkleiden, offenbar fiel die Auswahl schwer. Als sie schließlich auftauchte, war klar, warum.

»Und paß auf, daß du nicht drauf trittst. Und schwenk die Schleppe mit den Händen so, wenn du dich drehst. Nein, zeig mir das noch mal, ja, so.« Stefanies Mutter konnte sich nicht von ihrem Nestling trennen, den schließlich die ungeduldige

Maskenbildnerin aus ihren Händen befreite und auf seinen Sessel bugsierte.

Jeannette schaute an ihrer eigenen kirschroten Satinhülle hinunter, die sich wie ein Etui um ihren Körper schloß. Man hatte es ausgewählt, weil der exzentrische Stehkragen aus einem steifen Gespinst in Rot und Schwarz, das ein Spinnennetz nachahmte und sich wie eine Aura um ihren Kopf aufrichtete, die Male an ihrem Hals komplett überdeckte. Die Augenblicke, da sie in seinen roten Tiefen versunken war, um es sich überzuziehen und die Welt durch das Knistern und Zischen der edlen Stoffwogen nur gedämpft zu ihr drang, waren ihr ewig erschienen.

»Laß dich nicht pastellfarben schminken«, kommandierte Stefanies Mutter noch von der Tür, »du weißt, daß dich das blaß macht. Nehmen Sie ein leuchtendes Rot«, rief sie der Maskenbildnerin noch zu, ehe die Tür sich schloß. Jeannette sah im Spiegel, wie das maskenhafte Gesicht der Friseurin, mit den dick schwarz umrandeten Augen und den unnatürlichen Rougeflecken unter der schweren platinblonden Perücke sich neben Stefanies zartes Gesicht im Spiegel beugte. »Dann wollen wir mal«, sagte sie. Ihr übergroßer scharlachroter Mund öffnete sich obszön. Rechts neben ihr Zombies, Masken aus Augen, Fettcreme und Gurken, die mit großen Zähnen lachten.

Ein Dolch tauchte auf, ein schwarzes Messer. »Ah!« Jeannette war aufgesprungen, um die Waffe abzuwehren. Fluchend rieb sie sich die verbrannten Finger, angestarrt von der Friseurin, die den heißen Lockenstab in Händen hielt.

»Nur nicht nervös werden, Kindchen.«

Die Kulissen teilten sich vor ihnen, die Bühne tat sich auf, und das Licht wurde gleißend hell. Das Live-Publikum, angeheizt von einem fränkischen Kabarettisten-Duo, applaudierte frenetisch. Die Mädchen marschierten, Jeannette mit ihnen. Sie hatten vorerst nichts zu tun, als auf einem festgelegten Weg in mehreren Windungen über die Bühne zu gehen und anschließend ihre feste Position einzunehmen. Jeannette hatte nicht gewußt, wie schwer Gehen sein konnte. Unsicher setzte sie Fuß vor Fuß, immer im Rhythmus der Musik, hielt den Rücken gerade, den Kopf erhoben, die Mundwinkel straff zum Lächeln auseinandergezogen. Aber der Boden schien zu schwanken, der suchende Fuß wurde von Mal zu Mal unsicherer, wie er sich zu setzen hätte, um Halt zu finden, der Gleichgewichtssinn zunehmend ratlos, als hätte er die Aufgabe, ihren Körper aufrecht fortzubewegen, zum ersten Mal zu bewältigen. Die ungewohnt hohen Absätze waren dabei keine Hilfe. Und in einer sich drehenden blinkenden Welt kam Jeannette schließlich heilfroh auf ihrem markierten Platz zum Stehen. Sie blies die Luft aus, erinnerte sich aber sofort wieder und holte das Lächeln zurück auf ihr Gesicht. Es war nicht leicht, ihre Gesichtsmuskeln schienen zu verfließen. Mit einer kleinen Bewegung straffte sie sich; bohrende Rückenschmerzen machten sich sofort bemerkbar. Jeannette verstand nun, warum Schönheitsköniginnen immer so verkrampft wirkten. Es war ungeheuer schwer, nur auszusehen. Die Augen des Publikums arbeiteten an ihrer Gestalt wie ein Abrißkommando.

»Da sind sie, unsere Christkindl. Sind sie nicht wunderschön? Einen Applaus für unsere Christkindl!« Gehorsam brandete der Applaus auf. »Also ich weiß nicht, wenn das nicht eine Schar von echten Klassemädchen ist. Nürnberg kann stolz sein. Was sagt ihr?« Es war das Stichwort der Gruppe.

»Hallo Nürnberg!« riefen sie in die Kameras und lächelten noch stärker.

Die Jurorin mit der apfelgrünen Frisur näherte sich Jennifer und hielt ihr das Mikrofon hin. »Na, bist du aufgeregt?«

»Ja«, antwortete diese atemlos.

»Und du?« Das Mikrofon wanderte zu Ann-Kathrin.

»Total. Mein Herz klopft total.«

Begeistert wandte die so Beschiedene sich an das Publikum. »Na, da soll mal einer sagen, Schönheitsköniginnen hätten nix im Kopf. Unsere Christkindl hier sind der lebende Gegenbeweis, schön und redegewandt dazu. Jawoll.« Der Applaus unterbrach sie. »Und das werden sie jetzt auch brauchen, denn als nächstes sollen sie zeigen, daß sie später, wenn sie erst einmal berühmt sind und unser Nürnberg in der ganzen Welt vertreten sollen, auch mit den Prominenten umgehen können. Und hier ist der erste.« Ihre Stimme hob sich wie die eines Zirkusdirektors, der seine Attraktion ankündigt. Jeannette bekam den Namen nicht mit, da der Tusch die aufgeregte Stimme der Frau übertönte.

Der Mann, der nun aus den Kulissen auf sie zutrat, bedrohlich zutrat, war nicht Magnus, wie sie nach einigen Sekunden Blinzeln im Gegenlicht erleichtert feststellte. Natürlich nicht. Aber er kam ihr vage bekannt vor. Und wer war die Gestalt, die hinter ihm vorbeigehuscht war? Jeannette kniff die Augen zusammen, um nicht von den Scheinwerfern geblendet zu werden. Sie war sicher, daß jemand hinter den Lebkuchenhäuschen stand, der nicht das T-Shirt der »My Angel«-Crew trug. Jemand, der sich bemühte, nicht gesehen zu werden.

»Nun Jeannette, was würdest du unseren Fußballkönig denn am liebsten fragen?«

Die Frage! O Gott! Da war doch so ein Zettel gewesen. Jeannettes erste Regung war, sich zu bewegen und einen Blick darauf zu werfen, doch die strengen Augen der auf sie gerichteten Kameras untersagten jede Regung. Verdammt, sie wollte jetzt keine Fragen stellen, sie wollte der schattenhaften Gestalt dort nachsetzen.

»Wie geht's?« hörte sie sich sagen. Es klang ein wenig ungeduldig.

»Äh, danke.« Ihr Gesprächspartner klang irritiert. Die Pause zog sich so in die Länge, daß sie die Zuschauer auf ihren Sitzen scharren hören konnte. Der Mann überlegte. »Denk ich.« Er machte eine Pause. Dann nahm er einen Anlauf. »Aber die Kinda, ja. Die Kinda.« Nach einer Phase der Verunsicherung schien er sich wieder auf sicherem Grund zu befinden und lenkte zielstrebig zum vereinbarten Gesprächsthema zurück.

»Des is mir wichdich. Denn die liechen mir am Herzen. Drum hab ich auch bei meim neua Buch zwei Prozend vom Erlös für die SOS-Kinderdörfer festglecht. So is des bestimmd. In mein Buch gehds nadirlich ganz klar um Fußball und ...« Er war wieder im Fahrwasser. Den Rest bekam Jeannette nicht mehr mit. Sie blieb stehen, wo sie stand, zehn Interviews und drei Werbeeinblendungen lang, und lächelte, ohne sich zu bewegen. Als sie endlich mit steifen Gliedern wieder hinter die Kulissen taumelte, war die Gestalt, die sie kurz zu beobachten geglaubt hatte, verschwunden. Frustriert stampfte sie mit dem Fuß auf; dabei fiel ein Zettel aus ihrem Kleid: »Wir Christkindl sind ja Botschafter der Kinder«, stand darauf. »Wie liegen Ihnen als ehemaligem Fußballspieler und Jugendidol die Kinder eigentlich am Herzen?«

Martin ließ seine Augen über das Publikum gleiten. Reihe um Reihe, dann über die seitlichen Bühnenzugänge, die den Zuschaueraugen verborgen waren, wo die Akteure sich für ihre Auftritte und Abgänge sammelten. Eine Tanztruppe überrannte ihn, eine Kamera überfuhr ihn fast. Martin wollte bereits wieder aufgeben und sich hinter die Bühne zurückziehen, um sich Micha Braunes Rundgang durch die Garderoben anzuschließen, als er Edmund Spörlein sah. Er saß in der ersten Reihe, ganz außen, und hatte sich gestikulierend mit dem auffallend blonden Mann unterhalten, der gerade beschäftigungslos an Kamera vier herumlungerte. Jetzt stand er auf, und Martin war sich ganz sicher. Der Blonde ließ die Kamera ohne einen Blick stehen und ging mit ihm zusammen auf eine metallene Wendeltreppe zu, die zur Technik im ersten Stock führte. Martin runzelte die Stirn. Seltsam. Doch ein anderer Mann griff nach dem Gerät, ruckte an seinem Kopfhörer und richtete es neu auf einen Winkel des Bühnengeschehens aus. Offensichtlich war das der Kameramann, aber wer war dann der Blonde gewesen? Und was wollte er mit Spörlein?

Martin beschloß, den beiden unauffällig zu folgen. Sie führten ihn über eine Galerie, an mehreren verglasten Räumen vorbei zu einer Tür, die sich nicht ganz schloß, als Martin eilig sein Feuerzeug in den Rahmen schob. In dem Zimmer, soviel sah er durch den winzigen Schlitz, den Tür und Türrahmen begrenzten, saßen zwei junge Männer über Computern. Eine Reihe von Monitoren über ihnen zeigten Bilder der offiziellen »My Angel«-Websites. Die Zahlen unter den Bildern der letzten zehn Kandidatinnen zuckten und rotierten. Das Clickrating war in vollem Gange.

Spörlein sagte etwas, es war schwer zu verstehen. Martin preßte statt des Auges das Ohr an den Schlitz. »Des muß a Kopf-an-Kopf-Renna werdn«, glaubte er aufzufangen. Den folgenden Satz aber vernahm er klar und deutlich: »Und dann mach ma se ferdich.« Spörleins Finger fuhr hoch, um gegen eines der lächelnden Gesichter auf dem Bildschirm zu tippen. Martin konnte nicht erkennen, welches. Ein Geräusch hinter ihm ließ ihn herumfahren. Als er sich wieder umdrehte, stand er Auge in Auge mit dem Blonden.

»Uh, gleich beginnt das große Sterben!« Jennifer schüttelte sich. Sie trippelte von einem Fuß auf den anderen. »Glaubst du, ich flieg raus?« Sie fragte es bestimmt bereits zum fünften Mal. Ann-Kathrins Blick sprach Bände. Stefanie hatte sich in eine Ecke zurückgezogen und sog mit düsterem Blick an ihren Fingernägeln. Die kleine Italienerin, Annalisa, versuchte vergebens, sie aufzumuntern. Als sie schließlich in Richtung Toilette abzog, kam endlich Bewegung in Stefanie. Auch sie verschwand. Jeannette blieb noch einen Moment stehen und sah in die Richtung, in der die beiden Mädchen fortgegangen waren. Es war absurd, aber das Bild von Stefanie, wie sie mit erhobenem Knüppel über Magnus' zusammengesunkenem Leib stand, wollte ihr nicht aus dem Kopf. Sie mußte den beiden nach. Der Gang jedoch, in den sie eingebogen waren, lag gähnend leer vor ihr. Jeannette raffte die Säume ihres Abendkleides und joggte los. Sie stieß die Toilettentür auf, ein gekacheltes neonerleuchtets Viereck starrte ihr leer entgegen. Irgendwo hinter ihr gab es einen dumpfen Knall.

»Annalisa?« Sie drehte sich einmal um sich selbst, ließ den Blick entlang der geschlossenen Türreihen vom einen Ende des Korridors zum anderen gleiten. »Stefanie?« Das Geräusch war von links gekommen. Hektisch rannte sie los, stolperte, raffte ihre Unterröcke, verfluchte Martin ein weiteres Mal, daß er ihr keine Waffe zugestanden hatte. Rechts oder links nun? Jeannette entschied sich auf gut Glück, stieß eine Doppeltür auf und erstarrte. Ein zischendes Geräusch kam vom anderen Ende des kleinen Ganges, ein Schleifen, gefolgt von einem Keuchen. Das erste, was sie sah, waren Annalisas Füße, die hilflos über den Boden holperten.

»Hände hoch!«

Die kauernde Stefanie hob alarmiert den Kopf.

»Was genau geht hier vor?« Der Blonde war vor Martins Pistole zurück in den Raum gewichen, alle Köpfe hatten sich zur Tür gewandt. Martin war nichts übriggeblieben als Vorwärtsverteidigung, also war er einen weiteren Schritt ins Zimmer getreten.

»Scheiße«, verkündete einer der Informatiker an den Pulten nach einem Blick auf Martins Dienstwaffe. »Ich hab ja gleich gesagt, daß sie uns erwischen.« Und er stieß sich mit einer unwilligen Bewegung vom Tisch ab, daß sein Drehstuhl einmal um sich selbst rotierte.

»Keine Bewegung«, schnauzte Martin. Das Rotieren stoppte abrupt. Der zweite Computermann stellte das Kaugummikauen ein.

Spörlein hob begütigend beide Hände und ging auf Martin zu. »Mir wer'n dafür doch sicha ane Lösung find'n. Glam's nedd?« Sein Lächeln zuckte. Martin hielt ihm die Waffe entgegen.

»Laß sie los!«

Zögernd ließ Stefanie Annalisas Kopf sinken.

»Und jetzt die Füße«, kommandierte Jeannette. Kleinlaut gehorchte Stefanie.

»Tut mir leid.« Annalisas Stimme klang klein und gedrückt von unten herauf. »Mir ist einfach schlecht geworden.« Jeannette nickte grimmig, während sie sich die Überreste von Annalisas Erbrochenem vom Saum ihres Abendkleides wischte. »Hochhalten, hab ich gesagt!« fauchte sie Stefanie an. Die zuckte zusammen und stemmte Annalisas Beine weiterhin in die Höhe, damit das Blut von dort in den Körper floß und die momentane Kreislaufschwäche ihrer Freundin überwinden half.

»Ich wollte sie ja an die frische Luft bringen«, maulte Stefanie.

»Dafür ist keine Zeit mehr!« Jeannette wies auf den Bildschirm, der hier wie in den meisten Fluren in einer Ecke über der Tür angebracht war und das Bühnengeschehen zeigte. »Sie gehen schon raus. Annalisa, kannst du aufstehen?«

Wie sich zeigte, konnte Annalisa, jetzt, wo es darauf ankam, sogar rennen. Atemlos hielt Jeannette mit den beiden Schritt. Mit roten Gesichtern und wehenden Röcken stürmten sie die Bühne. Die Scheinwerfer gingen aus, Spots tasteten sich drohend durch die Schwärze, ein Trommelwirbel rauschte auf.

»Jeannette«, flüsterte Ann-Kathrin durch die Dunkelheit neben ihr, »du stinkst.«

»Sie manipulieren die Internet-Voten?« hauchte Martin und sank in einen Sessel, den der eine Computermann ihm mit einem Fußtritt zuschob.

»Glam Sie werklich, mir überlassn asu ane wichtige Sach dena Kaschper da undn?« fragte Spörlein und wies auf den Monitor, wo die Jury eben Aufstellung nahm, um dem Publikum zu erklären, daß weiterkam, wer von einem fröhlichen Jinglebells begleitet wurde, zu dem die Engel der Kulisse alle aufblinkten, und daß draußen war, wer tiefen, getragenen Glockenton vernahm. Die Apfelgrüne hüpfte hysterisch, der Hiphopper gab Kostproben seiner Kunst, und der lächelnde Radiomoderator probte an der kettenbehängten Sängerin den Handkuß. Assistentinnen in knappen roten Outfits hüpften als Nikolaus-Bunnys herum und feurten die Zuschauer an.

»Aber, aber ....«, stammelte Martin und starrte auf die gigantische Maschinerie, die dort unten ablief. »Der ganze Aufwand ...«

»Hat sich voll glohnt, da hat die Dame vo der Agendur scho recht ghabd, die Gredibilidy is Gold werd, die Einschaldquodn a. Aber mer derf deswegn nix dem Zufall überlassn.« Er wandte sich vom Bildschirm ab und drehte sich zu Martin um. »Die Siecherin stehd nadirlich vo Anfang an fesd. Glei nach die erschdn Castings hamm ma uns da endschiedn. Da hat die Bresse nix zum Meggern.«

»Aber Regine Bergmann ...«

»... hat kündichd, des dumma Luder, wie mas ihr gsagt ham und sie erfohrn hod, daß ihr Agendur eiverstandn is.« Spörlein zuckte die Schultern. Geschäft war Geschäft.

Grabgeläut erklang, und Martin fuhr zusammen. Eines der Tischdeckenmädchen sank schluchzend in die Arme der apfelgrünen Jurorin. Kamera zwei fing ihre Tränen aus nächster Nähe ein.

»Wer wird es?« hauchte Martin.

Spörlein lachte, als er das Gesicht des jungen Beamten sah, nachdem er den Namen gehört hatte. »Aber nadürlich«, sagte er, »niemand soll behaupdn kenna, Nemberch sei ned muldikuldurell.« Damit wandte er sich wieder den Monitoren zu. Jeannettes Gesicht erschien groß im Bild. Das aufzwitschernde Jinglebells übertönte die leisen Schritte, die sich draußen vor der Tür entfernten.

22

»Nicht ernst, nicht ernst.« Mit wütenden Bewegungen stopfte Ann-Kathrin ihre Siebensachen in die Cerruti-Strandtasche. »Für dich mag das vielleicht nicht ernst sein«, fauchte sie Jeannette an. Sie war die letzte der fünf geschaßten Kandidatinnen, die noch in der Garderobe war. »Für mich war das, gottverdammt noch mal, eine sehr ernste Sache.« Ein Fußtritt beförderte ihre paillettenfunkelnde Seejungfrauenrobe in die Ecke. »Mauve«, zischte sie.

»Das hätte dir auch nicht geholfen.« Jennifer hatte die Arme in die Hüften gestemmt, als sie das sagte.

In Ann-Kathrins Augen glomm Mordlust, als sie auf die andere zuging. »Und dir wird es nichts helfen, daß du mit dem Typ aus der Jury vögelst.« Sie hob den Arm, um zuzuschlagen.

»Meine Frisur!« kreischte Jennifer auf und schützte mit erhobenen Händen ihr wichtigstes Körperteil.

»Na, na, na.« Es waren drei Mädchen nötig, um Ann-Kathrin von Jennifer wegzuziehen. Annalisa schaute mit bleichem Gesicht vom Frisierstuhl aus zu. Jeannette entwand Ann-Kathrin schließlich die Handtasche, mit der sie auf ihre Widersacherin eingeprügelt hatte. Mit einem heftigen Ruck entriß Ann-Kathrin sie ihr wieder, nur um sie gleich wieder auf den Boden zu pfeffern. »Und Magnus kannst du auch behalten«, schrie sie. »Mir doch egal.« Mit einem Aufschluchzen stürzte sie zur Tür. »Euch machen sie auch noch fertig«, schrie sie der beklommen dastehenden kleinen Herde als Abschiedsgruß zu. Dann klappte die Tür.

Es herrschte betretenes Schweigen. Jeannette stupste mit dem Fuß gegen das, was aus der Tasche vor ihre Füße gekullert war: Taschenspiegel, Puderquaste, eine riesige Haarschere und ein Döschen Lidschatten in leuchtendem Blau.

»Jeannette!« Martin schrie und fuchtelte, um die Aufmerksamkeit seiner Partnerin zu bekommen. Sie stand, ebenso wie Jennifer, Stefanie, Annalisa und die Rothaarige, vor einer kleinen goldfarbenen Ein-Mann-Gondel, mit der sie jeweils hinauf in den Studiohimmel gefahren werden sollte, um von dort oben noch einmal den Prolog zu sprechen. Die Flügel der Mädchen, die bereits alle in plissierten Engelsgewändern samt langen blondgelockten Perücken steckten, vibrierten vor Aufregung und verhedderten sich immer wieder in der komplizierten Takelage der wackligen Gefährte. Ein grauhaariger Techniker, die kalte Pfeife im Mundwinkel, versuchte Jeannette eben zu erklären, daß sie die Finger von den Seilen lassen solle, komme, was da wolle. Martin wedelte ihn ungeduldig fort.

»Nix anfassen, bis ich zurück bin«, brummte der Alte und zog weiter zur nächsten Gondel, wo ihn Annalisa mit angstvollem Lächeln erwartete. Martin warf einen kurzen Blick in die Runde, um sicherzugehen, daß sie alleine waren. »Es wird dich umhauen«, flüsterte er, »die ganze Sache ist getürkt. Die Siegerin stand von Anfang an fest.«

»Wer?« hauchte Jeannette. Dann verstand sie sein kurzes Schweigen falsch. »Nein, Martin, o Gott, nein, ich tue ja viel für meinen Job, aber ...« Martin brachte sie mit einem kurzen Nicken zum Schweigen. Jeannette schaute in die Richtung, die sein Kinn ihr wies. Sie nickte.

»Spörlein?« fragte sie nur.

»Hat es nicht nötig zu morden; er hat eine PR-Agentur, die für ihn arbeitet.«

»Kevin?« Doch sie schüttelte selbst den Kopf.

»Clifford?« warf Martin dagegen ein.

»Clifford ist nicht da. Er ist doch nicht da, oder?« Martin nickte zur Bestätigung. Clifford war nirgends mehr aufgetaucht, nicht am Ort des Geschehens, nicht bei seiner Band und nicht zu Hause.

»Magnus?«

»Er sitzt da draußen. In der ersten Reihe. Braune piepst mich sofort an, wenn er sich bewegt.« Erwartungsvoll schaute er sie an.

»Ann-Kathrin«, meinte sie zögernd und erklärte Martin die Sache mit dem Lidschatten, der auffallend dem ähnelte, den die Toten ausnahmslos getragen hatten. Sie übergab ihm das Döschen für die Spurensicherung. »Ich werde sie im Auge behalten, falls sie noch da ist. Heh!« Erschrocken trat er einen Schritt zurück. Jeannettes Gondel war ruckend angefahren und hing nun etwa einen halben Meter in der Luft. Die Musik setzte ein, die Techniker rannten eilends beiseite.

»Sie haben meine Seile noch nicht fertig überprüft«, versuchte Jeannette dem Mann hinterherzurufen, der ihr versprochen hatte, noch einmal zurückzukommen, doch der wandte sich nicht um. Kritisch äugte sie in den schwarzen Schnürboden hinauf und dann auf ihre Kolleginnen. Es ruckelte und wackelte unter ihren Füßen. Links von ihr sah sie Jennifer und Stefanie ebenfalls in die Luft gehen, die Rothaarige schwebte bereits einen Meter über ihr. In anmutig unregelmäßiger Reihe stiegen sie langsam auf, dem Bühnenboden entgegen, überstrahlt von seinem Horizont aus Scheinwerferlicht, in dem sie gleich für die Zuschauer sichtbar werden würden. Nur Annalisas Gondel regte sich noch nicht.

Jeannette warf einen Blick nach unten: Die Gondel war leer. Gab es irgendwelche technischen Probleme? Sie versuchte im Halbdunkel Annalisa auszumachen, doch sie konnte nichts deutlich erkennen. Applaus brandete auf, als das erste Gefährt zum Zuschauersaal aufgestiegen war. Jeannette beugte sich hinaus, soweit sie konnte. Da fuhr ein Scheinwerferkegel über Annalisas Gondel; Jeannette sah die goldenen Flügel des Mädchens aufblitzen und den Lichtreflex auf dem langen Gegenstand in der Hand der Gestalt, die hinter ihr stand.

»Martin«, brüllte sie nach ihrem Kollegen. »Martin! Da!« Verzweifelt schaute sie nach unten und gestikulierte. Martin war am entgegengesetzten Ende der Startrampe angekommen und drehte sich nun suchend um. Er erspähte sie, winkte und hielt sich demonstrativ die Hand an die Ohren. Jeannette schrie erneut, doch die aufbrandende Erkennungsmelodie war zu laut. Sie faßte einen Sekundenentschluß, griff nach einem Seil, das lose neben ihrer Gondel in die Tiefe hing, und zog prüfend daran. Es bewegte sich schleppend von ihr fort, offenbar dort oben irgendwo in einer Schiene laufend. Mit einer peitschenden Bewegung trieb sie es weiter nach rechts, auf den Punkt zu, wo Annalisas Gondel verankert sein mußte. Jeannette kletterte auf den Rand ihrer Gondel, gab sich ein wenig Seil und sprang.

In diesem Moment tauchte ihr Gefährt vor den Augen der Zuschauer auf. Leer und wild schaukelnd stieg es in den Showhimmel. Martin setzte sich in Bewegung.

Jeannette sauste an ihrem Seil quer über die Rampe. Vor sich konnte sie nun deutlich zwei ringende Gestalten ausmachen; eine davon trug ein Engelsgewand. Jeannette zog die Füße an den Körper und zielte. Mit einem dumpfen Ton landete sie in den Rippen des Angreifers und kugelte mit ihm zusammen weiter, bis sie krachend gegen eine Wand schlugen. Da fuhr Jeannettes Hand in den Ausschnitt ihres Plisseegewandes. Mit einem Griff hatte sie Ann-Kathrins Haarschere gepackt und stieß zu.

»Hände hoch!« rief Martin hinter ihr. Mit gezückter Waffe hatte er sich hinter den Kämpfenden aufgebaut. Jeannette rollte sich mit einer schnellen Bewegung beiseite. Doch Stefanies Mutter hatte die Hände bereits oben, zumindest eine davon. Sie klebte, von Jeannettes Haarschere festgenagelt, an der Wand und ließ die Eisenstange, die sie umklammert gehalten hatte, mit einem dumpfen Poltern fallen. Martin atmete hörbar ein.

»Blöde eifersüchtige Kuh!« Mit diesem Aufschrei rappelte Annalisa, die nicht begriff, in welcher Gefahr sie eben noch geschwebt hatte, sich auf und stürzte auf ihre Gondel zu, die sich nun ebenfalls ruckelnd in Bewegung setzte. Ihr Fuß verfing sich in dem Seil, das Jeannette zum Tarzanspielen gedient hatte. Sie stolperte und hing fest. So mit dem Fuß verstrickt, ruckelte sie freihängend kopfüber Stück für Stück nach oben. Sie schrie wie am Spieß.

Jeannette bekam mit einem Hechtsprung gerade noch den unteren Sims der Gondel zu fassen und mühte sich ab, sich ihrerseits nach oben zu ziehen. Die Aufhängung ächzte und schlingerte, eine Herde erschrockener Techniker war zusammengelaufen und brüllte einander Kommandos zu. »Ausschalten, ausschalten!« schrie der Alte und hastete zum Kontrollbrett. Inzwischen hatte Jeannette es aufgegeben, die Gondel zu ersteigen, sich nur mit ihren Beinen dort eingehakt und versuchte nun aus dieser Position, Annalisa in die Gondel zu stemmen. Einer ihrer Flügel brach ab und fiel zu Boden. Der Techniker hielt die Hände über den Kopf, als die Teile herunterkrachten.

»Komm schon, du schaffst das«, keuchte Jeannette.

»Aaaah.« Annalisa wand sich ungeschickt, ihr Hintern wuchtete sich auf Jeannettes geplagten Nacken. Mit zusammengebissenen Zähnen und angespannten Halsmuskeln hielt sie durch, bis Annalisas Hüfte, ihr Knie und schließlich ihre Füße Halt an ihrer Schulter gefunden und sich über sie hinweggewälzt hatten. Das weite Engelsgewand des Mädchens zog sich über Jeannettes Gesicht und erstickte sie fast. Ein letzter Tritt der panikerfüllten Italienerin gab ihren Blick wieder frei; das Scheinwerferlicht blendete sie. Jeannette blinzelte und starrte kopfunter in Hunderte fassungsloser Gesichter.

Als sie Annalisa droben atemlos ihren Prolog beginnen hörte, baumelte sie noch für einen Moment still, atmete ruhiger, griff erneut nach dem Seil und lockerte ihre Beinschere, bereit zu einem lässigen Abschwung. Das Seil pendelte mit ihr über die Bühne aus und gab dann überraschend nach.

»Ooohhh«, kommentierte das Publikum. In schönen runden Schlingen fiel das lange Tau auf den Rücken der abgestürzten Jeannette und knickte dabei auch ihren zweiten Flügel. Annalisa droben beendete ihren Prolog.

»Aaahhh.«

Jeannette hörte beides durch das Sirren in ihrem Kopf. Sie schmeckte Bühnenstaub. Der Radiomoderator und Jurysprecher verkündete über ihren geplagten Rücken:

»Meine Damen und Herren, offenbar hat es hier einen Behinderungsversuch gegeben.« Er näherte sich der sich langsam wieder aufrichtenden Jeannette. »Meine junge Dame, so geht das aber nicht.«

Jeannette hob ihren müden Kopf. »Halt's Maul, du blöder Arsch.«

Kamera vier und das zugehörige Mikrofon zuckten erschrocken einen halben Meter zurück. Durch die Beine des Kameramannes hindurch blickte sie in das fassungslose Gesicht von Ernst Magnus.

23

»Die Mutter!« Paumgartner schaute gedankenschwer von ihrem Bericht auf. Martin und Jeannette nickten versonnen, Jeannette etwas heftiger. War es nicht immer die Mutter?

»Das Kind kommt doch alleine nicht zurecht!« Es waren genau diese Worte Frau Dürers gewesen, die auch Stefanies Mutter später im Verhör verwendete, um ihr Treiben zu rechtfertigen. Der unverrückbare Glaube an die absolute Unfähigkeit der eigenen Kinder, Jeannette wußte nur zu gut, was für ein starker Handlungsimpuls das war. Im Grunde glich er verblüffend dem von Serienkillern: Manipulation, Dominanz, Kontrolle. Nur, daß hier alles zum vermeintlich Besten des Opfers geschah. Einen Augenblick mußte sie an ihre Schwester denken. Annalisa mochte sie vor dem Zugriff der einen Übermutter gerettet haben. Aber Tanja hatte sie ausgeliefert.

»Sie arbeitete bei einem Arzt als Sprechstundenhilfe, einem sogenannten Reproduktionsmediziner«, erläuterte Jeannette ihrem Chef. »Offenbar gaben dort zahlreiche männliche Patienten eine Spermaprobe ab, um ihre Fertilität testen zu lassen. Sie hat zugegeben, bei Bedarf etwas davon abgezweigt zu haben. Mit Lagerung und Frischhaltung war sie vertraut.« Paumgartner und Martin wechselten einen unbehaglichen Blick.

Dann nahm Martin den Faden auf. »Sie hat die Mädchen nach den Partys angesprochen. Ihre eigene Tochter brachte sie meist sehr früh nach Hause. Danach kehrte sie zurück, gab vor, noch etwas abholen zu wollen, was Stefanie angeblich liegengelassen hatte, und bot ihnen an, sie mitzunehmen.«

»Die meisten waren vermutlich dankbar für das Angebot«, ergänzte Jeannette. »Wem kann man vertrauen, wenn nicht der Mutter einer Freundin?«

»Offenbar nicht mal mehr denen«, murmelte Paumgartner. Er hielt ein Foto aus dem Wagen der Mörderin in Händen, eine Vergrößerung, die im hinteren Fußraum das winzige Fragment eines Schmuckstücks zeigte, ein Blütenblatt aus Perlmutt, abgebrochen von der Haarspange Maria Sikorskis, vielleicht, als der Schlag gegen ihren Kopf geführt wurde, vielleicht, als man ihren bereits leblosen Körper aus dem Wagen zerrte. Lange betrachtete er noch einmal die Bilder der getöteten Mädchen, die Detailaufnahmen ihrer schrecklichen Verletzungen, fuhr die Linien der eingeritzten Verunstaltung auf ihren Bäuchen nach.

Jeannette verfolgte seine Bewegung. »Es ist ein literarischer Fall«, das hätte mir auffallen müssen«, gestand sie.

»Zitate.« Paumgartners Stimme klang verächtlich.

»Ted Albeury, Chicago 87.« Martins Finger wies auf die Herzwunde. Danach zog er die Bilder der geschminkten Gesichter heraus. »Der Würger von Seattle, 1979 bis 86, die Serie brach ungelöst ab.« Zuletzt wies er auf die Schriftzüge. »John Hansom, Los Angeles 98.«

»Das alles ist gut dokumentiert«, fiel Jeannette ein. »Ein Freund hat mich darauf aufmerksam gemacht. Im Bücherregal von Stefanies Mutter standen unter anderem die Bände ›Amerikanische Serienmörder‹, ›Mein Leben beim FBI. Ich jagte die Bestien‹ und ›Serial Killers – moderne Geißel oder Phänomen des Bösen‹. Dazu ein Bildband mit den Schauplätzen berühmter Morde. Alle lieferbar.« Jeannette schüttelte den Kopf. »Nach dem zu urteilen, was sie alles darin angekreuzt hat, hat sie lange über ihrer eigenen Vorgehensweise gebrütet und auch ein paar interessante Varianten entworfen, wie zum Beispiel …«

Doch Paumgartner winkte ab. »Mir genügen die Details in ihrem Geständnis, danke.«

Eine Pause entstand. »Dieser Clifford ist immer noch flüchtig?«

Jeannette und Martin nickten synchron. »Das verschwundene dritte Bandmitglied ist aber aufgetaucht«, sagte Martin schließlich. »Er wohnt in der Nähe des Tatorts, an dem Clifford gesehen wurde. Wahrscheinlich hatte dieser ihn nach dem Konzert zu Hause abgesetzt, als letzten. Warum er dann nicht nach Hause fuhr, wissen wir nicht.« Er hätte hinzufügen können, daß er zumindest eine Ahnung hatte, warum Clifford verschwunden war, doch er schwieg.

»Der betreffende Mann ist ohne Aufenthaltserlaubnis«, fügte Jeannette erläuternd hinzu. »Das erklärt auch, warum alle behauptet hatten, Clifford und der Wagen wären nie in der Gegend gewesen und es gäbe auch keinen Grund für ihn, dort zu sein. Sie wollten vermutlich ihren illegalen Freund nicht verraten.«

Paumgartner brummte zustimmend, ohne aufzuschauen. »Ein eingespieltes Team«, meinte er abschließend und nickte seinen Ermittlern beifällig zu. »Zu schade, Knauer, daß Sie sich nach München beworben haben. Zumal der Braune heiratet und uns verläßt.« Er schwieg eine Weile und ließ das Gesagte lasten. »Import-Export beim Schwiegerpapa«, fügte er dann ohne besonderen Anlaß hinzu.

Jeannette starrte Martin an. Als das keine Wirkung zeigte, trat sie ihm vors Schienbein. Wortlos verzog er das Gesicht und rieb sich demonstrativ das Bein. Seine Grimasse des Schmerzes verwandelte sich dabei zunehmend in ein Grinsen. »Hopp«, formten ihre Lippen die Aufforderung, sich sofort formell um die Stelle zu bewerben. Martin räusperte sich.

Doch Paumgartner blickte stur auf das Aktenkonvolut vor sich. Er blätterte eine Weile, dann seufzte er schließlich: »Ich muß Ihnen nicht sagen, daß die Stadt uns dringend ersucht hat, keine intimen Details über den Ablauf der Christkindl-Auswahl bekannt werden zu lassen.«

»Sie meinen, wir sollen diese PR-Schmierenkomödie nicht auffliegen lassen?« fragte Jeannette empört.

»Sie werden keine offiziellen oder privaten Pressekommentare dazu abgeben«, erklärte Paumgartner müde. »Die entsprechenden Stellen im Bericht werden Sie umschreiben oder auslassen. Sie sind nicht tatrelevant.«

Jeannette sah ihren Chef lange an. Müde schaute er zurück, seine Zweimeterzehn waren tief über den Tisch gesackt. »Mannomann, müssen die Ihnen zugesetzt haben«, flüsterte sie.

Er zeigte keine Regung.

»Aber mit mir machen die das nicht.« Sie schaute kampflustig zu Martin hinüber, doch der hatte bereits begriffen, daß die Anstellung in Nürnberg für ihn mit einer Bedingung verknüpft war. Aber es kam noch schlimmer.

»Frau Dürer, Herr Knauer«, Paumgartner schob ihnen beiden einen dünnen Hefter zu. »Mir ist ein Bericht vorgelegt worden, wonach in einer von Ihnen beiden bewohnten Wohnung eine Menge Rauschgift sichergestellt worden ist, die ...« Er kam nicht weiter, denn Jeannette hatte ihm den Schnellhefter aus der Hand gerissen. Wütend schlug sie das Berichtsformular auf. Obenauf prangte der Verfassername. »Zametzer! Dieses Schwein, ich wußte es. Aber das war doch nur Tanjas Marihuana. Clifford ...«, stammelte sie fassungslos.

Paumgartner nahm ihr die Unterlagen wieder aus der Hand. »Einer der Beamten, der nach Cliffords Sachen suchte, wurde fündig. Er ging zu Zametzer, der kam zu mir. Und ich«, damit schob er die Blätter Martin zu, der sie nahm und begann, sie langsam und systematisch zu zerreißen, »ich gebe sie jetzt Ihnen. Nürnberg hat sein Christkindl, Sie bleiben weiterhin Beamte, und ich freue mich darüber, Sie wieder als Partner arbeiten zu sehen. Und Zametzer ...«

»... hatte seinen Spaß«, knurrte Jeannette.

»Glauben Sie mir, es würde ihm noch mehr Spaß machen, Sie gehen zu sehen.«

Mit düsterer Miene verließen Martin und Jeannette das Büro. Sie klopften sich den imaginären Staub von den Ärmeln, knufften sich wortkarg ein paarmal, umarmten sich schließlich, versprachen einander einen baldigen gemeinsamen Kinobesuch und trennten sich dann.

Nicht ohne einen Seufzer der Befriedigung stieß Jeannette die Tür zum Büro des Kommissariats auf. Willkommen, dachte sie, während ihr Blick über die vertrauten Schreibtische schweifte, willkommen zurück im dritten Lebensjahrzehnt. Hart, aber dein.

Es heiterte sie nicht gerade auf, daß über ihrem Arbeitsplatz ein riesiges Poster aufgehängt war, das sie selbst zeigte, wie sie total groggy bäuchlings auf den Brettern lag, die die Welt bedeuteten.

»Halt's Maul, du blödes Arschloch«, johlte das Kommissariat im Chor.« Die Worte standen außerdem in Goldschrift über dem Bild.

»Polster, äh Dürer.« Jeannette meldete sich, den Blick nicht vom Computerbildschirm gelöst, auf dem in Hochgeschwindigkeit der Text eines alten Berichts erschien. Die Akte des Mannes, der vor Wochen in der Absteige über sie hergefallen war, war ohne ihre Hilfe angelegt worden. Ungläubig las sie den Namen ihres Angreifers: Kramer. Beinahe hätte sie darüber den Anruf vergessen. Sie klickte, die linke Hand an der Maus, suchte das Verzeichnis der Fundstücke von diesem Tatort, fand das entscheidende Detail und öffnete die Bilddatei. Ann-Kathrins Gesicht blickte ihr entgegen. Es war ein gerahmtes Portrait, das an der Wand der Wohnung gefunden worden war und ihre Mieterin in einladender Pose zeigte. Das Mädchen mit der Geige aus besserem Hause, das so gerne Christkind geworden wäre. Schau an.

Da drang aus dem Hörer an ihrer Schulter lautes Rauschen. Dann ein Rattern wie von Eisenbahnschwellen. »Dürer?« wiederholte sie mechanisch lauter. »Hallo?« Sie sollte mit Ann-Kathrins Eltern sprechen. Aber andererseits: wozu? Offenbar wußte der Vater ja bereits, was seine frühreife Tochter so trieb. Ob Magnus sie im Milieu kennengelernt hatte? Kannte er die

Wohnung? Und wußte er, daß er um ein Haar der Chance entgangen war, ein weiteres Mal niedergeknüppelt zu werden? Oder war Magnus bei seinen Vorlieben derartiges gewohnt? Ob er da Geschmack an einer Frau mit Nahkampfausbildung finden könnte? Frage reihte sich an Frage, das Berufliche schmiegte sich eng ans Private. Es knackte, als sie gerade auflegen wollte.

»Jeannette? Hier ist Regine. Entschuldige, hier ist alles voller Funklöcher.«

»Regine!« Mit einem Schlag saß Jeannette aufrecht. »Wo bist du?«

»Im Zug nach ...« Dann riß die Verbindung. Jeannette saß auf Kohlen, bis der Apparat erneut klingelte.

»Hi, ich bin's wieder. Rom, Jeannette, ich bin auf dem Weg nach Rom.«

»Regine.« Jeannette war fassungslos. »Regine, es tut mir so furchtbar leid.« Einen Moment dachte sie, das Gespräch wäre wieder unterbrochen worden, doch das Schienenrattern blieb. Und ein Geräusch, das sich beinahe wie Weinen anhörte. »Hörst du mich?« flehte sie.

Statt einer Antwort sagte ihre Freundin plötzlich: »Mein Leben ist ein Trümmerhaufen, Baby. Mein Beruf eine verlogene Scheiße und meine Beziehungen, na, du weißt ja.«

»Ja. Ja, ja!« haspelte Jeannette eilig. »Und es tut mir so leid, so unsagbar leid, ich hab mich danebenbenommen, Regine, und ...«

»Vielleicht war es das beste so. Ich mach Pause für ein Jahr.«

»Ja, aber, Regine ...«

»Ich verzeih dir.« Wieder war das Gespräch abgerissen.

»Komm schon!« beschwor Jeannette den Apparat. Sie fieberte dem nächsten Klingeln entgegen. »Komm schon, ruf an.« Die Kollegen schauten erstaunt herüber, als ihr Telefon erneut schellte. »Ja?« schrie sie.

»Ja, verdammt. Frieden, okay?«

»Frieden«, flüsterte Jeannette andächtig. Dann fragte sie: »Aber was machst du denn da, so ganz allein?«

»Oh, völlig allein bin ich nicht. Ich hab jemanden mitgenommen vom Casting, der auch wegwollte, einen Jamaikaner, ich sag dir, ein Traum von einem Mann, Musiker, sein Name ist ...«

»Clifford!« Jeannette rief es in den toten Hörer. Während sie auf das nächste Läuten wartete, hatte sie Zeit zu überlegen, ob sie dazu irgend etwas anmerken wollte. Sie dachte an die Vergangenheit und entschied sich dagegen. So wie die Dinge lagen, würde Regine von Glück sagen können, wenn sie ihn bis Bozen nicht schon wieder los wäre.

»Regine?« Wieder hob sie sofort ab.

Es rauschte. »Im übrigen hast du im Fernsehen scheiße ausgesehen.«

»Regine!« rief Jeannette. Aber der Hörer war bereits wieder tot. »Danke«, sagte sie dennoch laut in die Stille. »Ich dich auch.«

Als sie aufgelegt hatte, baute sich Zametzer vor ihr auf. Ohne ein Wort klatschte er ihr ein Bündel Papiere auf den Schreibtisch.

Jeannette lehnte sich mit verschränkten Armen zurück. »Wieder ein Durchsuchungsbericht meiner Wohnung?«

Er lachte einmal kurz und grimmig, schüttelte aber den Kopf. »Meine Scheidungspapiere. Unterschrieben.« Er wartete die Wirkung seiner Worte ab und legte dann gebieterisch die Hand auf Jeannettes Telefon. »Wo ist sie?«

Jeannettes Blick wanderte an ihm hinunter zu den Papieren und wieder hinauf in sein Gesicht. Dann brach sie in Gelächter aus, in lautes hemmungsloses Lachen.

Zametzer stemmte die Fäuste auf den Tisch und beugte sich ganz dicht vor sie. »Noch einen Ton, und ich mach dich fertig«, flüsterte er in unterdrücktem Zorn.

»Oh, ich vergaß.« Jeannettes Ton klang bitter. »Ich darf mich ja nicht mehr frei äußern.« Sie schaute ihm ins Gesicht. »Aber das Geschäft haben Sie bereits gemacht, Zametzer, tut mir leid.« Er wollte etwas erwidern, kaute statt dessen aber nur in hilfloser Wut auf seinem Schnurrbart herum. Seine Hände, die die Papiere wieder zusammenschichteten, zitterten und wischten unnötig fahrig über die Bögen. Sein Blick wich ihr aus. Sie betrachtete ihn lange und nachdenklich, und ihr Gesichtsausdruck wurde milde. »Sie lieben sie wirklich, was?« fragte sie schließlich leise, mit plötzlich veränderter Stimme.

Zametzer sank auf den Stuhl ihr gegenüber. »Sie wissen nicht, was es mich kostet, das ausgerechnet Ihnen zu gestehen.« Er senkte den Kopf. »Helfen Sie mir.« Die Pause war lang. »Bitte.« Jeannette betrachtete den geknickten Mann und genoß jeden Augenblick. Dann wandte sie den Kopf, blickte aus dem Fenster und dachte nach. Die Nachmittagssonne, plötzlich herbstlich golden geworden nach der letzten Hitzewelle dieses Jahres, schien auf ein friedliches Nürnberg. Und auch in Jeannettes Herz senkte sich Frieden.

»Sie hat gesagt, sie braucht eine Pause.« Ihre Stimme kam zögernd. »Ein Jahr in klarer Luft und Einsamkeit.« Vertraulich beugte sie sich vor und senkte ihren Blick tief in den seinen. »Sie will nach Reykjavik.«

»Danke.« Zametzer sprang mit zitternden Händen auf. Ein Lächeln brach sich Bahn, das ihr verriet, wie groß sein Triumph war, sie menschlich berührt und manipuliert zu haben, was in seinen Augen ein und dasselbe war. Wie sie ihn dafür verachtete. Sie erwiderte es aus vollem Herzen.

»He, was habt ihr zwei Süßen denn da zu bereden?« erklang es vom Nachbarschreibtisch. Micha Braune, künftiger Im- und Exportfachmann, beugte sich neugierig herüber. Jeannette schüttelte nur gelassen den Kopf und tippte an das Poster, dahin, wo die Schrift saß.

Sie schaute Zametzer nach, der in Paumgartners Büro lief, um sich beurlauben zu lassen für eine Reise in den hohen Norden. Fromm gelobte sie, Regine bei Gelegenheit davon zu schreiben. Sie lehnte sich in ihrem schwarzen Lederdrehsessel zurück, legte die Füße auf den Tisch und verschränkte die Hände hinter dem Kopf. Es hatte eindeutig seine Vorzüge, nicht siebzehn zu sein.

Als sie zwei Stunden später auf dem Parkplatz auf ihr Auto zuging, trat ihr ein Mann in den Weg, der das anders sah.

Epilog

Himmel, der nirgendwo endet

»Du bist ihm waaas?« fragte Tanja.

Überraschend hatte sie in der Wohnung von Jeannette gestanden, die, als sie das Türschloß klacken hörte, bereits alarmiert in den Gang gesprungen war, um ihren üblichen Stoßseufzer »Mutter!« loszulassen.

Tanja hatte den Schlüssel hochgehalten, Sara auf dem Arm, Anton am Bein. »Ich wollte ihn zurückbringen«, hatte sie gesagt. »Und dir danken.« Beim Tee hatten die beiden Schwestern dann in der Küche zusammengesessen. Nicht ohne Nostalgie hatte Tanjas Hand über die Prilblumentischdecke gestreift.

»Vielleicht sollte ich mir so eine auch anschaffen in der neuen Wohnung«, murmelte sie.

»Würde Mama das denn zulassen?« fragte Jeannette, halb spitz, halb mitfühlend.

Amüsiert schaute Tanja auf. »Was hat Mutter denn damit zu tun? Ach so, ich hab's dir ja noch gar nicht erzählt«, erklärte sie, nicht ohne eine gewisse Befriedigung in der Stimme.

»Du hast dich in der letzten Zeit überhaupt sehr rar gemacht«, beklagte Jeannette sich.

»Als ich noch hier wohnte, hatte ich eher den Eindruck, wir wären zuviel für dich«, konterte Tanja und umarmte Sara demonstrativ ein wenig fester.

»Das wegen Clifford …«, setzte Jeannette an. Doch Tanja winkte ab.

»Geschenkt«, erklärte sie großzügig. Dann, nach einer Pause, setzte sie hinzu: »Hat Regine was aus Italien geschrieben?«

»Sie ist ihn los.« Aus dem Flur erklangen verdächtige Geräusche. »Anton«, rief sie mit erhobener Stimme, »das ist ein Miró. Laß ihn hängen, wo er ist.«

»Das ist Erstkläßler-Kram. Das kann jeder.«

»Laß ihn trotzdem hängen, okay?« Es ratschte. Jeannette nahm resigniert einen Schluck Tee. Tanja rührte beiläufig in ihrer Tasse. »Sie ist ihn los«, wiederholte Jeannette, »schon seit einer Weile.«

»Wie?« Tanja hörte auf zu rühren und schob ihrer Jüngeren einen Keks in den Mund.

Jeannette zuckte die Schultern und reichte ihr kommentarlos ein Handtuch, um Saras Mund abzuwischen. »Auf der spanischen Treppe. Eben zupfte er noch die Saiten inmitten einer Gruppe Signorinas, dann war er verschwunden.«

Sie schauten versonnen Sara zu, die nach dem Stapel Post und Zeitungen gegriffen hatte und zielsicher begann, den Brief Jennifers zu zerknüllen, der heute morgen mit der Post gekommen war. Das Mädchen hatte einen Schnappschuß von Jeannette, Stefanie, Ann-Kathrin und sich selbst beigelegt. »Hi Jeannette«, hatte sie geschrieben, »ich wollte dir nur sagen, daß ich deine Tarzan-Nummer geil fand, auch wenn die anderen sich aufgeregt haben, vor allem Stefanie, die Arme. Wußtest du, daß sie jetzt eine Therapie macht? Und Ann-Kathrin haben sie in ein Internat gesteckt, mitten im Schuljahr! Daß ich den Trostpreis als Katalog-Modell gewonnen habe, war auch komisch. Denn die haben mich für ihren blöden Katalog gar nicht ganz fotografiert, sondern nur die Ohren. Mit Schmuck dran. Jetzt bin ich Ohr-Modell. Es ist schwer, schöne Ohren zu finden, haben sie gesagt. Immerhin kann ich mir damit jetzt Geld verdienen, bis mir was Neues einfällt. Die Banklehre hab ich geschmissen, egal, was Papa sagt. Ich will ja nicht, daß ›My Angel‹ der Höhepunkt meines Lebens war. Vielleicht werd ich auch Polizistin, aber wohl eher nicht. Deine Jennifer.«

Jeannette stand auf, um Bild und Brief zu retten, und

klemmte alles hinter einen Magnetpin am Kühlschrank. Sara schrie. Tanja bot ihr statt dessen den Sportteil der Zeitung an.

»Du wolltest mir erzählen, was du jetzt so treibst«, klopfte Jeannette zaghaft noch einmal bei ihrer Schwester an.

Erstaunt sah sie, wie ein vorfreudiges Lächeln sich auf Tanjas Gesicht ausbreitete. »Ich habe mein Leben umgekrempelt«, verkündete sie. Und dann sprudelte es aus ihr heraus. Josef war phantastisch gewesen. Er hatte mit einem Freund am Klinikum gesprochen und ihr eine Stelle verschafft, halbtags, mit Weihnachtsgeld und allem. Die Kinder waren auch versorgt, im Erlanger Umland waren die Kindergartenplätze ja reichlich vorhanden. Aber der Gipfel sei das Haus! Jeannette erfuhr, daß Josef von seinen Eltern ein Zweifamilienhaus in Dechsendorf geerbt hatte. Bis vor kurzem war es vermietet gewesen, dann stand es leer. Ursprünglich hatten Martin und er erwogen, dort selbst einzuziehen. Aber dann war die Krise gekommen. Und bewältigt worden. Und nun stand dem Doppelbezug nichts mehr im Wege.

»Die Kinder haben einen Garten und alles. Und ich bin in einer Viertelstunde am Arbeitsplatz. Josef ist wirklich ein Schatz. Er ist ja viel zu Hause, so als Dozent. Und da hat er versprochen, öfter mal auf die Kinder aufzupassen.«

Jeannette staunte. Martin und Josef hatten eine Familie gegründet. Tanja mußte lachen. »Sie haben wohl eher einen Zoo eröffnet.«

»Eine Arche«, verbesserte Jeannette, »voller Dinosaurier. Es freut mich«, sagte sie warm und ergriff die Hand ihrer Schwester. Tanja drückte sie.

»Und was machst du so?« fragte sie dann. »Kommst du klar ohne uns vier?«

Jeannette nickte. »Ein wenig Regression, ein wenig Selbstmitleid.« Sie schniefte gekünstelt. »Ich arbeite mich tagsüber durch meine Kriminalfälle und nachts durch meine Videosammlung. Gestern habe ich ›Medea‹ gesehen, von Pasolini, kennst du den?« Sie war bei ihrem Lieblingsthema angekommen und redete sich warm. »Das mußt du gesehen haben!« Und sie nötigte in plötzlicher Begeisterung ihre Schwester, aufzustehen und ihr zum Fernseher zu folgen.

»Das«, erklärte sie entflammt, während sie vorspulte, »ist der genial langweiligste Film der Filmgeschichte.« Sie stoppte. »Meine Lieblingsszenen sind die mit dem Zentauren, hier, wo Jason noch jung ist, also noch in der mythischen Lebensphase, in der man an Märchen und Wunder glaubt, weswegen er den Pferdeleib auch noch sieht. Da! Später ist der dann weg.« Und sie verstummte, um den Pferdemenschen seinen wunderbaren Monolog über das abendliche Wasser sprechen zu lassen. »In allem .... ein Gott, alles ... ist beseelt.«

»Jeannette!« Besorgt reichte Tanja ihr ein Taschentuch.

Jeannette wischte sich lachend und weinend die Tränen aus dem Gesicht. »Ich liebe diese Stelle«, erklärte sie entschuldigend. Sie schneuzte sich. »Aber trotzdem, ehrlich, ich bin so erleichtert, nicht mehr jung sein zu müssen. Das Unbehagen an der eigenen Existenz los zu sein, Selbstdistanz zu besitzen.«

»Nicht mehr jung? Du?« fragte Tanja nur, nicht ohne ein pikiertes Gesicht zu machen. »Was soll dann ich sagen?«

Und da erzählte Jeannette ihr von Magnus.

»Er hat was gesagt?« rief zwei Tage später auch Josef aus. Und lachte bereits, während er fragte.

Martin auf der Rückbank des Wagens schüttelte ungläubig seine feuchten Haare. »Hast du noch ein trockenes Handtuch?« rief er nach vorne.

Einer der letzten schönen Tage in diesem ungewöhnlich warmen Oktober hatte sie verlockt, gemeinsam baden zu gehen. Vielleicht hatte der am Ufer sitzende Jason Pasolinis Jeannette dazu gebracht, es noch einmal mit dem Zauber schilfiger Teiche zu versuchen. Jeannette hatte jedenfalls all ihre Überredungskunst aufgewandt, die beiden Männer davon zu überzeugen, daß sie ihr auf ihre kleine Forschungsexpedition zurück in die Jugend folgen müßten.

So war es schließlich dazu gekommen, daß sie sich in Jeannettes Fiat – sie fuhr mit Genuß wieder selbst – auf den Weg zu einem kleinen Badeweiher bei Erlangen gemacht hatten, an dessen grasigem Ufer Jeannette als Gymnasiastin manche Freistunde in der Sonne brutzelnd verbracht hatte.

Das Westufer bei der Bauernwirtschaft mit Biergarten war schon damals meist überfüllt gewesen, aber auf dem schmalen Wiesenstreifen am Ostufer, zwischen dem wogenden Korn der Äcker und dem im grünbraunen Wasser sich wiegenden Schilf, in dem ein paar mutige Nacktbader einsam im hohen Gras herumsaßen, da hatten sie und ihre Freunde sich recht am Platze gefühlt.

»Hier habe ich in der Sonne gelegen und am Schilf entlang in den Himmel geschaut«, erklärte sie nostalgisch und zog dabei am Handtuch, damit kein Zipfelchen ihrer Haut mit der Wiese in Berührung kam, die voller Krabbelgetier war. »Hier haben wir stundenlang über die Zeit und das Universum philosophiert.« Zigarettenstummel und Kaugummipapier hatten sich im Gras verfangen, wie sie kritisch feststellte, hier und da sogar alte Taschentücher und ein gebrauchtes Kondom. Als sie vorsichtig ihre Sitzposition veränderte, stieß sie mit dem Ellenbogen gegen eine leere Fantaflasche. »Dort habe ich beim Schwimmen einen Fisch berührt.« Sie zitierte einen Vers aus Brechts Gedicht »Vom Schwimmen in Flüssen und Teichen« und beäugte kritisch das undurchsichtige Wasser, das milchigbraun und träge gegen das matschige Ufer schwappte, wann immer einer der Schwimmer es in Bewegung versetzte. Sie verspürte eigentlich keinerlei Lust hineinzutauchen.

»Entspann dich«, rief Martin ihr zu und schubste Josef ins Wasser, der sofort eine wilde Schlacht in Gang setzte. Es schien den beiden keinerlei Schwierigkeiten zu bereiten, sich wie pubertierende Jungs aufzuführen. Jeannette seufzte. Vielleicht hatten sie recht, sie sollte sich zurücklehnen. Der Weiher, der Bauernhof und die Pappeln verschwanden aus ihrem Blickfeld, der Himmel tauchte auf. Früher war er endlos gewesen.

Sie erinnerte sich an eine Geschichte, die ihr Englischlehrer einmal erzählt hatte: Ein Mann war ans Meer gefahren, hatte sich an den Strand gelegt. Er sah nichts als den Himmel. Am dritten Tag hatte er sich aufgesetzt und geweint: Eine Möwe war durch seinen Himmel geflogen. Damals hatte die kurze Geschichte sie fasziniert, trauerten sie mit siebzehn nicht alle um die jüngst verlorene Unendlichkeit ihres Daseins? Heute fragte sie sich eher, wie der Mann bloß die zwei Tage vorher so still hatte aushalten können, ohne daß ihm der Hintern einschlief.

»Au!« Jeannette schnellte hoch und rieb sich den Arm. Es war alles Lüge, dachte sie. Der Mann hatte nicht wegen der Möwe geweint, er war von einem Sandfloh gestochen worden.

Auf der Rückfahrt hatte sie vom Frankenschnellweg aus einen letzten Blick auf das so vertraute Ensemble von Hof, Scheunen und Pappeln geworfen, eine traute Insel inmitten des flachen Landes ringsum. Die Baumwipfel ragten schlank in den sich grün verfärbenden Abendhimmel. Früher hatte sie ein Gedicht über die Dämmerung genau an dieser Stelle geschrieben. Vermutlich hatte Sara es vor ihrem Auszug zu Konfetti verarbeitet. Wie war das noch gewesen? Irgend etwas über das Abendrot, das Türkis »und darüber«, zitierte sie sich lautlos, »ein kleines Blaues, das mich zieht. Und nichts geschieht«.

Aber es geschah etwas. Man wurde erwachsen. Unwiderruflich. Jeannette schaltete in den fünften Gang. Und wenn sie darüber nachdachte, war das vermutlich nicht das Schlechteste, was einem passieren konnte. Es rettete einen vor Sandflöhen, schlechter Lyrik, Selbstmitleid und den falschen Männern.

»Hier«, rief sie und angelte mit der freien Hand in ihrer Tasche nach einem Handtuch für Martin. Dann berichtete sie von Ernst Magnus.

»Also er stand da auf dem Parkplatz. Und er hat gesagt ...« Sie dachte an den Mann mit den grauen Schläfen, wie er ihr an jenem Abend gegenübergestanden hatte, zurückhaltend und fahrig, sich mit der Hand am Dach ihres Autos abstützend, als erwartete er jederzeit wieder einen Schlag von hinten. »Er hat gesagt, daß er eine Frau mit meinen Talenten gewiß bewundere. Aber ehrlich gesagt«, fügte sie in anderem Ton an, »hat er dabei eher ausgesehen, als fürchte er sich.« Dann fuhr sie fort. »Daß er aber nicht über den Gedanken hinwegkommen könne, daß ich eben keine zarten siebzehn mehr sei. Und das sei ihm nun mal wichtig. Ich sähe aus wie siebzehn. Ich würde küssen wie siebzehn ...«

Josef lachte lauthals. Jeannette versetzte ihm einen Klaps gegen den Kopf. »Er hat das als Kompliment gemeint, du Trottel.« Sie mußte selbst lachen. »Aber der Inspiration seien nun mal durch das Wissen um die Realität unübersteigbare Grenzen gesetzt.«

»Inspiration nennt der das«, sagte Martin und lachte.

Wenig später fuhren sie mit weit geöffneten Fenstern, die Hände in den Abendwind gestreckt, über die Autobahn nach Hause. Alle drei sangen aus voller Kehle.

»Du kannst nicht immer siebzehn sein, Liebling, das kannst du nicht. Aber das Leben wird dir noch geben, was es mit siebzehn dir verspricht.«

Jeannette lachte. Und zumindest in diesem Augenblick zweifelte sie nicht daran, daß es so sein würde.

Mordsfrauen: Krimis bei AtV

POLINA DASCHKOWA
Die leichten Schritte des Wahnsinns
Keine beschreibt das moderne Rußland so packend wie sie: Autorin Polina Daschkowa ist mit mehr als 16 Millionen verkauften Büchern in Rußland ein Star. Mit den »Leichten Schritten des Wahnsinns« gab sie ihr Deutschlanddebüt.
»Unglaublich dicht und spannend.« BRIGITTE
Roman. Aus dem Russischen von Margret Fieseler. 454 Seiten. AtV 1884

VIKTORIA PLATOWA
Die Frau mit dem Engelsgesicht
Sie wollten die Welt umkrempeln: der begabte Iwan, der angehende Regisseur Nimotsi und ihre Freundin »Maus«. Aber dann stürzt sich Iwan im Suff zu Tode, die beiden anderen lassen sich auf ein gefährliches Filmprojekt ein. Nimotsi wird ermordet. Maus unterzieht sich einer Gesichtsoperation, um besser abtauchen zu können. Als rothaarige Schönheit will sie den Tod ihrer Freunde rächen. Ein schonungsloser, rasanter Krimi über das neue Rußland.
Roman. Aus dem Russischen von Olga Kouvchinnikova und Ingolf Hoppmann. 404 Seiten. AtV 1875

DANIELLE THIÉRY
Der tödliche Charme des Doktor Martin
Nach Fred Vargas, Polina Daschkowa und Liza Marklund ein neuer Star unter den Krimiautorinnen. Thiérys Kommissarin Edwige Marion ist energisch und zerbrechlich, scharfsinnig und emotional, in der Liebe vom Pech verfolgt, außerdem schwanger, von Léo oder Sam, und sie steckt in einer existentiellen Krise. Da hinterläßt ein Unbekannter ein Paar roter Kinderschuhe auf ihrem Briefkasten, Indiz ihres ersten, einige Jahre zurückliegenden Falls, der nie aufgeklärt wurde.
Roman. Aus dem Französischen von Sabine Schwenk. 422 Seiten. AtV 1878

FRED VARGAS
Bei Einbruch der Nacht
Ein Wolfsmensch, so sagen die Leute, zieht nach Einbruch der Dunkelheit mordend durch die Dörfer der provenzalischen Alpen. Der halbwüchsige Sohn eines Opfers und ein wortkarger Schäfer nehmen die aussichtslose Verfolgung auf. Ein urkomisches Roadmovie und eine zarte Liebesgeschichte um die schöne Camille und Kommissar Adamsberg aus Paris.
»Prädikat: hin und weg.« WDR
Roman. Aus dem Französischen von Tobias Scheffel. 336 Seiten. AtV 1513

Mehr Informationen erhalten Sie unter www.aufbau-verlag.de oder bei Ihrem Buchhändler

AtV